茅盾研究
八十年書系

錢振綱・鍾桂松◎主編

邵伯周◎著

15

茅盾評傳（下）

花木蘭文化出版社

國家圖書館出版品預行編目資料

茅盾評傳（下）／邵伯周 著 — 初版 — 新北市：花木蘭文化
出版社，2014〔民 103〕
目 4+164 面；19×26 公分
（茅盾研究八十年書系；第 15 冊）
ISBN：978-986-322-705-2（精裝）
1. 沈德鴻　2. 傳記　3. 文學評論
820.908　　　　　　　　　　　　　　　　103010232

中國茅盾研究會《茅盾研究八十年書系》編委會

主　　編：錢振綱　鍾桂松

副主編：許建輝　王中忱　李　玲

特邀顧問：

邵伯周　孫中田　莊鍾慶　丁爾綱　萬樹玉　李　岫

王嘉良　李廣德　翟德耀　李庶長　高利克　唐金海

ISBN-978-986-322-705-2

9 789863 227052

茅盾研究八十年書系
第十五冊　　　　　　　　　　　　ISBN：978-986-322-705-2

茅盾評傳（下）

本書據四川人民出版社 1987 年 1 月版重印

作　　　者	邵伯周
主　　　編	錢振綱　鍾桂松
總 編 輯	杜潔祥
副總編輯	楊嘉樂
編　　　輯	許郁翎
出　　版	花木蘭文化出版社
社　　長	高小娟
聯絡地址	235 新北市中和區中安街七二號十三樓
	電話：02-2923-1455／傳眞：02-2923-1452
網　　址	http://www.huamulan.tw 信箱 hml 810518@gmail.com
印　　刷	普羅文化出版廣告事業
初　　版	2014 年 7 月
定　　價	60 冊（精裝）新台幣 120,000 元

茅盾評傳（下）

邵伯周　著

目

次

下　冊

第九章　與魯迅並肩戰鬥（下）

三十六　《申報・自由談》的兩大「台柱」之一

　　一九三二年十一月，中國第一大報《申報》老闆史量才決心改革副刊《自由談》，剛從法國留學回來的黎烈文應聘擔任主編。他約請茅盾和魯迅、郁達夫、葉聖陶等寫稿。茅盾當時考慮到：左翼作家如果能夠在著名的保守勢力《申報》上佔領一席之地，無疑是個大勝利。便接受他的要求。

　　茅盾為《自由談》寫的第一篇文章是《「自殺」與「被殺」》（十二月二十七日）。一九三三年一月發表了《血戰一週年》等三篇，都用「玄」這個筆名。魯迅於一月三十日、三十一日連續發表了《觀鬥》、《「逃」的合理化》，署名何家乾。一月三十日《自由談》「編輯室」欄登了一段告白：「編者為使本刊內容更為充實起見，近年約了兩位文壇老將何家乾先生和玄先生為本刊撰稿，希望讀者不要因為名字生疏的緣故，錯過『奇文共賞』的機會！」雖然說「名字生疏」，但既點明係「文壇老將」，並且文章尖銳有力，自然引起人們的注意。二月四日，茅盾帶了剛出版的《子夜》去拜訪魯迅，談話中也談到為《自由談》寫稿的事。《自由談》原來係「鴛鴦蝴蝶」派的巢穴，黎烈文進行改革，當然是好事。所以魯迅他認為「應該支持他，這是從敵人那裡奪過一個陣地來。」他們還談了可以做文章的題目。

　　這次交談以後，茅盾和魯迅就協力支持黎烈文。二月份和三月份，魯迅每星期平均發表三篇，茅盾則平均發表二篇，內容太尖銳的，就換個新筆名「陽秋」。國民黨方面很快就注意到《自由談》的新傾向。三月三日出版的《社會新聞》（二卷二十一期）上的《左翼文化運動的抬頭》中說，《申報》

的《自由談》「在禮拜六派的周某主編之時，陳腐到太不像樣，但現在也在左聯手中了。魯迅與沈雁冰，現在已成了《自由談》的兩大台柱了。」〔註1〕反動刊物的這種告密式的評論，自然是別有用心的。但魯迅和茅盾在《自由談》中起了「台柱」的作用，產生了很大影響，卻是事實。這一年的四月間，魯迅從北四川路底的公寓搬進施高塔路大陸新村一弄九號。接受魯迅建議，茅盾也遷居大陸新村，用沈明甫的化名，租了三弄九號，在這裡住了兩年多。這兩年間，茅盾與魯迅過往甚密，有什麼事商量，走幾步路就到他家裡了。魯迅有時也到茅盾家去坐坐。這個時期，他們對時事政治問題、文藝問題的看法，頗為一致。

到五月中旬以前，魯迅為《自由談》寫了四十三篇雜文（其中有九篇係瞿秋白所寫，用何家乾這一筆名發表），收集為《偽自由書》。茅盾寫了二十九篇（有一篇被扣壓，未能發表），大部分收集在《茅盾散文集》中。

茅盾的這些雜文，大多是抨時政、貶錮弊的，攻擊矛頭直接指向國民黨反動派的法西斯統治和賣國投降政策，如《哀湯玉麟》、《歡迎古物》、《「驚人發展」》、《把握住幾個重要問題》等；即使是談文藝的，如《阿Q相》、《最近出版界的大活躍》、《神怪野獸影片》、《玉腿酥胸以外》等，也大都話中有刺，刺向同一目標。反動派當然受不了。

五月初，《社會新聞》（三卷十二期）又登出了一篇題為《魯迅沈雁冰的雄圖》的文章，造謠說：「自從魯迅沈雁冰等以《申報·自由談》為地盤，發抒陰陽怪氣的論調後，居然又能吸引群眾，取得滿意的收穫了。在魯（？）沈的初衷，當然這是一種有作用的嘗試，想復興他們的文化運動。現在聽說已到組織團體的火候了。」〔註2〕《社會新聞》這樣說，一方面是誣蔑、攻擊魯迅、茅盾，一方面則是對《申報》老闆史量才施加壓力，要他改變《自由談》的傾向。史量才雖然比較開明，但自然怕戴宣傳赤化的帽子，向黎烈文提出了警告，並令總編室加強審稿。於是從五月份起，議論時局的文章就常被扣壓，為此，黎烈文向魯迅、茅盾等打了招呼。五月二十五日，黎烈文更不得不在《自由談》上登出啟事說：「這年頭，說話難，搖筆桿尤難。這並不是說：『禍福無門，惟人自召』，實在『天下有道』，『庶人』相應『不議』。籲請海內文豪，從此多談風月，少發牢騷。」此後，《自由談》的編輯，不得不採取一些新的手法。五月二十五日以前，可說是《自由談》革新後的前

〔註1〕 轉引自《偽自由書·後記》，《魯迅全集》第5卷第152頁。
〔註2〕 轉引自《偽自由書·後記》。

期。宣告「多談風月」後的《自由談》，可稱爲革新後的後期。「何家乾」和「玄」兩個筆名不再出現了。魯迅和茅盾與黎烈文商量好，經常更換筆名，繼續寫文章，因此仍然使國民黨頭痛。正如魯迅所說：「談風雲的人，風月也談得，談風月就談風月罷，雖然仍舊不能正如尊意。」〔註3〕這樣，黎烈文終於爲反動派所忌恨，於一九三四年五月被迫去職。繼任者仍傾向進步。魯迅和茅盾也繼續給他寫稿。魯迅寫到八月，所寫文章收入《准風月談》、《花邊文學》。茅盾用了郎損、仲方、仲元、伯元、微明、止水、木子、維敬等筆名，寫到十一月《申報》總經理史量才被暗殺，《申報》改變編輯方針止，共寫了三十三篇文章，平均每月兩篇。

這些文章，有談文藝問題的，如《文學家成功的秘談》，批評施蟄存勸青年讀《莊子》、《文選》；《不關宇宙和蒼蠅》，批評林語堂提倡「閒適」的小品文；《花與葉》、《批評家辯》，談文藝批評。有談文化問題的，如《孩子們要求新鮮》，談兒童讀物；《不要閹割大眾語》，批判復古傾向。有談青年思想問題的，如《現代青年的迷惘》，鼓勵青年注意現實問題。有談社會政治問題的，如《大減價》、《雜談七月》、《「雙十」閒話》等，談水災、旱災、農村破產，都市市面衰落。這些雜文，現實針對性仍然是很強的。只是筆法更加含蓄、曲折一些，所以仍然具有「匕首」和「投槍」的作用。

總之，茅盾在《申報·自由談》上發表的六十多篇雜文，內容是抨時政、砭錮弊的。有許多選題和魯迅的雜文是互相配合的。形式短小精悍，手法多種多樣，生動活潑，如果編集起來，是可以和《僞自由書》、《准風月談》相媲美的。

延續兩年的《申報·自由談》革新，意味著左翼作家們進一步突破了自設的藩籬，從守舊勢力那裡奪過來一個很有影響的陣地，更大膽地運用公開、合法的鬥爭方式，從而在反對反革命的文化「圍剿」方面取得巨大的勝利。《自由談》的革新，吸引了許多有成就的作家來寫雜文，還培養了一批年輕的雜文作者。寫作雜文，蔚然成風，使雜文的寫做到了一個全盛時期。曾經有人說：「如果寫現代文學史，從《新青年》開始提倡的雜文不能不寫；如果論述《新青年》後的雜文的發展，黎烈文主編的《申報》副刊《自由談》又不能不寫。這樣才說得清歷史變化的面貌。」〔註4〕這是說得很中肯的。在《自由

〔註3〕　《准風月談·前記》，《魯迅全集》第5卷189頁。
〔註4〕　唐弢：影印《申報·自由談》序。

談》上，魯迅和茅盾，每隔幾天，就登出一篇，「筆露襤褸，蹊徑獨闢，眞起了登高呼號，搴旗前引的帶頭作用」。〔註5〕所以茅盾確實可說是革新期間的《申報·自由談》的兩大「台柱」之一。

三十七　爲《文學》嘔心瀝血

　　《小說月報》因「一·二八」事變停刊，商務當局沒有復刊的表示。「左聯」的刊物又都被反動派禁止，作家們，尤其是青年作家們寫出了作品苦無發表的地方。一九三三年春，在燕京大學任教的鄭振鐸回到上海度假，茅盾和他談起上海文藝界的情況，覺得有創辦一個「自己」的而又能長期辦下去的文藝刊物的必要。當即商定刊物的名稱叫《文學》，內容以創作爲主，提倡現實主義，也重視評論和翻譯，觀點是左傾的，作者隊伍可以廣泛，容納各方面的人。對外還要有一層保護色。茅盾認爲自己是「被戴上紅帽子」的，擔任主編於刊物不利，鄭振鐸又遠在北平教書。當即議定另行物色一位主編。

　　經過一段時間的籌備，商定魯迅、葉聖陶、郁達夫、陳望道、胡愈之、洪深、傅東華、徐調孚，加上茅盾和鄭振鐸共十人組成編委會，由鄭振鐸、傅東華擔任主編，黃源負責具體工作，但在刊物上不署主編人姓名，只署「文學社」，以示刊物由編委會集體負責。由鄒韜奮主持的生活書店出版、發行。這些問題商量好後，鄭振鐸即去北平教書，傅東華商務的編輯工作，還不能全部擺脫。所以《文學》的實際籌備工作由茅盾負責。

　　《文學》邀請了幾十位知名作家爲特約撰稿人。七月出版了創刊號，除魯迅的兩篇文章《又論「第三種人」》、《談金聖嘆》外，陳望道、郁達夫、葉聖陶、朱自清、巴金、王統照、豐子愷、夏丏尊、俞平伯、陳子展、顧頡剛、張天翼、曹靖華、朱湘等名家都有文章，當時的青年作家沙汀、艾蕪、臧克家、樓適夷、黑嬰等以及茅盾、鄭振鐸、傅東華、黃源等也都有作品或譯文。《文學》就這樣一誕生就氣勢不凡，一鳴驚人。

　　《文學》創刊號的發刊詞——《一張菜單》，是茅盾與傅東華商量以後，傅東華執筆的。文章中說：「無論誰的作品，只要是誠實由衷的發抒，只要是生活實感的記錄」，「有一個共同的憧憬——到光明之路」，都可以發表，但反對「足以障礙到光明之路的一切」。概括地表明了《文學》的旨趣。茅盾寫的帶點「編後」性質的「社談」——《新作家與處女作》表示：《文學》「不問

<hr>

〔註5〕 唐弢：影印《申報·自由談》序。

作家的新老或面熟面生，只看文章的好壞」，並表示樂於發表新進作家的作品
和新作家的處女作。

爲了《文學》的出版，茅盾花費了不少心血。在第一卷中（一九三三年
下半年），他發表了短篇小說《殘冬》等和許多評論文章。

一九三三年年底，成仿吾從鄂豫皖蘇區秘密來到上海治病，在魯迅的幫
助下與地下黨組織取得了聯繫。經魯迅介紹，茅盾會見了成仿吾，得悉沈澤
民已經病故的消息。原來沈澤民、張琴秋夫婦於一九三一年五月到達鄂豫皖
蘇區，澤民任中共鄂豫皖邊區中央分局委員、鄂豫皖蘇區省委書記，琴秋則
到紅四方面軍政治部工作。在蘇區，環境艱苦，工作繁重，沈澤民的肺病又
復發了，又患了瘧疾。不幸於一九三三年十一月二十日去世。從此，茅盾失
去了唯一的一個弟弟。

一九三三年底，國民黨反動派強化了反革命的文化「圍剿」，書籍、雜誌
的原稿要預先審查以後才得發表或出版。生活書店也得到通知，《文學》從第
二卷起，每期稿子要經過檢查官的檢查通過，才能排印。版權頁上不能籠統
署「文學社」，要署主編人姓名。編委會研究決定，主編署上鄭振鐸、傅東華
的名字，實際由傅東華負責。茅盾則退入幕後，暫不露面。《文學》繼續出版
了。但檢查官濫施威風，大抽大砍，使一、二兩期大受影響。茅盾與主編研
究了對付辦法，從第三期起連出四期專號，即翻譯專號、創作專號、弱小民
族文學專號、中國文學研究專號。

在第二卷的《文學》上（一九三四年上半年出），茅盾發表了短篇小說《賽
會》，譯文七篇，書刊評論、短論十多篇。

《文學》第二卷是在和國民黨反動派的圖書檢查法的鬥爭中渡過的。連
續出四期擋住了檢查老爺的亂抽亂砍，站穩了自己的陣腳，積累了合法鬥爭
的經驗，爲繼續前進闖開了路。

《文學》從第三卷第一期起又開始進擊了。

在《文學》第三卷上（一九三四年下半年）茅盾發表短篇小說一篇《趙
先生想不通》，作家論三篇，書評、短論三十多篇。

在第三卷最後一期的「文學論壇」上，茅盾寫了一篇《一年的回顧》，其
中說：

　　這一年（按：指一九三四年）「文壇」上並不寂寞，文藝定期
　刊幾乎平均每月有兩種新的出世，而「小品文論戰」，「大眾語論戰」，

「偉大作品產生問題的討論」，乃至「文學遺產問題」，「翻譯討論」，也大都是這一年內的事。「文壇」是在那裡動，在那裡鬥！

這裡提到的種種問題的爭論，在茅盾的評論文章中都涉及到了，並且提出了許多精闢的見解。這不僅表明他視野開闊，高瞻遠矚，更表明他的馬克思主義的理論修養，已達到很高水平。

一九三五年，鄭振鐸因擔任暨南大學文學院長，又主編《世界文庫》，辭去了《文學》主編名義，由傅東華一人擔任主編，年底，傅東華又辭職，茅盾物色了王統照來接替，編了第七、八兩卷和第九卷一、二兩期，後傅東華又編了兩期，因「八一三」抗戰爆發，形勢劇變，《文學》才宣告停刊。在這期間，茅盾發表了中篇《多角關係》和許多短篇，以及一些評論文章。

《文學》是《小說月報》之後，抗戰以前，出版時間最長、影響最大的大型文學雜誌。它不僅團結了一大批老作家、年輕作家，還發表了不少作家的處女作，培養了一批新作家，對我國現代文學的發展，起了重大作用。茅盾是《文學》的創辦者。雖然他沒有掛「社長」、「主編」的名義，但實際上他一直是《文學》的領導人。他運籌帷幄，嘔心瀝血，為它確定編輯方針，組織編委會，物色主編；團結廣大作家，組織稿件；妥善地解決內部糾紛；以機動靈活的戰術與反動派作鬥爭，他自己還辛勤地為它寫稿。

《文學》在白色恐怖下出版四年之久，取得了巨大成就，產生了深遠影響，茅盾的功績是不可磨滅的。

三十八　協助魯迅創辦《譯文》及其他

一九三三年十一月起，國民黨反動派強化了反革命的文化「圍剿」，一些進步的文化和出版機構，如藝華影片公司、良友圖書公司、神州國光社等，不是被搗毀，就是遭襲擊。一九三四年二月，反動派又公然查禁書刊一百四十九種之多，牽涉到作家二十八人。魯迅一九二七年以後翻譯的文藝理論書籍和雜文集全部被禁。茅盾的著作除了介紹西洋文學的幾種，所有創作：《宿莽》、《野薔薇》、《蝕》、《虹》、《子夜》、《路》、《三人行》、《春蠶》、《茅盾自選集》等也全都在被禁止之列。

因為禁書多，自然影響到書店營業，並且牽涉到的書店多達二十五家，迫使書店老闆們聯合起來進行鬥爭。由開明書店領頭，用合法的方式進行請願。大概國民黨方面也怕書店倒閉了或不肯出書了，有礙中外觀瞻。於是將

已被查禁的書籍解禁了五十幾種，其中有的規定在刪改之後准許出版發行。
茅盾的《子夜》等均屬應刪改之列。

國民黨反動派強化反革命的文化「圍剿」，逼得革命作家們開動腦筋，採
取各種辦法來對付，出版新雜誌就是對付辦法之一，所以一九三四年這一年
雜誌出得很多，故有「雜誌年」之稱。《譯文》和《太白》半月刊就是在這樣
的背景和氣氛下出現的。

一九三四年五月底的一天，茅盾在魯迅家裡談到當時的文壇情況，如作
家賣文不易、輕視翻譯等等。魯迅提議辦一個專門登載譯文的雜誌。茅盾即
表示贊成。魯迅又提議邀請被迫辭去《自由談》編輯不久的黎烈文參加發起，
茅盾推薦《文學》編輯黃源做具體工作。這樣就立即著手籌備，生活書店願
意出版。

九月，《譯文》創刊號出版，登載譯文九篇：魯迅三篇、茅盾三篇、黎
烈文二篇，另外一篇是瞿秋白的存稿。所以創刊號的譯實際上是魯迅、茅盾
和黎烈文三個人包了。魯迅是實際上的主編，黃源以「編輯人」的名義對外。
第二期的譯稿還是三個人包了：魯迅五篇，茅盾兩篇，黎烈文三篇，另外傅
東華譯了一篇。第三期起有投稿了。第四期起由黃源負責編輯，請魯迅審定
後付排，這樣一直到第二卷第六期。因與生活書店發生矛盾，於一九三五年
九月出了最後一期「終刊號」，宣告停刊，茅盾與魯迅合寫了《終刊號‧前
記》。

《譯文》是我國第一個專門介紹外國文學的雜誌。它內容廣泛，但主要
是譯載現實主義作品，選材嚴，翻譯認眞，每期都有珍貴的插圖。對外國文
學實行「拿來主義」，對我國現代文學的發展起了良好的作用，並且培養了新
的譯者。《譯文》的成就當然應首先歸功於魯迅，但茅盾的功績也是不應抹煞
的。

一九三四年九月，陳望道、樂嗣炳等爲了提倡大眾語運動，打擊林語堂
鼓吹「閒適」小品，創辦了以小品文爲特色的刊物《太白》半月刊。陳望道
原來要茅盾和魯迅也擔任編委，魯迅認爲他和茅盾公開列名恐怕反而於刊物
不利，還是暗地裡支持好。這樣，茅盾和魯迅都沒有擔任編委，而是給予積
極支持。

《太白》創刊號上的頭一篇文章是魯迅的《不知肉味和不知水味》，第二
篇就是茅盾的《「買辦心理」與「歐化」》。《太白》出版了一年，一九三五年

九月停刊。對於抵制林語堂所鼓吹的逃避現實的小品文，和發展雜文、及時反映現實的速寫、鼓舞人心的抒情散文等起了積極作用。魯迅在這個刊物上發表了二十五篇雜文，茅盾也正好發表了二十五篇。他們當時都住在大陸新村，見面機會較多，有些問題見面時交換過看法，所以寫文章時觀點上能互相支持。

茅盾和魯迅創辦《譯文》，是實行「拿來主義」，同時他也將中國的優秀作品「輸送出去」。一九三三年間，他們就幫助美國作家埃德加‧斯諾編選了一本中國現代作品選集《活的中國》，側重選老作家的作品。一九三四年間，茅盾和魯迅又同意幫助美國記者伊羅生編選一本中國現代作家的短篇小說集，打算藉此機會，把「左聯」成立以後湧現出來的一批有才華而國外尚無人知曉的青年作家的作品介紹到國外去。魯迅負責寫《序言》，茅盾擬定選目初稿和左翼文藝期刊的介紹。經過研究，選定二十三位作家的二十六篇作品。魯迅和茅盾各自寫了《小傳》，茅盾還為其他作家寫了簡介，供伊羅生參考。五月底，工作告一段落，伊羅生就到北平去了。以後他們多次通信討論選目及其他一些問題，伊羅生把這個集子題名為《草鞋腳》，茅盾和魯迅都表示贊成，並由魯迅用毛筆題簽。

這個集子一九三四年八月就已編好，但一直到一九七四年才在美國出版，選目和原來擬定的也有很大不同。〔註6〕

一九三五年九月，美國作家史沫特萊準備編一本中國革命作家的小說集，請茅盾寫一篇序。茅盾答應了，寫了一篇題為《給西方的被壓迫大眾》的文章。因為這篇文章是打算在國外發表的，可以直言不諱。文章指出賽珍珠的《大地》中所寫的中國農村和農民，是不真實的，被歪曲了的，而史沫特萊的《中國人民的命運》和《中國紅軍的前進》是把鬥爭中的中國的真正面目介紹給西方讀者的好書。文章介紹了「五四」以來中國新文學運動的發展歷程，著重介紹了中國左翼文學運動的情況；指出西方讀者可以從史沫特萊所編的這本書中看到中國民眾的真實生活情形以及他們的迫切要求。但後來這本小說集沒有出版，是很遺憾的事。

史沫特萊還找人把《子夜》譯成英文，要茅盾寫一篇自傳。她還準備寫一篇序文，請魯迅提供 1.作者的地位；2.作者的作風和形式，與別的作家的區別；3.影響——對於青年作家的影響，布爾喬亞作家對於他的態度，等材料。

〔註6〕　《草鞋腳》，湖南人民出版社，1982 年版。

魯迅覺得自己平時不注意這方面的材料，轉託胡風代筆。〔註7〕史沫特萊花了許多精力譯成英文的《子夜》，因抗日戰爭爆發而未能出版。茅盾用第三人稱寫的《茅盾小傳》，寫到一九三五年，是茅盾當時自己寫的自傳中最詳細的一篇，準確地記錄了他當時對自己的認識，是一份彌足珍貴的資料。〔註8〕

史沫特萊與魯迅、茅盾都有很深的友誼，史沫特萊有事和他們商量時，往往採取三人聚會的方式，茅盾權充翻譯。

一九三五年春，茅盾從魯迅處得悉瞿秋白被反動派逮捕和被殺害的消息後，和魯迅、楊之華等商量過編印瞿秋白的著作作為紀念。魯迅認為瞿秋白的著作大量的是當時「違禁」的政論，最好留待以後由黨來處理。他們只選編譯文，並題名為《海上述林》，分上、下兩冊。關於出版問題，魯迅主張在國內排好版，把紙型寄到日本去印刷、裝訂，以「諸夏懷霜」社名義出版，費用由朋友們捐款，茅盾同意魯迅的設想，並捐了一百元。魯迅為了編印《海上述林》，耗費了大量的心血，茅盾從中協助聯繫和促進，盡了自己的一分力量。上卷出版，裝幀典雅美觀，魯迅感到很滿意。下卷出版時，魯迅已經與世長辭了。

一九三四年多，良友圖書公司編輯趙家璧計劃編一套《新文學大系》，致函茅盾希望得到支持，並請茅盾擔任小說部分的編選人，徵求茅盾對大系體例的意見。茅盾當即表示支持，並建議大系斷代以一九一七年到一九二七年為界，正好是新文學運動的第一個十年。小說部分按文學團體分為三編，文學研究會和創造社各一編，語絲、未名等社團合為一編。茅盾負責文學研究會這一編，他花了一九三五年第一季度的三個月，共選了二十九位作家的五十八篇小說，即《中國新文學大系·小說一集》。寫了長篇《導言》論述了新文學運動第一個十年間小說創作的發展過程，分別評述了冰心、葉紹鈞等十一位作家的作品的思想傾向和藝術特色，還特別評論了幾位「無名作家」的作品。

一九三六年間，茅盾應生活書店之請，按照高爾基編《世界的一日》的辦法，編一本《中國的一日》，選定當年的五月二十一日，向全國一切作家、非作家徵稿，要求他們寫這一天的所見所聞與所得的印象。從登徵文啟事到編輯成書，化了三個月時間，從三千多篇、六百萬言的來稿中選出近五百篇

〔註7〕　《致胡風》，《魯迅全集》第 13 卷第 284 頁。
〔註8〕　《文獻》1982 年第 11 輯。

計八十萬言集為一冊。內容極為廣泛，反映了帝國主義的侵略、國民黨政府的倒行逆施、農村經濟的破產，都市生活的混亂不安，失業群眾在飢餓線上的掙扎，廣大人民為了生存和自由而進行的英勇鬥爭。「在這醜惡與聖潔，光明與黑暗交織著的『橫斷面』上，我們看出了樂觀，看出了希望，看出了人民大眾的覺醒。」〔註9〕這一本集體寫作的報告文學集，既發揚了報告文學迅速反映現實生活的作用，又推動了我國報告文學的發展。

三十九　為了文藝界的團結

一九三六年間，革命文藝界發生了「國防文學」與「民族革命戰爭的大眾文學」兩個口號的論爭。

一九三五年冬，茅盾在魯迅家裡看到「左聯」駐「國際革命作家聯盟」代表蕭三給「左聯」的信。信中肯定了「左聯」成立以來所取得的各項成績；批評了「左聯」長期以來存在而未能克服的「左」的關門主義和宗派主義錯誤，並建議解散「左聯」，另外成立一個廣泛的統一戰線的文學團體。這是蕭三根據中國共產黨駐共產國際的代表王明的指示寫的。「左聯」的關門主義、宗派主義，魯迅和茅盾是早就看到了的，並且很不滿意的。對蕭三的建議，茅盾抱贊成的態度，魯迅認為要看一看再說，但不同意解散「左聯」，因為「左聯」是左翼作家的一面旗幟。

第二年一月間，夏衍會見茅盾，告訴他為了響應黨中央建立抗日統一戰線的號召，文藝界也準備建立一個抗日統一戰線組織，並解散「左聯」。請茅盾把這個意思轉告魯迅，徵求魯迅的意見，並希望魯迅出面發起並領導這個新組織。茅盾把這個意見轉告魯迅，魯迅贊成組織文藝界的抗日民族統一戰線，仍不同意解散「左聯」。後同意了，但要發一宣言，申明不是自行潰散。

與此同時，關於「國防文學」問題的討論已經開始。上海文藝界地下黨組織在與中央失去聯繫的情況下，根據王明在共產國際的報告《論反帝統一戰線和中國民族解放運動》的精神，提出了「國防文學」這個口號。茅盾當時認為「國防文學」這個口號很通俗，是可以用的。但有些解釋這個口號的文章，論點比較混亂，普遍存在一個問題：沒有強調甚至沒有談無產階級在「國防文學」中的領導責任。所以他覺得需要作正確的解釋。

〔註9〕茅盾：《關於編輯〈中國的一日〉的經過》，《中國的一日》，生活書店，1936年9月版。

　　由於在解散「左聯」問題上發生不同意見，情況變得複雜了。當時茅盾處在一個比較特殊的地位——與雙方都保持著良好的關係。他意識到保持這種關係，能夠起調節作用，並盡力發揮這種作用以促進團結。他發表了《作家們聯合起來》、《向新階段邁進》〔註10〕兩篇短文，號召站在一條戰線上的作家們聯合起來，迎接民族解放運動的新高潮。他所強調的是「五四」以來的革命文學的傳統，也正是魯迅的觀點。他沒有提「國防文學」這個口號，只是正面表述了他對新形勢下作家的任務與努力方向的認識。他還發表《中國文藝的前途是衰亡麼》、《悲觀與樂觀》、《論奴隸文學》等文章，批評徐懋庸在《中國文藝的前途》中對「國防文學」這個口號所作的片面解釋。

　　茅盾認爲只有參加討論才能使「國防文學」這個口號的解釋完備起來，魯迅同意茅盾試試看。於是茅盾又連續寫了《需要一個中心點》和《進一解》。〔註11〕他認爲「國防文學」的戰線是多方面的，但「必須有一中心思想，即提高民眾對於『國防』的認識（使民眾瞭解最高意義的國防），促進民眾的抗戰的決心。」他還指出,「在民族利益的大前提下，個人沒有『超然』的自由」，但是,「在『國防文學』這一課題下，我們需要多方面的題材和多種多樣的作風」；在「民族解放的偉大目標的條件下」,「作家們應有他們創作的自由」。與此同時，他又被推定爲周揚等籌建的「中國文藝家協會」的發起人之一，並被推定起草宣言。

　　這是茅盾爲了使「國防文學」這個口號得到比較完滿的解釋，爲了文藝界的團結，所作的最初的努力。

　　四月底，馮雪峰以中央特派員的身份從陝北來到上海，住在魯迅家裡。向魯迅、茅盾等傳達了黨中央關於建立抗日民族統一戰線的方針和政策，瞭解上海文藝界的情況。馮雪峰在執行黨中央交給他的主要任務的同時，也過問了文藝界的事，特別重視團結問題。

　　六月一日，胡風在《文學叢報》上發表《人民大眾向文學要求什麼？》提出了「民族革命戰爭的大眾文學」這個口號。原來這個口號是魯迅和馮雪峰、胡風商量後提出的，也徵求過茅盾的意見。但胡風在他的文章中提出這個新的口號時，卻沒有談「國防文學」口號，容易使人發生誤解。接著，在《夜鶯》等刊物上發表不少文章支持這個新口號，同時，在《文學界》、《光

〔註10〕《文學》第6卷第3號、4號。
〔註11〕《文學》第6卷第5期、6期。

明》等刊物上擁護「國防文學」的人則群起反駁，這就引起了兩個口號的激烈論爭。

在這期間，中國文藝家協會召開了成立大會，通過了茅盾所起草的宣言（宣言沒有提兩個口號），茅盾被推爲常務理事會的召集人。緊接著，中國文藝工作者宣言也發表了（也沒有提兩個口號）。茅盾接受馮雪峰的建議，也在這個宣言上簽了字，認爲這樣有利於挽回局面。這是茅盾爲了文藝界的團結所做的又一次努力。

在這期間，魯迅大病了一場，接受史沫特萊的建議，請美國D醫生來診斷。茅盾作翻譯。病情好轉後曾考慮去日本療養，但終於沒有離開上海。

六月間，魯迅寫了《答托洛斯基派的信》、《論現在我們的文學運動》。前者批駁了托派的謬論，公開表示擁護共產黨的抗日民族統一戰線政策。後者解釋了「民族革命戰爭的大眾文學」口號的含義，表示自己贊成這個口號，同時也說明它與「國防文學」的關係，肯定「國防文學」口號也是「有益的，需要的」，兩個口號可以同時並存。馮雪峰打算讓這兩篇文章在雙方刊物上同時發表，並請茅盾把它轉交給《文學界》。茅盾也寫了一篇《關於〈論現在我們的文學運動〉》附在魯迅文章的後面交給《文學界》的編輯徐懋庸。魯迅的《答托洛斯基派的信》，《文學界》沒有給予發表（後來發表於《文學叢報》第4期），只發表了《論現在我們的文學運動》和茅盾的文章。在茅盾文章後面又加了很長的一段《附記》，轉彎抹角地說「國防文學」是「正統」，繼續否定「民族革命戰爭的大眾文學」。

之後，茅盾讀了郭沫若的《國防·污池·煉獄》，得到啓發，對「兩個口號」的關係的看法有了一些改變，寫了《關於引起糾紛的兩個口號》。文章認爲：兩個口號可以並存，互相補充，「『國防文學』是全國一切作家關係間的標幟」，不應作爲創作口號；「『民族革命戰爭的大眾文學』應是現在左翼作家創作的口號」，但不能對所有文學者提出這一要求。文章批評了胡風的「十足的宗派主義的『作風』」；也批評了周揚的關門主義和宗派主義。這篇文章在《文學界》發表，同時刊出了周揚的反駁文章：《與茅盾先生論『國防文學』的口號》，〔註12〕全盤否認定了茅盾的所有論點。特別是「文章還沒有發表，反駁的文章就已經寫好」的做法和「作爲黨的文委的領導人竟如此聽不進一點不同的意見」，〔註13〕茅盾對此感到很氣憤。

〔註12〕《文學界》第1卷第2期。
〔註13〕《我走過的道路》（中）第335頁。

　　八月中，魯迅發表了《答徐懋庸並關於抗日統一戰線問題》，表述了對抗
日民族統一戰線政策的認識和態度，論述了兩個口號的相互關係，批評了周
揚等人的作風。在文藝界引起了很大的震動，實際上給兩個口號之爭做了總
結。茅盾接著發表了《再說幾句——關於目前文學運動的幾個問題》，〔註14〕
他認爲他原來是一門心思調解糾紛的，可是有人不願停止論戰，連調解人都
打了，他當然非答覆幾句不可。他在文章中再次申述了自己的觀點，批評了
胡風的關門主義和宗派主義言論，更尖銳地批評了周揚的關門主義與宗派主
義。他指出，文藝家聯合戰線的健全的展開和擴大，只有在反對關門主義、
反對宗派主義，反對爭「正統」的「內戰」之下，方能完成。

　　這樣，爲了文藝界的團結，茅盾更鮮明地表明了他的觀點和態度。

　　在兩個口號的論爭過程中，茅盾因爲「對雙方論爭中一些偏激的觀點都
進行了批評。因此也就不免受到雙方某些同志的誤解」。儘管如此，爲了團結，
他還出面召開座談會，邀請雙方的代表參加。由於出席者不多，座談會「沒
有收到很大的效果」，但「這確是一個很有意義的顧全大局的行動。」〔註15〕

　　經過了一場激烈的論爭，批判了宗派主義，進一步明確了建立文藝界抗
日民族統一戰線的必要性。在馮雪峰等的努力下，魯迅、茅盾、郭沫若等各
方面的代表二十一人（包括論爭雙方）於十月初簽名發表了《文藝界同人爲
團結禦侮與言論自由宣言》，標誌著兩個口號的論爭基本結束，文藝界的抗日
民族統一戰線初步形成。

　　十月十日茅盾在《大公報》上發表了《談最近的文壇現象》，回答了郭沫
若《蒐苗的檢閱》中的幾個問題，澄清了一些離奇的「謠言」。這是他關於「兩
個口號」問題的最後一篇文章。

　　在「兩個口號」的論爭過程中，茅盾是顧全大局的，但又是堅持原則的。
爲了團結，他做了不少工作，對文藝界抗日統一戰線的建立，作出了自己的
貢獻。

　　兩個口號的論爭基本結束，茅盾爲了想安下心來創作一部長篇小說《先
驅者》（寫中國革命啓蒙時期一些獻身革命的無名的先驅者的故事），於十四
日回到故鄉烏鎮去。前一天給魯迅寫了信，還收到魯迅的回信。茅盾回到烏
鎮以後沒有幾天，痔瘡大發，不能行動，十九日下午，得到魯迅逝世的噩耗，

〔註14〕《生活星期刊》第 1 卷 12 號，1936 年 8 月 23 日。
〔註15〕荒煤：《拿起筆來，爲了共產主義的理想而戰鬥》，《人民文學》1981 年 5 期。

極為震驚和悲慟，但無法趕回上海。隔了幾天趕回上海，魯迅已經安葬，無法最後一次瞻仰魯迅遺容，只能和夫人孔德沚等到萬國公墓魯迅的新冢前致哀，接連寫了《寫於悲痛中》、《學習魯迅先生》、《研究和學習魯迅》等文章表示深切的悼念。至於寫作《先驅者》的計劃也就中斷了。

一九三六年春節後的一天，茅盾到魯迅家去拜年，魯迅對茅盾說：史沫特萊告訴他紅軍長征抵達陝北，建議他們拍一份電報去，祝賀勝利。電報請史沫特萊發出去。茅盾當時同意了。以後就沒有談起這件事。後來馮雪峰和張聞天都和茅盾談起：他和魯迅的那份賀電，中央已經收到。因為這份電報迄今還未發現，茅盾是否和魯迅具名，還無法證實。

四十 「向新階段邁進」

一九三五年的「一二九」運動，掀起了全國人民抗日救亡的新高潮。一九三六年四月，茅盾就寫了一篇題為《向新階段邁進》的評論，指出：「中國文藝的前途將隨民族解放運動的展開而展開。我們正走上一個新階段了」！他還指出：作家的任務就是：「表現民族解放鬥爭的英勇壯烈的行動，推動民族解放鬥爭的進行」。

西安事變迫使蔣介石同意停止內戰，一致抗日。但在「七七」事變和「八一三」上海戰爭爆發前夕。在「戰」與「和」的問題上，蔣介石還是舉棋不定，政局變化，撲朔迷離。魯迅逝世後，上海文壇有些沉悶：主帥不在了，郭沫若又遠在日本，「左聯」解散後成立的文藝家協會也沒有展開活動。因此，雖然全國救亡運動在高漲，但作家們卻好似「群龍無首」，有些心煩意亂。

在這種背景下，為了推動文藝界向民族解放的新階段邁進，茅盾做了許多工作。他首先考慮到應該為作家們特別是青年作家們組織一些活動，以便加強聯繫，交流感情。在馮雪峰（馮此時已經是中共「上海辦事處」副主任，主任是潘漢年〔註16〕）的支持下，和當時還是青年作家的沙汀、艾蕪商量過，決定搞一個聚餐會：每一週或兩週聚會一次，定名為「月曜會」；每次聚會沒有預定題目，政治形勢、文壇動態、文藝思潮，人人見聞、作家作品，海闊天空，都可以談。這個「月曜會」開始於一九三七年春，到「八‧一三」上

〔註16〕馮雪峰：《關於一九三六年我到上海工作的任務以及我同文委和「臨委」的關係》，《魯迅研究資料》第4輯。

海抗戰就停止了。經常參加的有張天翼、沙汀、艾蕪、陳白塵、王任叔、端木蕻良等。茅盾還請王統照參加，因爲他當時是《文學》的編輯，能對青年作家來稿中存在的毛病提出意見。幫助他們提高作品質量，同時也爲《文學》開闢了稿源。有時艾思奇也來參加，想利用這個機會拉一些稿件。這個「月曜會」雖然參加人數不多，活動時間不長，但在培養青年作家方面，還是起了很大作用的。當年得到茅盾的獎掖、鼓勵，「堅定了終身從事創作信念」的陳白塵回憶「月曜會」的活動情況說：「那天，他（按：指茅盾）身御淺灰長衫，足登便鞋，周身上下樸素整潔，在這十里洋場上，卻似一塵不染，溫文儒雅，飄然而至！眞是文如其人。沒有任何形式，誰也無拘無束，我們都圍他而坐，隨便傾談，……茅公每問必答，自然地形成了中心。他那較重的浙江桐鄉的鄉音和輕微的口吃，並不妨礙他談笑風生，娓娓動聽。我們這一群，當年的青年，眞是如坐春風啊！」陳白塵又說：茅盾「確實團結和教育了我們這一群青年作家」，「他是三十年代作家們的導師」。〔註17〕

與組織「月曜會」活動的同時，在馮雪峰的支持下，茅盾還建議天馬書店編輯出版《工作與學習叢刊》。當時要新出一種雜誌，必須到國民黨上海市政府的新聞檢查處備案和到工部局去登記，常常被藉故拖延甚至不准。出《叢刊》和出版《叢書》相類似，不必備案和登記，是一種對付審查的辦法，又比定期刊靈活。《工作與學習叢刊》共出了四輯：《二三事》、《原野》、《收穫》和《黎明》，每一輯上茅盾都寫了文章，有雜文，也有書評。

一九三七年春，蔣介石被迫履行他在西安許下的承諾，開始搞一些抗日的戰備活動。六月底，又舉辦廬山談話會，以「共商國是」的名義邀請全國各黨各派各界的知名人士參加。談話會是分期舉行的。茅盾接到國民黨中央政治委員會秘書處邀請他參加第三次談話會的信。雖然這時候茅盾身上還背著國民黨政府的通緝令。但他權衡的結果，認爲蔣介石擺出一副抗日的架勢，總是好事，理應捧場。何況還可以直接聽聽蔣介石說一些什麼，摸一摸他抗戰的決心到底有幾分，準備去廬山與會。不久就爆發了蘆溝橋事變，第三期的談話會沒有再舉行了。

「八一三」上海戰爭爆發，中國人民反對日本帝國主義侵略的神聖的民族解放戰爭終於在全國展開了。中國現代史揭開了新的一頁，茅盾的生活道路也隨之發生了很大的變化。

〔註17〕　《中國作家的導師》，《青春》1981 年 5 期。

四十一　創作、譯介雙豐收

從一九三三年下半年到「八一三」以前，茅盾在創作和翻譯、介紹外國文學兩方面都獲得了豐收。

在創作方面，他在短篇小說集《春蠶》出版以後，又陸續發表了二十來個短篇。除《殘冬》、《兒子開會去了》、《官艙裡》等幾篇外，分別收入《泡沫》、《煙雲集》中。這些作品，題材很廣泛，但主要還是寫知識分子的生活。《有志者》、《尚未成功》、《無題》是三篇連續性的小說，可稱之為「創作三部曲」，寫一個「作家」幻想寫一篇一鳴驚人的作品，採取了種種可笑的辦法，最後雖然寫出了一篇「言情俠義小說」，卻又找不到發表的地方。小說嘲諷了當時文壇的一種頹風和某些脫離現實的空頭「作家」。《夏夜一點鐘》、《第一個半天的工作》揭示了當時上海中層社會某一角的真相。《趙先生想不通》、《擬〈浪花〉》、《搬的喜劇》、《一個真正的中國人》等，從不同的側面、不同的角度揭露了國民黨反動統治下的社會黑暗面。《大鼻子的故事》寫一個流浪兒童在現實生活的影響下逐步萌發愛國思想的過程。《兒子開會去了》描寫青年學生怎樣在新時代的感召下參加愛國運動的。《水藻行》寫農村生活，對道德觀念作了一些新的探索。這篇小說是魯迅答應日本改造社的約稿請茅盾寫的，由山上正義譯成日文，發表於一九三七年五月出版的《改造》雜誌上，這是茅盾唯一的一篇先在國外發表的小說。

茅盾這些短篇小說的共同特點是時代氣氛都很濃厚。在形式、技巧、風格各方面都作了許多新的探索。「創作三部曲」和《搬的喜劇》用的是嘲諷挪揄的筆調，在茅盾短篇小說中也可說是別具一格的。但由於這些作品沒有塑造出像林老闆、老通寶、阿多這樣成功的典型形象，思想藝術成就都沒有超過短篇小說集《春蠶》。

在這幾年間，茅盾還寫了兩部中篇小說：《多角關係》、《少年印刷工》。

茅盾為了給回到鄉下的母親安排一個安靜的住處，自己也可以擺脫一些應酬和雜事，回到鄉下躲起來寫作，一九三四年春決定把曾祖父告老回到烏鎮時在老屋後面建造的那三間平房加以翻修，他自己設計，翻修以後感到很滿意。一九三五年秋茅盾回到烏鎮，在這裡住了兩個月，寫了中篇小說《多角關係》。

茅盾自己認為這個中篇「是寫失敗的，人物不突出，材料也不突出」。其實，從作品來看，不盡然是這樣。唐子嘉這個「資本家、房東、地主」三位

一體的典型人物，是有鮮明的獨特個性的。小說通過唐子嘉及其周圍人物相互間的「多角」關係，揭示出在都市金融停滯、農村經濟破產的情況下，眞正遭殃的是農民、工人和小工商業者，像唐子嘉這樣的人，雖然處在「人欠」又「欠人」這樣尷尬的境地，卻仍然能夠在當地最闊氣的飯店中過舒舒服服的生活。小說的故事在半天之內展開和結束，結構很嚴密，文筆是通俗化的。所以當時就有人指出：「無論在小說的題材上或文章的技術上」，「都應得佳評」。〔註18〕

《少年印刷工》，一九三五年寫了一半，一九三六年在《新少年》上連載。這是一部爲少年兒童寫的作品。小說以滿腔的熱情，親切的文筆，眞實地描繪了舊社會學徒的生活，塑造了一個有理想、有抱負，又能埋頭苦幹的少年形象。並且在兒童文學中把文學和傳授科學知識結合起來作了有益的嘗試。但後半部寫排字技術知識太多，沖淡了對人物的刻畫，結束得也比較匆忙。茅盾自己對這個作品極不滿意，沒有印單行本，也沒有收入別的集子裡。直到茅盾逝世以後的一九八二年，才由少年兒童出版社出版。

在這幾年間，茅盾還寫了不少散文、雜文。有一小部分收集在《話匣子》、《速寫與隨筆》、《印象・感想・回憶》中。

《大旱》、《戽水》、《桑樹》、《阿四的故事》等敘事性散文，用事實揭露在國民黨反動統治、帝國主義經濟侵略和自然災害的襲擊下，農村經濟破壞，廣大人民群眾正在爲自己的命運進行艱苦鬥爭的情況。

《黃昏》、《雷雨前》、《沙灘上的腳跡》等抒情散文，用象徵的手法描寫了三十年代整個中國的政治與社會矛盾，指出當時中國雖然還處在黑暗時代，但「大雷雨」即將到來：鼓勵人們要敢於同形形色色的妖魔鬼怪作鬥爭，堅定地前進，去迎接勝利。這些散文，體現了一種新的時代精神，也反映了作家本人高昂的戰鬥意志和對未來的堅定信心。

茅盾這幾年間還寫了大量戰鬥性很強的雜文，但大都沒有編集出版。

一九三四年《文學》連續出了兩期翻譯專號，專登譯文的雜誌《譯文》又跟著出版，文化界很快就出現了一個翻譯、介紹外國文學的熱潮。一些綜合性的雜誌也刊載翻譯、介紹外國文學的文章，各書店競相出版外國文學書籍。一九三五年就被人們稱爲「翻譯年」。

一九三四年間，茅盾應《中學生》編輯部的約稿，用勃蘭克斯的《十九

─────────────────

〔註18〕畢樹棠：《多角關係》，《宇宙風》第13期，1936年3月。

世紀歐洲文學主潮》的寫作方法，選擇若干能代表西洋文學發展史的各個時期的名著，像講故事那樣地把各時期的文學思潮、流派、作家及其作品，作通俗的評述。各篇可以獨立成章，連貫起來又描繪出了一個西洋文學發展的簡圖。連續在該雜誌上發表的有《〈伊利亞特〉和〈奧德賽〉》《〈戰爭與和平〉》等七篇，受到讀者的熱烈歡迎。一九三六年間，茅盾把這些文章匯編成《世界文學名著講話》出版。

與此同時，茅盾又應亞細亞書局邀約，趕寫了一本《漢譯西洋文學名著》，簡要地介紹了從荷馬的《奧德賽》王爾德的《莎樂美》等三十二位外國著名作家的三十二篇已有中文譯本的代表作。如果說《世界文學名著講話》是精雕細刻的，那麼，《漢譯西洋文學名著》就好像用炭筆勾勒了三十二幅草圖。給初學外國文學的讀者介紹一些基本常識，所選作品只限於已經有中文譯本的。

與此同時，茅盾還譯出了挪威別爾生的《我的回憶》，波蘭顯克微支的《旅美遊記》，德國海涅的《英吉利斷片》，挪威易卜生的《集外書簡》，比利時梅特林克的《「蜜蜂的發怒」及其他》，俄國蒲寧的《憶契訶夫》，意大利渥維德的《擬情書》，結集出版時題名爲《回憶‧書簡‧雜記》，編入鄭振鐸編輯的《世界文庫》中。這些作品都是很優美的散文，也是茅盾翻譯的唯一的一本散文集。茅盾說在他所有譯作中，這本散文集是比較難譯的，也是他譯得比較滿意的。

這一年間，茅盾還譯出了其他一些外國文學作品，如安徒生的《雪球花》，育珂‧摩耳的《跳舞會》，奧格列曹維支的《兩個教堂》，呂海司的《凱爾凱勒》等短篇小說。有幾篇編入《桃園》集中，列爲《譯文叢書》之一，魯迅還親自看了校樣。

一九三三年下半年以後的幾年間，茅盾在創作和翻譯介紹外國文學兩方面，都是豐收的。

四十二　撰寫文學評論，獎掖文藝青年

這一階段，茅盾還撰寫了大量的評論文章。這些文章的內容可概括爲三個方面。

一是評論知名作家。

一九三三年初，茅盾寫了《徐志摩論》，這是新月派的代表作家徐志摩的蓋棺定論。這一年五月十四日，丁玲、潘梓年在上海租界突遭綁架而失蹤，

詩人應修人在拒捕時犧牲；六月十八日，中國民權保障同盟總幹事楊杏佛被
國民黨特務組織藍衣社暗殺。傳說列入藍衣社黑名單的共有五十六人，其中
還有魯迅和茅盾。但他都處之泰然。丁玲被捕後不久，就傳出她已被殺害的
消息，作家們都十分沉痛。魯迅寫了舊體詩《悼丁君》，茅盾趕寫《女作家丁
玲》作爲悼念。茅盾的文章系統地論述了丁玲的文學道路和創作個性，指出
在左聯，丁玲「是一個重要的而且最有希望的作家。她的被綁（或已經被害），
不用說是中國左翼文壇的一個嚴重的損失。」這樣一篇文章，當時是不可能
在中國報刊上刊出的，於是茅盾把它交給美國人伊羅生編輯的《中國論壇》
發表，後來北平的左聯機關刊物《文藝月報》爲了悼念丁玲，也加以發表了。

　　丁玲被捕前正在寫長篇小說《母親》，還沒有寫完。爲了紀念，也是爲了
抗議，良友圖書公司很快就把它出版了。茅盾立即寫了《丁玲的〈母親〉》，
作爲前一篇論文的補充。

　　一九三四年下半年，茅盾接連寫了三篇作家論：《盧隱論》、《冰心論》、《落
華生論》。

　　盧隱、冰心和落華生都是「五四」以後湧現出來的作家，並且都屬文學
研究會的成員，自然有他們的共性，但都有鮮明的創作個性。茅盾用馬克思
主義的歷史觀點和美學觀點加以分析，既注意到他們共同的社會背景，又注
意到他們各自不同的生活經歷，從作品的實際出發，把作品的思想和藝術結
合起來，作了深刻的分析，中肯的評論，並且把他們各自的聲音、笑貌和風
格，都描繪出來了，白確是不同凡響，三篇論文的筆法也各有特色。從《魯
迅論》到《落華生論》是作家論的典範。

　　《王統照的〈山雨〉》是一篇充滿熱情的，用現實主義觀點寫的作品論。

　　二是獎掖青年作者。

　　在文學評論工作中，茅盾一向非常重視發現、培養青年作者。這幾年間，
他在這方面做了更多的工作。

　　夏征農的《禾場上》，李輝英的《萬寶山》，何谷天的《雪地》，葉紫的《豐
收》，張天翼的《蜜蜂》，吳組緗的《一千八百擔》、《樊家舖》，彭家煌的《喜
訊》，黎錦明的《戰煙》，黑炎的《戰線》，曹禺的《日出》、田間的《中國農
村故事》、臧克家的《烙印》、葛琴的《窰場》、《總退卻》，周文的《煙苗李》、
《在白森鎮》，端木蕻良的《科爾沁草原》，駱賓基的《邊陲線上》，等等，都
曾得到茅盾的好評和推薦。

茅盾對青年作者的作品的評論，正如沙汀所體會到的那樣：「既不抹煞不合自己口味的東西，視同狗屁，但也不閉起眼睛吹。」〔註19〕而是實事求是地從作品的實際出發，把內容和形式結合起來進行分析，既肯定優點也指出缺點和努力方向，希望他們更快地成長起來。臧克家說：「茅盾先生對魯迅獎掖青年這一點，很推崇，他自己何嘗不是如此呢？當年的青年作家，像沙汀、艾蕪、吳組緗⋯⋯這些有成績的作家，哪個沒有受到他的栽培和導引呢？」〔註20〕包括臧克家在內的，當年受到茅盾指導、獎掖的青年作家，以後都為我國新文學的發展作出了重要的貢獻。

三是評論各種文藝現象。

茅盾的文學評論，還很注意評論各種文藝現象和傾向性問題。如：《所謂雜誌年》分析了一九三四年成為「雜誌年」——各種雜誌出得特別多的原因。《〈東流〉及其他》，評論了留日學生辦的小型文藝刊物《東流》和「名流」，「名教授」辦的《學文》，指出前者雖然幼稚卻生動活潑，會慢慢熟起來的，而後者「在圓熟的技巧後面，卻是果子熟爛時那股酸霉氣——人生的空虛。」《小市民文藝讀物的歧路》分析了以小市民為讀者對象的《小說月刊》一、二期的內容，指出專門給小市民看的文藝，也應該有健康的積極內容。《小品文半月刊〈人間世〉》批評了《人間世》的消極傾向。《讀〈中國的水神〉》評介黃芝崗的《中國的水神》一書，提出了神話研究的方法論問題。

在「八一三」前夕，由於政治形勢變幻迷離，一些文學青年和中間立場的作家感到迷惘。有人認為要求文學為民族解放戰爭服務是新文學的危機，有人則認為描寫「民生疾苦」的作品，即以工人、農民、小市民生活為題材的作品都是「差不多」的，提出要搞一個「反差不多運動」。對於這些糊塗觀念，茅盾在《新文學前途有危機麼》、《關於「差不多」》〔註21〕兩篇文章中，分別加以批評。茅盾指出新文學正在向新階段發展，前途光明，要講「危機」，那是來自反動統治。至於所謂「差不多」，茅盾認為那是一種偏見，「作家們應客觀的社會需要而寫他們的作品」，「新文藝發展的這一條路是正確的」。

這些評論，對於揭示某些文藝現象的實質，指出文藝運動的方向，都是

〔註19〕《感謝》，《文哨》第 1 卷第 3 期，1945 年 10 月。
〔註20〕《往事憶來多》，《十月》1981 年 3 期。
〔註21〕分別見《文學》第 9 卷第 1 號，1937 年 7 月；《中流》第 2 卷 8 期，1937 年 7 月。

有積極意義的。

四十三　創作經驗的系統總結——《創作的準備》

　　一九三六年間，茅盾應生活書店之約，寫了《創作的準備》，作爲「青年自學叢書」之一。當時《創作法程》、《小說作法》之類的書充斥書市，但大都是掛羊頭賣狗肉的，讀者不僅要上當，還要被引上歧途。生活書店的負責人認爲請茅盾來寫這樣一本書最合適。因爲茅盾既寫小說，充分體會到創作的甘苦；又寫評論文章，有理論修養，他只要把自己的經驗寫下來，就能給初學寫作者以正確的指導。

　　茅盾花了一個星期，就把這本書一氣呵成了。茅盾之所以寫得特別順手，是因爲：一則是寫自己的經驗，二則所談問題是平時深思熟慮過的。有的與青年作者交談中或在通信中零星地談到過，有的在評論文章中談到過，寫作時只是把它們歸納起來加以系統化。這本書在創作理論方面提出了一系列獨到的、很精闢的見解。

　　關於作家的社會責任問題，茅盾認爲：「偉大的作家，不但是一個藝術家，而且同時是思想家——在現代，並且同時是不倦的戰士。他的作品，不但反映了現實，而且針對著他那個時代的人生問題和思想問題，他提出了解答」。這就是說，一個作家，不應只想到表現自我，而應想到反映現實，正確地回答那個時代的人生問題和思想問題。

　　關於創作和生活的關係問題，茅盾指出：一個忠實於生活的作家，「應當首先寫他自己熟悉的生活」。但即使寫自己熟悉的事情，在下筆之前，「還應當努力補充及修正他的經驗以及加深他的觀察」，以求得對「事情的內在因果」的正確理解。同時茅盾又進一步指出：單說「寫自己熟悉的生活」只得了片面的眞理，因爲作家本人的生活是有限的，而社會生活本身是複雜的、發展的，所以作家還必須「探頭到自己的生活圈子以外」去，從社會生活的各部門的有機聯繫中去認識生活，做到「取精用宏」。

　　關於人物描寫問題，茅盾認爲在創作過程中，描寫人物是「第一義」的。他指出作家和社會科學家觀察、研究的對象都是社會生活，這是相同的。但社會科學家所取以爲研究資料者，「是那些錯綜的已然的現象」，在作家，「卻是造成那些現象的活生生的人」。而觀察、研究人，一方面，要研究他本人生活的各方面，「不但要明白他的職業生活，也要明白他的私生活，最隱秘的私

生活」；另一方面，人又是生活在錯綜複雜的社會關係中的，所以還必須「從他們相互關係上，從與他們自己一階層的膠結，與他們以外各階層的迎拒上，去觀察」；這樣寫出來的人物方有「個性」，方是一個「活人」。他還指出：特定地區的生產關係，社會制度、階級、階層的關係，文化教育組織以及風尚習慣等形成的環境支配著人的行動，而人又能動地改造環境。因此，寫環境，就必須「從人的行動中」來寫，也就是把「環境」和「人」的關係放在交互發生作用的基礎上來表現。這樣，「人物」才是活的人，「環境」才是活的環境。這是對恩格斯的「在典型環境中再現典型人物」這一論點的最好的詮釋。

關於寫作態度問題，有些作家強調創作要憑「靈感」，認為「靈感」一來就文思泉湧，一篇作品，揮筆而成。茅盾認為太憑「靈感」「總非正常之道」。他認為創作應該有比較長的構思過程，「原料總是愈咀嚼愈能消化，愈能分別出精華與糟粕；而題旨，也總是多花時間研究便多些正確」。他還主張寫「大綱」甚至還要寫詳細提要。他還強調作家固然要有自信，但更要有自我批評精神，在整個創作過程中，「時時自己檢查自己」。總之，就是要「用苦功」，而不要以「天才」自居。

關於作家的修養問題，茅盾認為作家必須認真讀書，去讀那些「指導我們瞭解中國社會經濟結構的書籍」，「幫助我們明瞭中國社會全般面目——光明的勢力與黑暗的勢力如何在相決盪的書籍」。也就是說必須用正確的知識和進步的世界觀來武裝自己的頭腦，用來觀察、研究生活、分析創作的素材。

茅盾還認為：「一位作家的『世界觀和人生觀』應當而且必須表白在他的作品中；一位作家應當而且必須用他的作品來批評社會，來憎恨應當憎恨的，擁護那應當擁護的，讚頌那應當讚頌的」。但必須記住，「他是作家而且寫的是文藝作品」，所以「他應當把他的『世界觀和人生觀』融合在他的藝術形象中，就是要從作品中『人物』的行動上表白出來，而不是用作者自己的嘴巴插進書裡去『發議論』」。茅盾還強調說：「作家所要表達的意思應當盡力組織在藝術的形象之中，而且應當巧妙地保留一二分，以引起讀者的思索」，也就是「留一點餘地給讀者自己用經驗和想像去填補」。只有這樣，作品才「耐人咀嚼，發人深思」。茅盾還認為創作上的準備，除了觀察和體驗生活以外，還應當「充實他對於文學理論的瞭解和對於一般文化藝術的知識。」「偉大的作家，是以人類有史以來的全部智慧作為他的創作的準備的」。他指出，作家學習、研究前人的經驗，不應模仿，而應創造，把前人的精華凝煉成新的他自

己的東西，「在人類智慧的積累上更增加了一層」。

　　這一本三萬字的著作，是茅盾第一次把他自己寫小說得來的甘苦表之於文字，是他創作經驗的系統總結。書中沒有引經據典，沒有玄之又玄的「理論」，只是把關於創作的幾個根本問題深入淺出寫下來。實際上卻是一部有一定理論高度的現實主義創作論，同時又可說是一部通俗化的馬克思主義文藝論的簡編。因此，它在我國現代文學的理論批評史上佔有重要的地位。

　　一九三六——三七年間，茅盾還就民間文學、詩、散文、報告文學、話劇等問題，寫了一些文章，如《民族的「深土」的產物——民間文藝》、《渴望早早排演》、《論初期白話詩》、《敘事詩的前途》、《關於「報告文學」》、《劇運平議》等，提出了一些很精闢的見解。這些文章可以說是現實主義的文體論。

　　上述現實主義的創作論和現實主義的文體論，都閃耀著馬克思主義的美學思想的光輝，表明到三十年代中期，茅盾的革命現實主義文藝思想不僅完全成熟了，並且已形成了完整的體系。

第十章　走遍大半個中國

四十四　爲抗日戰爭而「吶喊」

　　繼蘆溝橋「七七」事變之後，日本帝國主義又於「八一三」向上海發動進攻，國民黨政府被迫應戰，神聖的抗日戰爭開始了。爲了民族解放的偉大事業，茅盾顛沛流離，在戰爭的頭三年裡，足跡踏遍大半個中國。在他個人的歷史上，同時也在我國現代文學史上，譜寫了光輝的篇章。

　　「八一三」的第二天是星期六，「月曜會」卻好有一個聚餐會。抗日的炮火打響後，作家們都很興奮，所以到會的人特別多。大家都認爲有必要辦一個適應戰時需要、能夠迅速傳布作家們吶喊聲的小型刊物，並希望由茅盾來主編。茅盾也覺得義不容辭，當天下午就和馮雪峰、巴金等商量。此時《文學》、《中流》、《文叢》、《譯文》（一九三六年三月復刊），都已準備停刊，就決定用這四個刊物的名義來辦，取名《吶喊》。籌備工作進展很順利，八月二十五日創刊號就出版了。

　　茅盾在隆隆的炮聲中寫成《吶喊》的創刊獻詞——《站上各自的崗位》。大意說在抗日戰爭中，文藝戰線也是一條重要的戰線，作家們要用自己手中的筆，開創一個抗戰文藝的新局面來，並號召：「中華民族的每一個兒女趕快從容不迫地站上各自的崗位。」這篇創刊獻詞中，洋溢著強烈的愛國主義激情。《吶喊》出了第二期後，改名爲《烽火》，封面上印了編輯人茅盾，發行人巴金」。十一月十二日上海淪陷後，《烽火》繼續出了兩期，遷到廣州復刊，封面上印「編輯人巴金，發行人茅盾」。

　　在一些大型刊物相繼停刊以後，《吶喊》與《救亡日報》（社長郭沫若，

主編夏衍）、《抗戰》（三日刊，主編鄒韜奮）互相配合，在教育廣大群眾，推進抗日救亡運動方面，起了很大作用。

上海戰事發生後，一切跡象表明上海不可能久守。茅盾決定把正在讀高中的女兒亞男和讀初中的兒子阿桑送到長沙去讀書，託那邊的友人照顧。十月初坐火車離開上海，經鎮江坐船到漢口，再到長沙。把孩子送進學校後經由浙贛線返回上海。十一月十二日茅盾回到家中時，廣播正在報導中國軍隊已經撤離。上海淪陷後，租界就成為「孤島」，剛回來的茅盾，不得不立刻作重新離開的準備。

一九三七年除夕，茅盾和夫人孔德沚登上了去香港的輪船，離開了生活、工作和戰鬥了二十多年的上海。

從「八一三」到一九三七年底的三個多月的時間裡，茅盾撰寫了雜文、散文、文藝短論三十來篇。茅盾選了其中的十篇再加上一九三八年寫的五篇，編集為《炮火的洗禮》於一九三九年四月出版。

在《炮火的洗禮》中，作家熱情奔放地歡呼一個偉大時代的到來，堅定地相信我們的民族必將在炮火中獲得新生。他寫道：「敵人的一把火燒得了我們的廬舍和廠房，卻燒不了我們舉國一致的抗戰力量」。「在炮火的洗禮中，中國民族就更生了。讓不斷的炮火洗淨了我們民族數千年來專制政治下所造成的缺點，也讓不斷的炮火洗淨了我們民族百年來所受帝國主義的侮辱」。作家還懇切地表示要和全國人民一道，擔負起時代所賦予的偉大歷史使命。

四十五　去香港建立「文藝陣地」

一九三八年元月初三，茅盾和夫人到達廣州。停了兩天後轉車到長沙，再到武漢。此時生活書店已從上海遷到武漢。茅盾十月間到武漢時徐伯昕已和他談過編刊物的事。這次一到武漢，就去找徐伯昕，正好鄒韜奮也在。商量以後，決定編一個綜合性的文藝刊物《文藝陣地》，半月出一期。考慮到武漢不可能長期堅守，抗戰力量也應適當分散，決定刊物在廣州編輯出版。在武漢，茅盾委託在《新華日報》社工作的樓適夷為《文藝陣地》組稿，因為他與各方面聯繫比較多。茅盾還去拜訪了董必武。董必武希望茅盾留在武漢，參加正在籌組的中華全國文藝界抗敵協會和政治部第三廳的工作。茅盾認為自己還是去編雜誌和寫小說更合適。董必武表示尊重茅盾的選擇，並介紹吳奚如幫助組織稿件。茅盾還會見許多文藝界的朋友。這樣，茅盾一開始著手

《文藝陣地》的籌備工作，就爲稿件來源開闢了廣闊的渠道。

茅盾向朋友們約稿時，自己也成了被約稿的對象。在長沙、武漢逗留的十多天中，就寫了十幾篇文章。

二月下旬，茅盾全家到了廣州。

茅盾到廣州後，即與生活書店廣州分店經理聯繫，才知道廣州印刷條件很差，出版《文藝陣地》很困難。當晚，原來在上海出版的《立報》的總經理薩空了訪問茅盾，告訴他準備把報紙遷到香港去出版，請茅盾去主編副刊《言林》，並勸茅盾去香港安家，《文藝陣地》也在香港編，編好後寄廣州排印。茅盾覺得這是一個可行的辦法，與有關方面商量以後就這樣定下來了。

二月底，茅盾全家到香港，暫時安頓了下來，把孩子送進華南中學，立即開始《立報‧言林》和《文藝陣地》的編輯工作和寫作。

四月一日，《立報‧言林》復刊，茅盾在復刊號的《言林獻詞》中說明了這個副刊的宗旨，開始發表長篇連載《你往哪裡跑》。開初，茅盾差不多每天還要寫一篇短文，不久，投稿就源源而來，逐漸形成了一支經常寫稿的「核心隊伍」，他們大都是青年人，後來知名的有杜埃、林煥平、李南桌、黃繩、袁水拍等。《立報‧言林》是茅盾在香港建立的第一個小小的、但卻是重要的「文藝陣地」。它既向敵人射出各種炮彈，也像「一支七絃琴，一支笛」，「奏出了大時代中民族內心的蘊積」，有時又像一架顯微鏡，「檢視著社會人生的毒瘡膿汁」。

茅盾在香港建立的另一個重要的「文藝陣地」就是《文藝陣地》半月刊。創刊號四月十六日出版，發表了葉聖陶從四川寄來的雜感《從疏忽轉到謹嚴》，老舍從武漢寄來的《忠烈圖》，董必武推薦的陸定一的報告文學《一件並不轟轟烈烈的故事》，張天翼從長沙寄來的《華威先生》，還有李南桌的論文《廣現實主義》，以及林林、力揚、王亞平等人的詩篇。稿子來自四面八方，反映的社會生活面極爲廣泛而且有強烈的現實性，形式也多種多樣，特別是《華威先生》更引起轟動。茅盾認爲：「華威先生也許是抗戰爆發後在文藝作品中出現的第一個典型人物」，「他的出現有很大的意義」。創刊號一出來，各方面反映都很強烈，可以說是一炮就打響了。刊物在香港編輯，在廣州印刷、出版，茅盾往來於港穗間，極爲辛苦。巴金回憶他接替茅盾編輯《吶喊‧烽火》和在廣州看到茅盾看《文藝陣地》校樣時的情況說：「我才發現他看過、採用的每篇稿件都用紅筆批改得清清楚楚，而且不讓一個筆畫難辨的字留下

來。」又說茅盾「做任何工作都是那樣認真負責，一絲不苟。」〔註1〕茅盾就這樣以自己艱苦的勞動，赤手空拳地在香港建立了又一個重要的「文藝陣地」。

由於廣州印刷條件差，而上海的印刷條件在全國是第一流的。從一九三八年起，留在「孤島」的文化人利用當時的特殊條件又開始戰鬥了，而且與香港的交通是比較方便的。茅盾商得生活書店的同意，從第四期起的《文藝陣地》在香港編好後寄到上海秘密排印，委託孔另境具體聯繫和看校樣，印好後再運回香港轉發內地和南洋。

《文藝陣地》茅盾編了十八期（二卷六期）。它是一面戰鬥的旗幟，起到團結進步的文藝力量，鞏固統一戰線的作用，它又是一個堅持現實主義傳統的文學刊物，理論和創作並重，形式上像個「縮小」的《文學》。經常給它撰稿的知名作家或是後來成名的作家，可以列出七十多位。第三期上發表的姚雪垠的《差半車麥秸》所引起的哄動，不下於《華威先生》，並且還引起國外的注意。樓適夷回憶說：「《文藝陣地》的編輯中心雖然僻處一隅，但和全國廣大文藝隊伍，還是息息相通的。當大多數文藝戰士處於戰時分散狀態的時候，它和前線、後方、敵後、抗日民主根據地，均能取得廣泛、密切的聯繫，及時發佈戰地的報告，以及在戰爭中出現的新作」。〔註2〕因此，這個刊物能夠成為抗戰初期有很大影響的刊物。

一九三八年底，茅盾決定去新疆。《文藝陣地》從第三卷第一期起，委託樓適夷繼續編輯下去。

一九三八年三月二十七日，中華全國文藝界抗敵協會在武漢成立，茅盾當選為理事，並擔任「文協」的機關雜誌《抗戰文藝》的編委。

在港期間，茅盾除編輯《立報·言林》和《文藝陣地》並辛勤寫作外，還協助出版《魯迅全集》，到中華業餘學校義務講課，參加其他一些社會活動。在中華業餘學校講課時，熱情指導林煥平編寫講義。林煥平回憶說：「茅盾同志知識淵博，經驗豐富，講話雖不算流暢，卻十分健談，越談越起勁，以至於滔滔不絕。茅盾同志這種愛護後輩，誨人不倦的精神，很使我感動，留下不可磨滅的印象。」〔註3〕當時在廖承志領導下的八路軍辦事處工作的杜埃和茅盾有較多交往。茅盾去新疆前推薦他接編《言林》和擔任中華業餘學校的

〔註1〕 《悼念茅盾同志》，《文藝報》1681 年第 8 期。
〔註2〕 《茅公和〈文藝陣地〉》，《新文學史料》1981 年 3 期。
〔註3〕 《茅盾在香港和桂林的文學成就》，浙江人民出版社，1982 年版。

教學工作。杜埃回憶當時的情況說：茅盾「對後輩那麼殷切期望，要給青年壓擔子，多磨練，這種『望子成龍』的心情是體會得到的，也只好硬著頭皮去試一試了。」杜埃又說：茅盾「和魯迅一樣，雖身在黨外，但心卻時刻和黨緊緊相連，是一位令人欽佩的黨外布爾什維克」。〔註4〕

　　林煥平、杜埃的回憶，生動而又親切地描繪了茅盾第一次在香港工作期間的思想作風。

四十六　探索文藝為抗日戰爭服務的道路

　　抗日戰爭爆發後，文藝工作如何適應這一新的形勢？或者說文藝如何為抗日戰爭服務？是廣人文藝工作者所面臨的一個迫切需要解決的課題。對此，茅盾作了許多有意義的探索，提出了一些非常中肯的見解。

　　由於抗戰爆發這一新形勢，文藝界也出現了活躍的景象。某些報刊提出了一個新題目：「戰時文藝政策」。一些天真的理論家也就跟著做文章。茅盾敏銳地感覺到：「出題目的人意思很清楚，無非是說，你們的戰時文藝要按我們的『政策』辦。這是企圖給方興未艾的戰時文藝穿上一件緊身衣」。於是寫了《還是現實主義》，針鋒相對地回答了所謂的「戰時文藝政策」。茅盾在文章中指出：「文藝是反映現實的，戰時文藝，應該不會例外」。他認為文藝要為抗日戰爭服務，就必須走現實主義這一條「大路」，除此而外，無所謂「政策」。他又強調指出：「所謂現實主義的文藝者，不僅是反映現實而已，且須透過了當前的現實而指出未來的真際」。這「真際」就是掙斷、銷毀敵人強加給我們的鐐索，爭取「長期抗戰的最後勝利」。〔註5〕

　　堅持走現實主義的路。這是抗戰初期茅盾文藝思想的核心。

　　抗戰文藝怎樣走現實主義的路？茅盾作了多方面闡述。

　　抗戰文藝走現實主義的路，茅盾認為應該以「民族的自由解放和民眾的自由解放」為政治思想的基礎和方針。〔註6〕

　　抗戰文藝走現實主義的路，茅盾認為創作既要有中心，但題材應該擴大。他說：「我們民族的力量怎樣像百川朝海似地從各自不同的『源』與『流』而匯合到當前的大事業：抗戰建國。這是我們應該寫的東西，非寫不可的東西，

〔註4〕　《臨歸凝睇，難忘蓓蕾》，《羊城晚報》1981 年 4 月 10 日。
〔註5〕　《還是現實主義》，《戰時聯合旬刊》第 3 期，1937 年 9 月。
〔註6〕　《浪浪的與寫實的》，《文藝陣地》第 1 卷第 2 期，1938 年 5 月。

而且應該以這爲圓心,去攝取我們這時代的森羅萬象。」〔註7〕也就是說,圍繞著抗戰建國,應該去寫各種各樣的題材。他還認爲:「抗戰的現實是光明與黑暗的交錯,——一方面血淋淋的英勇的鬥爭,同時另一方面又有荒淫無恥,自私卑劣」。他認爲最後勝利是要「爭取」的,如果只寫光明面,則雖然有加強最後勝利信念的作用,但「爭取」的意義就沒有了。因此,「消滅這些荒淫無恥自私卑劣,便是『爭取』最後勝利之首先第一的要件」。〔註8〕茅盾還進一步指出:「文藝的教育作用不僅在示人以何者有前途,也必須指出何者沒有前途;而且在現實中,那些沒有前途的,倘非加以打擊,它不會自己消滅,既有醜惡存在,便不會沒有鬥爭,文藝應該反映這些鬥爭又從而促進實際的鬥爭」。〔註9〕這就是說,在茅盾看來,寫光明固然是爲了爭取勝利,寫黑暗,是爲了要克服它,也同樣是爲了爭取勝利。只有把現實全面反映出來,這樣的現實主義文學,「才能成爲行動的力量」。

走現實主義的路,茅盾認爲作家必須用最大的努力去「寫人」,「人是時代舞臺的主角,寫人怎樣在時代中鬥爭,就是反映了時代。」他說,作家「應當從各種各樣人的活動中去表現時代的面目」,既要寫「代表新時代的曙光的典型人物」,也要寫「正在那裡作最後掙扎的舊時代的渣滓」。〔註10〕正是從這一認識出發,所以茅盾既肯定姚雪垠所塑造的「差半車麥秸」,也肯定張天翼所描繪的「華威先生」。

總之,茅盾是從現實主義的基本要求出發,結合時代的特點,來闡明抗戰文藝的歷史任務的。

文藝大眾化問題,「左聯」時期就連續展開過幾次討論,但問題並沒有解決。抗戰開始以後,問題又重新提了出來。

茅盾認爲,抗戰時期,任何工作都應當和抗戰聯繫起來。當時最迫切的問題,是如何發動民眾抗戰。新文藝的讀者對象還依然是知識分子和青年學生,沒有深入到大眾中去,就不能發揮它教育民眾、動員民眾的作用。時至今日,這個問題就非趕快解決不可了。

怎樣實現文藝的大眾化?茅盾認爲可以從兩方面著手:一是使文藝「大

〔註7〕 《八月的感想》,《文藝陣地》第 1 卷第 9 期,1938 年 8 月。
〔註8〕 《論加強批評工作》,《抗戰文藝》第 2 卷第 1 期,1938 年 7 月。
〔註9〕 《八月的感想》,《文藝陣地》第 1 卷第 9 期,1938 年 8 月。
〔註10〕 《八月的感想》,《文藝陣地》第 1 卷第 9 期,1938 年 8 月。

眾化起來」，也就是「從文字的不歐化及表現方式的通俗化入手」；二是「用各地大眾的方言，大眾的文藝形式（俗文學的形式）來寫作」，如說書、彈詞、楚劇、湘戲等都可採用。但利用民間藝術的舊形式，茅盾認爲並不是把舊形式的「整的間架都搬了過來」。所謂「利用」，一要「翻舊出新」，二要「牽新合舊」，這兩者「匯流的結果，將是民族的新的文藝形式，這才是『利用舊形式』的最高目標」。〔註11〕

茅盾關於現實主義的見解、關於文藝大眾化和利用舊形式的見解，也就是文藝如何爲抗日戰爭服務的見解，是完全正確的，對抗日戰爭時期的文藝運動和創作是起了指導作用的。

茅盾當時寫的幾十篇評論文章中有很大一部分是介紹文藝刊物，評介作品的。茅盾介紹的文藝刊物，有內地各城市出版的，有上海孤島出版的，也有南洋、新加坡等地出版的，視野極爲開闊。茅盾評介、推薦了周文、沙汀、東平、崔嵬、劉白羽、塞克、羅烽、丁玲、駱賓基、李輝英、田濤、谷斯范、曾克、姚雪垠、碧野等作家的作品。其中有的是老作家，有的是青年作者或初學寫作者。這些評論文章，是茅盾現實主義文藝觀在文學批評中的具體體現，起了向讀者推薦優秀作品和鼓勵青年作者的作用。

一九三八年十月十九日，是魯迅逝世二週年。茅盾寫了《韌性萬歲》、《以實踐「魯迅精神」來紀念魯迅先生》等六篇有關魯迅的文章，強調發揚魯迅的戰鬥精神，以實踐魯迅精神來紀念魯迅先生。

四十七　通俗化的嘗試——《第一階段的故事》

《立報》在上海出版時，副刊《言林》是有長篇連載的。遷港出版後報社仍打算保持這一特色，但臨時去找一部合適的長篇很不容易。薩空了建議已答應擔任《言林》主編的茅盾自己動手寫，邊寫邊登，每天五百來字。邊寫邊登的做法茅盾雖然很不習慣，但還是同意了。

當時香港一般讀者的文學水平不高，報紙副刊有點近於「五四」以前上海各報報「屁股」的味兒，不外乎武俠、神怪、色情。但《立報》及其副刊《言林》卻要保持它原來的進步傾向和玲瓏、多樣、輕鬆而又精悍的風格。茅盾和薩空了研究以後決定了這樣的編輯方針：不脫離現實，不脫離群眾；

〔註11〕《大眾化與利用舊形式》、《利用舊形式的兩個意義》，《文藝陣地》第 1 卷第 4 期，1938 年 6 月。

不做群眾的尾巴,但亦力戒太主觀。薩空了建議茅盾把要寫的長篇寫成「通俗形式」。茅盾同意試試,決定「形式上可以盡量從俗,內容上切不能讓步」,也就是寫成「一部既能顧及當時香港的讀者水準而又能提高讀者的作品」。〔註12〕

　　茅盾決定小說以抗戰爆發後各階層人物「何去何從」——「投身抗戰、走向革命,還是繼續在生活的濁流中沉淪」這樣一個關係國家民族的命運、也關係到每一個中國人的命運的問題為主題,書名就題為《何去何從》。分成兩部:第一部寫上海戰爭時各階層人物的動向。第二部寫武漢生活。一群從上海來的知識分子前往陝北,一部分留在武漢從事救亡活動。意在說明:只要指導思想明確,那麼,去陝北也好,留在武漢也好,都是一樣的。而且從力量對比,工作需要來講,留在原地工作更有必要。這是茅盾在長沙時從徐特立那兒聽到的觀點。《楔子》就寫幾個青年在上海淪陷後到了武漢,討論去陝北還是留在武漢的問題,然後回敘第一階段的故事。

　　薩空了看了《楔子》,認為《立報》老闆可能會說《何去何從》這個題目刺激性太大,建議茅盾改一個題目,不必在題目上攤牌。於是改成《你往哪裡跑》。邊寫邊登的做法茅盾本來就不習慣,寫了過半以後就意興闌珊。後來又決定去新疆,就把第一部匆匆結束了,第二部以後就沒有機會再寫。後來出單行本時就改題為《第一階段的故事》。

　　這部小說反映了從「七七」事變到上海淪陷這一時期上海社會的動態。著重描寫的是「八一三」時期民族資本家何耀先一家人對抗日戰爭的態度和思想認識的變化。

　　何耀先,留學生出身的橡膠廠老闆,一個能幹的企業家。蘆溝橋事變後,他害怕戰爭擴大,影響他的市場;同時他又害怕國民黨政府向侵略者屈服,因為那樣,他的橡膠廠就更沒有希望。隨著戰爭的擴大,事實的教育使他認識到只有「打,才是生路」;他希望「老大的中國」,這一回被逼著「開刀」,能夠死中求生。何耀先這一形象揭示出中國民族資產階級雖然軟弱動搖,但還是有一定程度的愛國觀念的,在特定歷史時期,特別是在面臨帝國主義侵略的時候,是能夠和廣大人民群眾站在一條戰線上的。何耀先的妻子和兒女也都滿懷愛國熱情,以能為抗戰出一分力而高興。特別是他的兒女,在救亡運動中認識得到提高,在上海淪陷以後,決定離開上海到陝北去。

〔註12〕　《第一階段的故事‧後記》,《茅盾文集》第 4 卷。

何耀先及其家庭成員的形象都是有一定的典型意義的。

以何耀先一家爲中心，小說還描寫了「八一三」前後上海社會生活的一些側面。

小說通過對各階層人物對抗日戰爭的不同態度、不同行動的描寫，反映了在一個偉大時代到來的時候，人們都在而且必須對「何去何從」這個問題作出抉擇。指出無論是民族資產階級或是青年知識分子，都只有擁護抗戰、積極參加抗戰才是正確的出路。小說也描寫了當時社會生活中的陰暗面有待克服，告訴讀者不能盲目樂觀。

這部小說的藝術形式是比較通俗化的。

首先，在分章上有著中國古典小說章回體的影子，但拋棄了「欲知後事如何，且聽下回分解」這種「形式之形式」。其次，在人物描寫方面，作家沒有用他所擅長的心理描寫手法，不用間接方法（敘述）而用直接方法（人物的動作和說話）來刻畫人物，這顯然也是吸取了古典小說的長處。再次，語言是很通俗化的。可見這部小說在藝術形式上是茅盾自己關於文藝大眾化與通俗化主張的實踐和嘗試。

小說連載時主要讀者對象是香港人。茅盾當時考慮到：「香港的中國人是關心著擁護著祖國的抗戰的，然而香港聽不到炮聲，聞不到火藥氣。抗戰的生活對於大多數香港人是生疏的。」爲了使當時的讀者得到更具體、更眞實的上海戰爭的印象，各章標題如「大時代降臨了」等等，像報導性題目，許多場面的描寫，如閘北、虹口大搬家景象等等，像一篇篇速寫。這些都帶有記實的特點，因而作品就帶有報告文學的色彩。單行本出版不久，就有一位評論者指出：這部小說可以「當作一本忠實地報導上海戰爭中三個月的歷史眞實的書讀，茅盾先生這本書實在有重大的價值」。評論者又說：「我讀茅盾先生的小說，常感覺到它很可能是現代小說之向中國舊式章回小說吸收融化的一個合理的雛形」。〔註13〕這一說法是頗有道理的。

無庸諱言，這部小說也明顯地存在一些不足之處。其一是藝術上比較粗糙，其二是因爲沒有按計劃寫完，人物性格有待進一步發展，所以不夠豐滿。作家自己認爲這部小說「寫失敗了」，「失敗在內容，也在形式」。「至於形式方面的失敗，更爲顯著。」〔註14〕這樣的自我批評，顯然是過分了。

〔註13〕鉗耳《評〈第一階段的故事〉》，《文聯》第1卷第2期，1946年1月。
〔註14〕《第一階段的故事・新版的後記》，《茅盾全集》第4卷第474頁。

四十八 「新疆各民族現代文藝工作者的啓蒙良師」

一九三八年底，茅盾應新疆學院院展杜重遠的邀請，前往任教。

當時新疆督辦盛世才以進步姿態出現，在蘇聯的支持下制定了「反帝、親蘇、民平（民族平等）、清廉、和平、建設」的「六大政策」。中國共產黨也與他建立了統一戰線的關係，先後派了毛澤民、陳潭秋、林基路、鄧發去工作，使新疆出現了一個安定和發展的局面，引起國內外人士的注目和嚮往。著名的愛國民主人士杜重遠就在這一形勢下到迪化，任新疆督辦公署和省政府高級顧問兼新疆學院院長。

茅盾偕夫人孔德沚及女兒沈霞（亞男）、兒子沈霜（阿桑）於一九三八年十二月二十日乘船離開香港，取道越南海防、河內，轉乘火車於二十八日抵昆明，受到昆明文藝界的熱烈歡迎。在昆明逗留一週，作了幾次報告，還寫了幾篇文章。一九三九年一月五日乘飛機離開昆明，經成都時，應杜重遠的邀請去任教的張仲實從重慶趕來，同機前往，再經西安到蘭州。因爲要換乘飛機，在蘭州一直等了四十五天。

在蘭州滯留期間，茅盾應當地文藝工作者的請求作了兩次報告，講題分別是《抗戰與文藝》、《華南文化運動概況》，講述了抗戰文藝的任務、抗戰以來東南、華南、西南等地文化運動的情況。

在蘭州滯留期間，茅盾還會見中共駐蘭州辦事處的代表謝覺哉。有一些朋友勸茅盾不要去新疆了，說是「進疆不易出疆更難」。茅盾當時考慮到，既答應了杜重遠的邀請，倘若中途變卦不去，於情於理都不妥。至於新疆情況複雜，只要小心行事就是了，決定還是前往。

等到二月二十日，終於有了飛機，離開蘭州到哈密，然後再坐汽車，於三月十一日到達迪化。

到迪化的第二天，茅盾就會見了毛澤民，他化名周彬，擔任財政廳長，還有延安派去的孟一鳴，擔任教育廳長。他們向茅盾介紹了盛世才的爲人，建議他多觀察，少說話，多做事，少出風頭，以免引起盛世才的猜忌。

之後，茅盾被杜重遠委任爲新疆學院教育系主任，講授中國通史、中國學術思想概論和西洋史等課程。他的講課，內容充實，有新穎獨到的見解，給聽課的學生留下了深刻難忘的印象。〔註15〕在課外，茅盾還給學生開文學講座，與張仲實（任政治經濟系主任）一起支持學生創辦校刊《新芒》，給這

〔註15〕任萬鈞：《茅盾在新疆學院》，《烏魯木齊文史資料》第4輯。

個刊物寫了《五四運動的檢討》等文章，指導學生創作了活報劇《新新疆進行曲》。

在迪化，茅盾和張仲實還分別擔任新成立的新疆文化協會的正、副委員長。協會的編譯部在茅盾的領導下，編譯了全套高初級小學課本，用漢、維、哈、蒙四種文字出版，供全疆各民族小學使用。趙丹、葉露茜、徐韜、王爲一等影劇界知名人士到迪化後，首先演出了章泯的劇作《戰鬥》，茅盾發表了評介文章。接著在文化協會下成立了話劇運動委員會和實驗劇團，這是新疆文化史上第一個專業性話劇團。一九三九年下半年，迪化文化生活出現了生氣勃勃的景象。

新疆文化協會還籌辦了文化幹部訓練班，培訓各民族的文化幹部。當時的學員錫伯族的郭基南回憶說：「茅盾用毛澤東的《論持久戰》作教材」，他闡發「這部光輝著作的精神實質，越講越生動，越講越激昂」；學員是「越聽越感動，越聽越義憤塡膺」。〔註16〕「訓練班學習過的三百多名各族學員，分散到天山南北，他們把第一批新文化運動的種子，播散到全疆。」〔註17〕

在茅盾的倡議下，新疆文化協會還創辦了新疆第一個街頭漫畫刊物《時代》，茅盾親自寫了《發刊詞》。

一九三九年十一月間，茅盾主持了中蘇文化協會新疆分會成立大會，被推爲會長。爲促進中蘇文化交流做了許多工作。

盛世才示意茅盾參加他一手建立起來的政治組織「新疆民眾反帝聯合會」（簡稱「反帝會」），並擔任《反帝戰線》的主編。茅盾婉辭了。茅盾到迪化後，沒有從事創作，文藝評論也寫得很少。但不寫文章也會引起盛世才的疑心，於是便答應給《反帝戰線》寫一些文章。談國際時事問題，既可表示自己熱心，又避開了新疆的現實問題。這樣他就寫了《「納粹」的侵略不能挽救經濟上的危機》、《侵略狂的日本帝國主義底苦悶》、《帝國主義戰爭的新形勢》等這一類的文章十多篇，分析了國際形勢，揭露了帝國主義的反動性、腐朽性和失敗的必然性，宣傳了抗戰必勝的信念。

在迪化，茅盾還寫了一些討論文藝問題和文化問題的文章。如《中國新文學運動》，闡述了中國新文學的發展史，分析了各種文學流派和文學樣式的興衰消長，指出了今後的任務。是一篇頗有價值的文章。毛澤東在《中國

〔註16〕《灑淚念師情》，《新疆日報》1981年4月12日。
〔註17〕艾里：《蓏姑仙子下天山》，《新疆文學》1981年6期。

共產黨在民族戰爭中的地位》一文中提出「使馬克思主義在中國具體化」和
宣傳工作必須有「中國作風和中國氣派」的意見，延安和重慶文化界都展開
了關於這個問題的討論，遠在迪化的茅盾也撰寫了《通俗化、大眾化與中國
化》一文，對創造「中國化的文化」提出了一些很精闢的見解。茅盾還應《新
疆日報》副總編的邀請，給文藝青年講創作經驗，講了《〈子夜〉是怎樣寫
成的》，記錄稿就發表在《新疆日報》的副刊《綠洲》上。這是一篇研究《子
夜》的極爲珍貴的資料。

　　無論是在新疆學院或是在「文幹班」裡，茅盾對各民族的學生、學員和
工作人員，態度和藹可親，平易近人。當時在《新疆日報》社當童工的維族
托呼提巴克回憶說：有一次到「文幹班」去取稿件，在辦公室裡看到茅盾，「他
見到我這個衣著襤褸，神情惶惑的小人物，便和藹可親地跟我握手，」「撫摸
著我的頭，問寒問暖，鼓勵我刻苦上進」。〔註18〕但更爲重要的是：他和在新
疆的共產黨人、愛國民主人士共同作戰，做了大量開創性的工作，播下了革
命文化的種子，培養了一批新疆各民族的新一代的文藝工作者，受到新疆各
民族文藝工作者的敬愛。稱他是「新疆各民族現代文藝工作者的啓蒙良師。」
〔註19〕這並不是過譽。

　　在迪化，茅盾還學會了騎馬。同時又非常熱心地去瞭解新疆的歷史、地
理、民情、風俗，寫作舊體詩記述自己的見聞和感謝。比如騎馬欣賞「樹掛」
詩云：「曉來試馬出南關，萬樹銀花照兩間。昨夜掛枝勞玉手，藐姑仙子下天
山。」描寫維族哈族人民乘坐爬犁兜風詩云：「紛飛玉屑到簾櫳，大地銀鋪一
望中。初試爬犁呼女伴，阿爹新買玉花驄。」這些詩篇，生動地描寫了新疆
的風情，也反映了茅盾當時的心情的一個側面。

　　但是，茅盾當時的物質生活和精神生活方面都遇到了不少困難。在他對
盛世才的爲人有所瞭解以後，就打算離開新疆。他在給友人的信中說：「在此
『打雜』之忙，甚於在港」，「水土不服，身體日感衰弱，是個人方面的困難。
兩兒常念及江南風物，又以此間無適當學校進，閒居在家，亦甚無聊。」「與
內地文藝家隔絕，即欲作文，恨無題目」，「惟獨與世隔絕，深恐久居將成爲
文化上的愚蒙者耳。」〔註20〕這裡說的完全是實情，同是也有「稱病」作爲

〔註18〕　《憶茅盾先生》，《人民日報》1983 年 3 月 31 日。
〔註19〕　郭基南：《灑淚憶師情》。
〔註20〕　《致樓適夷》，《茅盾書簡》，浙江文藝出版社，1984 年版。

離開新疆的藉口的用意。因當時從迪化寄出的信，盛世才是要檢查的。十月間，盛世才製造了所謂的「陰謀暴動案」，把杜重遠軟禁了起來，還有許多進步人士被捕，茅盾、張仲實等處境也很險惡，曾想通過蘇聯離開新疆，當時由新疆去蘇聯必須得到盛世才的同意，這是行不通的，只得耐心等待時機。

一九四○年三月，張仲實收到家中去信，告訴他伯母去世，要他回去。張仲實以此爲理由請假，得到盛世才的批准，但拖著不給解決交通問題。四月二十日，茅盾收到二叔從上海拍去的電報，告訴他母親去世。抗戰爆發後，茅盾要住在烏鎮的母親一同到內地去或遷到上海去，她都不同意。烏鎮淪陷後，社會秩序混亂，她到上海住了幾個月後又回烏鎮，於四月十七日傍晚突然去世。茅盾得到噩耗，非常悲痛，在漢族文化促進會設了靈堂，舉行追悼會。並藉此機會向盛世才請假回去料理後事。盛世才幾經考慮，才表示同意。得到孟一鳴和蘇聯駐迪化總領事的幫助，茅盾帶領全家和張仲實搭乘蘇聯飛機於五月五日離開迪化，當天到哈密，第二天飛到蘭州，終於逃出了虎口。

在蘭州，茅盾和張仲實研究去向，張仲實說他要去延安，並勸茅盾也去延安。茅盾和德沚商量後決定到西安後看交通情況再定。

五月十九日，茅盾等到達西安。第二天就去八賢莊八路軍辦事處。意外地見到了周恩來和朱德。周恩來從延安來，去重慶與國民黨談判；朱德從山西前線來，原來是要去重慶的，因形勢變化，不去了，改去延安。茅盾等告訴周恩來想去延安的意思，周恩來表示歡迎，並說可以和朱德總司令一道走，路上安全也有了保證。

五月二十四日，茅盾一家和張仲實搭乘朱總司令的車隊離開西安去延安。

四十九　在革命聖地延安

從西安到延安花了三天時間。茅盾和張仲實等於二十六日下午到達革命聖地延安。張聞天、陳雲等到延安南郊七里鋪迎接，各機關學校代表在南門外歡迎。

當天傍晚，茅盾等參加延安各界代表召開的歡迎會。茅盾發表講話，大意說：八路軍朱總司令及各位同志都是創造抗戰勝利的人物，他將於可能時赴前線一行，搜集此項材料以爲日後寫作之用。大會進行時，掌聲和口號聲不絕，群情興奮異常。七日晚，延安各界復於中央大禮常舉行歡迎晚會，毛澤東也出席了，朱德、茅盾、張仲實等相繼講話。晚會上演出了「魯藝」的

《黃河大合唱》，給茅盾很深刻的印象，他一直念念不忘，幾年後還在一篇文章中說，這次演出，他十分感動，大開眼界，「它那偉大氣魄自然而然使人鄙吝全消，發生崇高的感情，光是這一點也就叫你聽過一次就像靈魂洗過澡似的」。〔註21〕二十八日延安文化界復假文化俱樂部舉行歡迎座談會，招待茅盾和張仲實。座談會後又應邀赴邊區文協之歡宴，並出席後方政治部主持的文藝晚會。不久，又有一些文藝家從全國各地到達延安。文協於七月十四日又舉行茶話會，歡迎總會理事茅盾、成都分會理事蕭軍、晉東南分會理事孫冰以及蕭三、胡考、舒群等人。

茅盾等此次到延安，受到熱烈歡迎，《新中華報》多次報導了歡迎盛況。

茅盾一家到延安以後，先住在黨中央交際處，毛澤東曾親自去看望他，一起用了便飯。不久，茅盾接受毛澤東的建議、周揚的邀請搬到魯迅藝術文學院去住（「魯藝」院長是吳玉章，周揚是副院長，實際上是主要負責人），「魯藝」特為他修建了兩孔窰洞。女兒沈霞進了女子大學，兒子沈霞進了陝北公學。張仲實則到中央政治研究室去工作。

茅盾應周揚之請，給「魯藝」學生講「中國市民文學概論」，中心內容是把中國文學中腐朽的與進步的東西區別開來，對具有民主性、革命性和現實主義傳統的東西作一歷史分析。共講了五、六次，還編寫了油印講義。當時在「魯藝」教務處工作的胡征回憶說，他每周到茅盾處取教材手稿，「這些手稿是用毛筆寫的。……延安人自造的馬蘭紙，質地敦厚，澀而無光，具有吃墨吐光的特點。茅盾同志的俊秀飄逸的類似趙體的行書，滿紙風雲，堪稱書法藝術品。」茅盾還答應一位工作人員的要求，為他書寫了一張條幅，內容是魯迅《半夏小集》中的一段。那位同志如獲至寶，貼在炕頭，天天欣賞。〔註22〕

在延安，茅盾除在「魯藝」講學外，還參加其他社會活動和文學活動。

「魯藝」成立二週年紀念會是一次很隆重的集會，毛澤東、朱德等都參加了，茅盾也參加了這次大會，並講了話。他在講話中談到抗戰中文藝理論落後於現實的問題，作家與理論家的生活問題、作家與批評家的聯繫問題，等等；他還勉勵「魯藝」學員學習和繼承魯迅精神。

茅盾還根據邊區文協的安排，給延安各文藝小組作了題為《論如何學習

〔註21〕 《憶冼星海》，《茅盾文集》第 10 卷第 113 頁。
〔註22〕 胡征：《茅盾同志在「魯藝」講學的片斷回憶》，《陝西日報》1981 年 6 月 7 日。

文學的民族形式》的報告。他指出發表於《中國文化》創刊號上的毛澤東的
《新民主主義的政治與新民主主義的文化》和洛甫的《抗戰以來中華民族的
新文化運動與今後任務》兩篇論文所論述的問題，是「有關中華民族文化的
百年大計的問題」；具體論述了向民族遺產學習和向人民大眾的生活學習的問
題。

　　當時重慶文藝界討論民族形式問題時，向林冰提出民族形式必須以民間
形式為中心源泉的主張。茅盾寫了《舊形式、民間形式與民族形式》，表示不
同意向林冰的觀點。他認為建立新的民族形式，「要吸取過去民族文藝的優秀
的傳統，更要學習外國古典文藝以及新現實主義的偉大作品的典範；要繼續
發展五四以來的優秀作風，更要深入於今日的民族現實，提煉鎔鑄其新鮮活
潑的素質。」〔註 23〕他還通過對谷斯範的《新水滸》第一部《太湖游擊隊》
的評論，進一步闡述了對民族形式的見解。〔註 24〕一九四二年以後我國新文
學創作的實踐證明，茅盾關於創造新的民族形式的見解是完全正確的。

　　茅盾到延安的時候，延安文化界正在籌備紀念魯迅誕生六十週年和逝世
四週年，他積極參加這方面的活動，寫了《為了紀念魯迅的六十生辰》、《關
於〈吶喊〉和〈彷徨〉》、《紀念魯迅先生》，號召學習魯迅的現實主義創作方
法，用犀利的文筆，揭露城狐社鼠的醜態，同時表彰所有堅持進步、為民族
的自由解放而奮鬥的英雄烈士。一九三四年間，魯迅和茅盾曾應蘇聯國際文
學社之約，寫了《答國際文學社問》。茅盾的這一篇「答問」，由魯迅轉寄。
魯迅恐怕原稿遺失，親自用毛筆謄抄了一份。魯迅的這一份墨跡，茅盾一直
攜帶在身邊。經過白色恐怖的歲月，抗日戰爭的烽火，茅盾顛沛流離，許多
東西都散失了，這份墨跡卻完整無損地保留了下來。在延安，茅盾把它獻給
紀念魯迅逝世四週年的展覽會，發表時改題為《中國青年已從十月革命認識
了自己的使命》。〔註25〕這一件事情生動地體現了兩位戰友的深厚情誼。

　　此外，茅盾還應邀參加范文瀾、呂振羽組織的歷史問題討論會，艾思奇
主持的哲學座談會以及其他一些社會文化活動。茅盾還應毛澤東之請到楊家
嶺去長談了一次，談的是三十年代上海文壇的鬥爭以及抗戰以來文藝運動的
情況。

〔註23〕《中國文化》第 2 卷第 1 期，1940 年 9 月。
〔註24〕《中國文化》第 1 卷第 4 期，1940 年 6 月。
〔註25〕《大眾文藝》第 2 卷第 2 期，1940 年 11 月。

在延安，茅盾參加各種活動，經常騎馬。他心情舒暢，與在迪化時相比，簡直判若兩人。

九月下旬的一天，張聞天告訴茅盾：周恩來有電報到延安，說郭沫若他們已退出第三廳，另外組織了一個文化工作委員會，仍由郭沫若主持。這是對國民黨頑固派的抗議。爲了加強國統區文化戰線的力量，希望茅盾到重慶去工作。並且認爲由於茅盾在國內外的聲望，在重慶那種環境裡活動比較方便。茅盾到延安後本來準備長住下去的，一聽說要請他去重慶，感到很突然。不久前，張仲實告訴茅盾，他的黨籍問題已經解決，勸茅盾也在延安解決這個問題。茅盾原來也打算來適當時候向黨提出這一要求的。現在茅盾感到時間很緊迫了，便請張聞天向黨中央提出：如能恢復黨籍，一則了卻十年來的心願，二則到重慶也能在黨的直接領導下進行工作。黨中央書記處研究了茅盾的要求，認爲茅盾目前留在黨外，對工作、對人民的事業更爲有利，希望茅盾能夠理解。茅盾無條件接受黨中央的安排，決定去重慶工作，把女兒、兒子留在延安學習，託張琴秋照顧。張琴秋此時是女子大學的教育長。

一九四〇年十月十日，茅盾夫婦隨董必武的車隊離開生活、工作了五個月的延安，踏上了新的征途。「魯藝」的全體同學在橋兒溝西邊、延河北岸列隊歡送，茅盾夫婦在周揚等陪同下，一邊擦淚，一邊揮手向送行的同志告別。

延安五個月的生活，給茅盾留下了強烈的印象。到重慶後不久，就寫下散文《風景談》和《白楊禮讚》，熱情歌頌延安的生活，歌頌延安人民和革命戰士，歌頌中國共產黨。這兩篇散文也體現了茅盾本人的坦蕩胸懷和崇高品格。

第十一章　「驅車我走天南道」

五十　開闢「第二戰場」

　　一九四○年十月十日，茅盾夫婦隨董必武的車隊離開延安，途經寶雞時，因汽油問題有關部門故意刁難，等候了一個多月，到重慶時已是十一月下旬了。

　　到重慶後，茅盾夫婦暫住八路軍辦事處，周恩來、鄧穎超去看望他，請他擔任文化工作委員會的常務委員。兩天後，他們搬到市中心的生活書店去住，會見了郭沫若、鄒韜奮、田漢等人。十一月三十日《新華日報》報導說：「名作家茅盾先生，傾從西北來渝，連日會晤渝中舊友，至為忙碌，聞《文藝陣地》即將於新年復刊，茅盾先生將任主編。」

　　十二月一日，茅盾夫婦又搬到棗子嵐埡，和沈鈞儒住在一起。此時重慶正是霧季，各方面的生活又都活躍起來了。

　　茅盾到重慶後首先著手的工作是營救杜重遠。原來茅盾離開迪化後一星期，杜重遠就被盛世才逮捕，但這一消息傳到重慶已是十一月。茅盾到重慶後就和沈鈞儒、鄒韜奮等商量營救辦法，並徵求周恩來的意見。決定推茅盾起草、給盛世才去電報作保，要求把杜重遠送回重慶。但營救沒有成功。

　　十二月七日，茅盾出席全國文協的歡迎會，周恩來亦蒞臨參加。八日，中蘇文化協會召開了中蘇文化人聯歡會，沈鈞儒、郭沫若、鄒韜奮等知名人士出席，茅盾在會上作了關於中國文藝界在抗戰中的活動的講話。這個講話稿後來作了較多的增補，題作《抗戰期間中國文藝運動的發展》發表。這篇文章是茅盾此次在重慶寫的十幾篇文章中最重要的一篇。當天晚上，茅盾又

參加全國文協組織的關於小說創作的專題討論會，作了《關於小說中的人物》的發言。

十二月二十八日，茅盾應邀在文化工作委員會召開的演講會上講話，講話稿整理成《今後文藝界的兩件事》，《大公報》作為星期論文發表。

茅盾離港赴新疆後，代編《文藝陣地》的樓適夷由於受到香港當局的壓力，於一九三九年六月離港去上海「孤島」，《文藝陣地》也就在上海編輯出版。到一九四○年夏季因又遇到很大困難，生活書店決定再遷重慶出版。茅盾到重慶後，組成編委會，仍由他擔任主編。一九四一年一月在重慶復刊的第六卷第一期，茅盾發表了歌頌延安生活的散文《風景談》。當時周恩來委派葉以群配合茅盾工作，照顧茅盾生活，向茅盾傳達黨的指示，同時也負責《文藝陣地》的具體編輯工作。

在重慶，茅盾還寫了《「時代錯誤」》等雜文，批判「戰國策」派所鼓吹的法西斯思想。

一九四一年一月十七日，國民黨頑固派製造了震驚中外的「皖南事變」。中國共產黨中央和周恩來領導下的《新華日報》進行了針鋒相對的鬥爭，擊退了這次反共高潮。在重慶，茅盾目擊了魔鬼們的瘋狂行動和共產黨人的英勇鬥爭。

皖南事變後，重慶形勢險惡，《文藝陣地》出了第六卷第二期後就不可能再出了。為了預防反動派進一步迫害文化人，周恩來親自領導了大規模的撤退工作：有的去延安，有的去香港。周恩來和茅盾商量，他在香港工作過，情況比較熟悉，隨著形勢的發展，香港地位將越來越重要，黨決定加強那邊的力量，夏衍、范長江、胡繩等都要去，建議茅盾也去香港。茅盾又一次無條件服從黨的安排，和孔德沚再次去港。

離開重慶前，茅盾被安排到南溫泉去暫住。這裡環境很安靜，他又文思泉湧，利用西北之行所積累的材料，一口氣寫了《風雪華家嶺》、《白楊禮讚》等六篇散文。

在南溫泉住了二十天，茅盾夫婦坐汽車去桂林，再從桂林坐飛機去香港。在旅途中，茅盾寫了《渝桂道中口占》七絕一首：「存亡關頭逆流多，森嚴文網欲如何？驅車我走天南道，萬里江山一放歌」。大義凜然地控訴國民黨反動派不顧國家危亡，掀起反共逆流，布下森嚴文網，摧殘進步文化的罪行，同時也表達了他換一個地方進行戰鬥，反動派其奈我何的豪情壯志。

茅盾到香港前，夏衍已於二月初由桂林來到。他在桂林主持的《救亡日報》被迫停刊。不久，范長江也到了香港。他們根據周恩來的指示，在廖承志的領導下，建立了一個新的宣傳陣地《華商報》，夏衍兼管副刊《燈塔》。《燈塔》從創刊號起就連載茅盾的散文《如是我見我聞》。茅盾還在這個副刊上發表文藝短論、雜文三十來篇。

鄒韜奮到香港後，使原來在上海出版的《大眾生活》復刊，茅盾擔任編委。從復刊新一號起，就連載茅盾的長篇小說《腐蝕》。這是茅盾長篇創作的又一重要收穫。

九月一日，茅盾又創辦了一個雜文刊物《筆談》（半月刊）。它內容充實，形式活潑，文字精悍，莊諧並收。其中有茅盾的一組連載隨筆《客座雜憶》。創刊號一出版，就立即受到讀者的熱烈歡迎，不到五天，就出版再版本。出版了第七期後，因太平洋戰爭爆發停刊。

此外，茅盾還在各種報刊上發表了許多雜文。

一九四一年間茅盾在香港九個月，除發表了《腐蝕》、《如是我見我聞》、《客座雜憶》外，還發表了散文、雜文、文藝評論一百二十多篇。這一年，是茅盾寫作的一個豐收年，創作力表現得極爲旺盛。這是茅盾到香港開闢「第二戰場」後所取得的輝煌戰果。

太平洋上的「一二八」戰爭爆發後，僅僅十八天，香港英軍就扯起了白旗投降。由於日本侵略者突然發起進攻，在香港從事抗日工作的大批文化人來不及撤離，被困在島上。茅盾夫婦原來住在半山堅尼地道，戰事發生後，寄存在房東地下室裡的舊稿、信札、日記等都被當作「抗日」文件燒毀。待到發覺這一情況，已經無可奈何了。由於原來的寓所不安全，由友人幫忙避居到軒尼詩道一所設在三層樓上的跳舞學校裡。和茅盾夫婦住在一起的有葉以群、戈寶權、宋之的等八人，儼然一個「八口之家」。茅盾自稱是九龍逃過來的一家紙張文具店的老闆，帶著老伴，葉以群是伙伴，另外幾位是朋友。這個「大家庭」在炮彈的呼嘯聲中共同渡過了十五個難忘的白晝和黑夜。之後又搬到中環德甫道的大中華旅館去住，沒有過幾天，這家旅館又被日軍徵用。這樣他們就不可能找共同的住處了，只得化整爲零。在一九四一年的最後一天，茅盾夫婦和葉以群再搬到西環半山的一家小旅館裡。

一九四二年一月九日，茅盾夫婦在香港地下黨組織派來的連貫的幫助下，化裝成普通老百姓，由香港偷渡到九龍，再由東江游擊隊派來的人（《脫

險雜記》中茅盾以爲是「綠林好漢」的「江大哥」即東江游擊隊中有名的手槍隊長江水）帶領，經過青山道、元朗鎮，又和鄒韜奮、戈寶權等匯合，到達游擊區白石龍，受到東江游擊縱隊司令員曾生等的歡迎和接待。在白石龍住了五六天，茅盾夫婦和葉以群、胡仲持、廖沫沙等五人作爲第一批，由東江游擊隊繼續派人護送到惠陽。到惠陽後，再由另外的黨的地下工作者接手，幫助茅盾夫婦坐船到老隆。由老隆坐汽車經曲江到桂林時，已是三月九日了。

太平洋戰爭爆發後，香港的地下黨組織和東江游擊隊根據黨中央的指示，把被困在香港的茅盾等二千多文化人安全轉移到內地，是「抗戰以來（簡直可說是有史以來）最偉大的『搶救』工作」。﹝註1﹞以後茅盾根據這一經歷，寫了許多作品。

五十一　革命現實主義的新收穫──《腐蝕》

一九四一年到四二年間，抗日戰爭正處在極端困難時期，茅盾奔波於重慶、桂林、香港之間，生活很不安定，創作力卻極爲旺盛。在理論方面和創作實踐方面，都堅持現實主義的道路，取得了輝煌的成績。

一九四一年二月，茅盾在《現實主義的道路》中指出：「中國新文學二十年來所走的路，是現實主義的路」。他說，二十年來，中國社會發生了許多變動，在文壇上，也曾出現唯美主義、象徵主義等旗號，而且據說還有創作，但都被時代遺忘了，「現實主義屹然始終爲主潮」。他又說，在文藝思想領域內，有過多次激烈的論爭，這些論爭，都圍繞著現實主義這個「軸」，「都是爲了現實主義的更正確地被把握，都是爲了爭取現實主義的勝利」。因此，他認爲抗日戰爭時期的文藝，也必須堅持「現實主義的道路」。﹝註2﹞

堅持「現實主義的道路」，正是這一時期茅盾文藝思想的「軸」。而《腐蝕》則是他革命現實主義創作的新收穫。

《腐蝕》寫於一九四一年夏，連載於鄒韜奮主編的香港《大眾生活》新一期至二十期。

《大眾生活》籌備復刊時，編委會認爲必須有一長篇小說連載，而且要趕在創刊號上登出。當時既無現成的稿子，臨時又找不到合適的人來寫。作爲編委之一的茅盾，就義不容辭的承擔了這一任務，寫了《腐蝕》。

﹝註1﹞　《脫險雜記》，《茅盾文集》第 10 卷第 262 頁。
﹝註2﹞　《現實主義的道路》，《新蜀報・蜀道》，1941 年 2 月 1 日。

　　這是一部日記體的長篇小說。「日記」從一九四〇年九月二十五日起到一九四一年的二月十日止。正是國民黨頑固派發動第二次反共高潮以及被擊退的時期，也就是皖南事變前後。

　　《腐蝕》寫一個國民黨女特務趙惠明在第二次反共高潮中的經歷與所見所聞。小說逐段發表時就引起讀者的強烈反響，特別是趙惠明的命運更爲讀者所關心。作者原來計劃是寫到小昭被害，小說就結束。但在小說連載過程中，許多讀者寫信給《大眾生活》編輯部，要求作者給趙惠明一條自新之路。另一方面，刊物的發行部也要求作家寫長一些，多「拖」幾期。茅盾接受了這些要求，繼續寫了下去，成爲現在所看到的樣子。

　　《腐蝕》的主人公趙惠明是一個性格複雜的人物，在她的內心一直鬥爭著：有愛與恨的鬥爭、人性與獸性的鬥爭、正義與邪惡的鬥爭、光明與黑暗的鬥爭。「人的本質並不是單個人所固有的抽象物。在其現實性上，它是一切社會關係的總和」。〔註3〕趙惠明性格的複雜性正是這樣形成的：既有家庭的原因，又有個人經歷的原因，更由於她所處的那個獨特的環境：各種社會力量和思想意識給她各種各樣的影響。但歸根結底來說是：社會上的反動力量與她的個人主義相結合，使她恨、使她發展了獸性，走向邪惡和黑暗；而進步的革命的力量促使她愛，促使她恢復人性，走向正義和光明。兩種力量搏鬥的結果是愛戰勝了恨，人性戰勝了獸性，正義和光明戰勝了邪惡和黑暗。

　　小說通過趙惠明自述自己的遭遇和內心矛盾鬥爭，揭露、控訴了國民黨特務統治的血腥罪行；反映了在那個「狐鬼滿路」的社會裡一部份青年人的「難言之痛」；批判了趙惠明這一類人物的個人主義、不明大義和缺乏節操，又給失足者指出了自新之路；更反映了中國共產黨人和進步青年的英勇鬥爭精神，從而指出了在那個黑暗社會裡仍然存在著光明和希望。

　　趙惠明是一個有著深刻的社會意義和美學意義的典型形象。

　　《腐蝕》在藝術上是很有獨創性的。

　　小說用的是日記體。日記體便於揭示人物的內心活動。《腐蝕》正是通過主人翁的「自訟，自解嘲，自己辯護」的心理活動來揭示人物的複雜而又發展變化的性格的。同時小說以趙惠明爲「視點」，眞實地揭示了國民黨特務機構的罪惡、「皖南事變」這一重大歷史事件及其在重慶所引起的巨大反響、蔣汪合流的陰謀活動，等等，充分體現了作家匠心獨運，藝術構思的巧妙。但

〔註3〕　馬克思：《關於費爾巴哈的提綱》。

更爲重要的是：小說雖然以趙惠明爲「視點」，卻仍然滲透了作家愛憎分明的評價，正是這種評價，使小說具有明確的傾向性。不過這種評價又是很隱蔽的、曲折的。這就形成了《腐蝕》的革命現實主義的特色。

《腐蝕》在《大眾生活》連載時，就在香港讀者中引起強烈反響。單行本於一九四一年十月在上海「孤島」出版後不久，就爆發了太平洋戰爭，上海完全陷入敵僞之手，後方讀者也就不可能讀到它。一直到抗戰勝利後，一九四五年十一月重印再版，才重新引起廣大讀者和評論家的注意。沈起予指出：《腐蝕》「題材是現實的」；「多年來我們的作者走著創作上的現實主義道路，他以正確的眼光描寫過金融界和工商界，現在又讀到了他的取材於一個最黑暗集團的小說。在這小說中，他指導了被腐蝕者以新生的道路，並明示讀者社會必趨於光明。小說對於失足者和一般青年男女都有著教育意義」。〔註4〕重慶《新華日報》和延安《解放日報》都發表了評介文章。陳稻指出：「惠明的發展是完全合理的，不僅惠明如是，過去、現在和將來許多被害的人們也要跟著這唯一的道路找到光明。」〔註5〕李伯釗說：《腐蝕》「是一篇對國民黨特務罪惡有力的控訴書」，同時又說：「作者顯然懷著滿腔熱情，希冀趙小姐和其他類似的角色的新生」。〔註6〕此外，北平、哈爾濱以及香港、新加坡等地的報刊，也相繼發表評論文章。可見這部小說影響之廣了。

五十二　大後方生活的寫眞——《如是我見我聞》及其他

《如是我見我聞》連載於香港《華商報》副刊《燈塔》。一九四一年四月八日創刊號上登出了《弁言》，最後一篇爲《旅店小景》，於五月十六日刊出。共十八篇。寫他一九三八年底離開香港去迪化，再到延安，經重慶、桂林，於一九四一年二月又回到香港，兩年多時間裡跑遍了大半個中國的所見所聞。其中有幾篇寫於重慶。

作家在《弁言》中說：「這不是什麼遊記。遊記之類，現在也頗難著筆。而且——也不便多寫」。他所寫的，只是「七零八落的雜記」，「他許描寫幾筆花草鳥獸，也許畫個把人臉，也許講點不登大雅之堂的『人事』，講點人們如

〔註4〕 沈起予：《讀〈腐蝕〉》，《萌芽》第1卷第1期，1946年7月。
〔註5〕 陳稻：《介紹茅盾先生的〈腐蝕〉》，《新華日報》1946年5月6日。
〔註6〕 李伯釗：《讀〈腐蝕〉》，《解放日報》1946年8月18日。

何「穿」，如何『吃』，又如何發昏做夢，或者如何傻頭傻腦賣力氣」。所以他又自謙地說：「只是所見所聞的流水賬」。作家又表白說，他自信：「聞時既未重聽，見時亦沒有戴眼鏡，形諸筆墨，意在存眞。」故題名曰《如是我見我聞》。

作品記述了大後方一些城市的畸形繁榮，如《蘭州雜碎》、《「戰時景氣」的寵兒——寶雞》；反映了廣大農民遭受苛捐雜稅、抽丁勒索，不得不在飢餓線上掙扎的處境，如《「天府之國」的意義》、《拉拉車》；揭露了達官貴人、投機家、暴發戶在過著花天酒地、荒淫無恥、醉生夢死的生活，如《旅店小景》、《最漂亮的生意》、《司機生活片斷》；揭露反動派是怎樣欺騙群眾、粉飾太平的，如《如何優待征屬》、《西京插曲》、《「霧重慶」拾零》，等等。

作品還描寫了八路軍戰士和人民群眾在旅途中遇到困難、互相幫助、互相照顧的可貴革命情誼，如《秦嶺之夜》；禮讚了勤勞、勇敢、堅貞不拔的中國人民，禮讚守衛著他們的家鄉，捍衛著祖國的人民軍隊，禮讚領導全國人民進行民族解放戰爭的中國共產黨，如《白楊禮讚》。

《如是我見我聞》十八篇作品，內容極爲豐富，是大後方生活的寫眞。正是《燈塔》編輯所指出的：「暴露著黑暗社會孕育著的危機與沒落，指示出新中華民族的生長與出路。」由於作家的深刻的洞察力，能夠透過種種表面現象提出本質性的問題，「作深刻而雋永的敘述」，「筆調尤爲感人。」。〔註7〕

一九四三年四月，茅盾把《如是我見我聞》十八篇，再加上《海防風景》、《太平凡的故事》、《新疆風土雜憶》，在桂林出版了單行本，題名爲《見聞雜記》。但正式出版時，已被國民黨的檢查官刪削得殘缺不全了。

茅盾在港期間，還在各報刊發表了大量的雜文。時事政治問題、文化思想問題、歷史事件，無所不談，但主要內容是揭露和控訴國民黨的法西斯統治的。作家觀察深刻，分析透闢，短小精悍，尖銳有力，在思想和風格上都明顯地可以看到魯迅雜文的影響，也可說是繼承並發展了魯迅的傳統。散文《大地山河》描繪了西北高原壯麗的自然景象，《開荒》熱情歌頌了解放區人民從事改造自然和改造社會的偉大事業，深刻的思想，優美的筆調，是可以和《風景談》、《白楊禮讚》相媲美的。

這些雜文、散文，可惜都沒有結集出版。

〔註7〕　《編輯室》，《華商報·燈塔》1941年4月8日。

五十三 「棲遲八桂鄉，悠焉寒暑易」

一九四二年三月九日，茅盾夫婦到達桂林。

此時的桂林，已是西南地區著名的「文化城」。許多文化人如邵荃麟、田漢、歐陽予倩、艾蕪、王魯彥等都住在這裡。出版社、雜誌社也很多，但住房非常緊張，茅盾夫婦到桂林後也無法找到房子，在旅館裡住了半個月。後來邵荃麟（中共東南局文化工作組組長）把他的一間廚房讓了出來，茅盾夫婦才算有了個棲身之所。這是一所二層樓的房子，在西門外麗君路。

房間小到「一塌之外，僅容一方桌」，燒飯的爐子得放在房門口。不僅房間小，而且環境也很嘈雜。房間外是一個院子，每天到一定時間就熱鬧了起來。住在樓上的那位「皮包書店」的老闆的外室，常邀請一些人來打牌，牌聲不斷，有時則和幾位「牌友」「倚欄而縱談賭經」；「樓下是三四位女佣在洗衣弄菜的同時，交換著各家的新聞，雜以詬誶」。「樓上樓下，交相應和；因爲樓上的是站著發議論，而樓下的是坐著罵山門」，這就使茅盾想起了唐朝的坐部伎和立部伎，因而戲稱之爲「兩部鼓吹」。〔註8〕晚上呢？大體是寧靜的。但又有問題：「強光植物油燈，吸油如鯨，發熱如鍋爐，引蚊成陣」。茅盾視力不好，讀「土紙印新五號字」的書刊，猶如「讀天書」；只好「復古」用油燈，「九時就寢，昧爽即興」。但又有「弊」：「午夜夢回，木屐清脆之聲，一記記都入耳刺腦，於是又要鬧失眠；這時候，帳外饕蚊嚴陣以待，如何敢冒昧？只好貼然僵臥，靜待倦極，再尋舊夢了」。〔註9〕

桂林還常遭敵機轟炸。一九四二年春夏之間，葉聖陶爲了開明書店的編輯事務，曾經從成都到桂林住了一個多月，與茅盾老友重逢，有過多次會晤，茅盾還請他到家中吃飯。他在六月九日是日記中寫道：

> 十一時至雁冰所，應其招飯。雁冰夫人治饌甚豐，有雞與魚蝦。云來桂後從未請客，此爲第一次也。午後一時許傳警報，未久傳緊急。雁冰夫婦不逃，余亦留。雁冰爲余談在新疆一年間之所歷，頗長異聞。旋飛機聲起，隱隱聞投彈聲，繼見高射炮之煙兩躱，復次見敵機四架，飛行甚高，約歷一刻鐘而寂然。雁冰繼續談說，中氣甚足，直至四時半而終止。〔註10〕

〔註8〕 《霜葉紅似二月花·新版後記》，《茅盾全集》第6卷第247頁。
〔註9〕 《雨天雜寫之三》，《茅盾文集》第10卷第18頁。
〔註10〕 葉聖陶：《蓉桂之旅》，《新文學史料》1982年4期。

從葉聖陶的這一段日記中，可見在桂林，茅盾經常生活在敵機轟炸的威脅中，可是他卻泰然處之，有時在警報中還埋頭寫作。《有意為之》這篇文藝雜談篇末就署著：「一九四二年五月二十六日警報聲中寫完」。〔註11〕

茅盾在桂林，不僅物質生活很困難，行動也並不是那麼自由的。當時統治廣西的桂系中，有不少左派人士。這是皖南事變後，桂林仍能成為進步文化人聚集地的一個重要因素。但即使這樣，也不能超然於國民黨日益強化的法西斯特務統治之外，薩空了就在桂林被綁架，茅盾也曾受監視。〔註12〕一九四二年五月間，國民黨頒佈《國家總動員宣傳提綱》，強化文化思想方面的控制，許多報紙被迫停刊，桂林的進步文化事業也備受摧殘。

就在上述這樣的條件下，茅盾在「罷著油鹽醬醋的瓶瓶罐罐」的方桌上寫作，在不到一年時間裡，取得了豐碩的成果：完成了中篇小說《劫後拾遺》、長篇小說《霜葉紅似二月花》、短篇小說集《耶穌之死》（收入《耶穌之死》、《列那和吉地》、《虛驚》、《過封鎖線》、《參孫的復仇》），此外，還寫了文學評論、雜文三十多篇和幾首舊體詩。

《劫後拾遺》寫香港淪陷後的生活。反映了日本侵略者的暴行給香港人民造成的深重災難，香港英國當局在侵略者面前的無能為力。作家原來打算寫成小說的，所以寫的不是真人真事，然而卻近於「紀實」，「像是一個特寫，又像是幾篇大型的『香港戰爭前後的花花絮絮』。」〔註13〕本書出版後曾得到好評，有人指出：關於香港戰爭的報告已經不少，只有這一本「才夠得上說是一本典範的報告文學」。〔註14〕

《耶穌之死》、《參孫的復仇》兩篇都取材於《聖經》，但都是「對當時國民黨法西斯統治的詛咒並預言其沒落，因為只有這樣的借喻，方能逃過國民黨當時的文字檢查。蔣介石自己是基督教徒，他的爪牙萬萬想不到人家會用《聖經》來罵蔣的」。〔註15〕《虛驚》，《過封鎖線》寫從香港脫險回到內地的經過，《列那和吉地》寫在迪化時生活中的一件小事。

在桂林期間，由於環境關係，那種「抨擊劣政，針砭時弊」的雜文寫得不多，但也有幾篇極有分量的文章，如題為《雨天雜寫》的幾篇，或談古人

〔註11〕見《新文學連叢》之一：《孟夏集》。
〔註12〕翟同泰：《茅盾同志答問》，《文教參考資料》1981 年 7～8 期。
〔註13〕《劫後拾遺・新版後記》，《茅盾全集》第 5 卷第 422 頁。
〔註14〕矢健：《香港陷落的記錄》，《學習生活》第 3 卷 6 期，1944 年 11 月。
〔註15〕《茅盾短篇小說集・序》，人民文學出版社，1980 年版。

古事，或談外國的事情，但批判的鋒芒則是指向國民黨反動統治的，只是手法比較含蓄。這幾篇雜文，後來收入《時間的記錄》。

此外，茅盾還寫了一些獨具一格的舊體詩。《無題》中寫道：「搏天鷹隼困藩溷，拜月狐狸戴冕旒。落落人間啼笑疾，側身北望思悠悠」。對人妖顛倒的社會表示極度的憤慨，只有仰首北望，寄希望於陝北，也就是寄希望於共產黨了。《感懷》中寫道：「桓桓彼多士，引領向北國。雙雙小兒女，馳書訴契闊。夢晤如生平，歡笑復嗚咽。感此倍愴神，但祝健且碩」。想到延安，自然也就想到那裡的許多朋友，想到留在那裡的兒女。這真可說是「無情未必真豪傑，憐子如何不丈夫」了。

除了寫作，茅盾還參加各種文藝活動和社會活動。到桂林不久，就在邵荃麟組織的文學小組講文學修養。五月，參加「文協」桂林分會組織的維護作家權益的鬥爭。七月，應邀出席「戲劇春秋」社召開的歷史劇問題座談會，就編寫歷史劇的目的、歷史劇作者的任務問題發了言。十月間，為桂林藝術館主辦的藝術師資訓練班作題為《文學的產生、發展及其影響》的報告。他還給《青年文藝》、《文藝新哨》寫稿，支持青年作者的活動。茅盾的這些活動，對於促進桂林的文藝事業的發展，起了積極作用。

茅盾在桂林住了約九個月，於十二月三日去重慶。

茅盾為什麼要離開桂林去重慶？他自己說寫完《霜葉紅似二月花》以後，因「條件變化」，「不能在桂林再住下去，不得不赴重慶」。〔註16〕這是話中有話的。

原來太平洋戰爭爆發後從香港脫險到桂林的許多文化人，有的稍事停留後即去重慶，有的去昆明。大多數人在桂林停了下來。國民黨中央派ＣＣ系特務劉百閔以文化服務社社長名義到桂林「邀請」所有的人去重慶，還動員在桂林的葉聖陶向茅盾勸說。〔註17〕茅盾以「正在寫長篇，以後再說」為理由，以「拖」的辦法來對付。另一方面，茅盾等在桂林，也受到廣西當局的「監視」，並且他認為「太多人集中在桂林，也不相宜」。〔註18〕這樣，「拖」到十二月，正好重慶要他去編《文藝陣地》，茅盾便決定去了。

茅盾去重慶，除了被「逼」這一原因外，也還有積極的考慮。在《將赴重慶，贈陳此生伉儷》詩中表述了當時的心情。詩中說從香港回到「山水甲

〔註16〕 《霜葉紅似二月花・新版後記》。
〔註17〕 《蓉桂之旅》，《新文學史料》1982 年 4 期。
〔註18〕 翟同泰：《茅盾同志答問》（下），《文教資料簡報》1981 年 7～8 期。

天下，文物媲吳越」的桂林，時間過得很快，「棲遲八桂鄉，悠焉寒暑易」。
是否離開桂林，他是經過反覆考慮才下定決心的。「踟蹰復徘徊，投袂吾心
決」。雖然「風雨正作秋」，但他是懷著「慷慨上征途」的心情出發的。這就
是說，去重慶雖然是不得已，但他卻是懷著戰鬥的意志去的。在「征途」上，
他又寫了《桂渝道中雜詩，寄桂友》，對國民黨統治區的「職方如狗滿街走」，
「將軍高臥擁銅符」的腐敗現象，表示極端憤慨。但是，「卻憶清涼山下路，
千紅萬紫鬥春風」。正是對延安生活的美好回憶，也就對中國共產黨的堅定不
移的信念，使茅盾獲得「慷慨上征途」的精神力量。

五十四　新的民族形式的成功之作──《霜葉紅似二月花》

　　《霜葉紅似二月花》寫於一九四二年在桂林的「兩部鼓吹」聲中。作家
截取杜牧七絕《山行》的第四句「霜葉紅於二月花」，並改「於」爲「似」作
爲書名，之所以取這樣一個書名，和他原來的構思有關。他說：

　　　　本來打算寫從「五四」到一九二七年這一時期的政治、社會和
　　思想的大變動，想在總的方面指出這時期革命雖遭挫折，反革命雖
　　暫時佔了上風，但革命必然取得最後勝利。書中一些主要人物，如
　　出身於地主階級和小資產階級的青年知識分子，最初（在一九二七
　　年國民黨叛變革命以前）都是很「左」的，宛然像是真的革命黨人，
　　可是考驗結果，他們或者消極了，或者投向反動陣營了。如果拿霜
　　葉作比，這些假左派，雖然比真的紅花還要紅些，究竟是冒充的，「似」
　　而已，非真也。再如果拿一九二七年以後反革命勢力暫時佔了上風
　　的情況來看，他們（反革命）得勢的時間不會太長，正如霜葉，不
　　久還是要凋落。〔註19〕

可見這個書名是有雙重寓意的。但可惜的是作家沒有按原定計劃寫完，現在
所能看到的只是「一部規模比較大的長篇小說的第一部分」。因此，書名和書
的內容就聯繫不上了。

　　《霜葉紅似二月花》以「五四」時期的一個夏天、江南某縣城及其附近
地區爲背景，描寫了張恂如、黃和光、錢良材、王伯申、趙守義、朱行健、
曹志誠七個家庭以及他們之間的親戚關係、朋友關係、利益對立關係等等糾
葛。小說沒有寫重大歷史事件和尖銳的矛盾衝突，大部分篇幅都用來寫人的

〔註19〕　《霜葉紅似二月花・新版後記》。

家庭日常生活和親朋之間的往來。王伯申與趙守義爭奪善堂公款是舊社會的普通事件，趙守義串通曹志誠鼓動農民阻攔王伯申輪船通航並由此造成命案，就像舊時代家族間的械鬥那樣，也說不上是重大事件。這些事件也只是在家人、親友的談話之間帶出，即使是正面描寫也沒有渲染這些事件本身。小說中還穿插了一些社會習俗的描寫，這就構成了一幅江南水鄉地區社會風情的畫卷，反映了在新舊社會過渡時期正在萌芽的民族資產階級與地主階級之間的矛盾和鬥爭，反映了一些具有改良主義思想的人物想有所作爲而又都無能爲力，有些人只能充當新舊勢力矛盾鬥爭的旁觀者，受害的是農民群眾。這就是這部現實主義小說的傾向性。

如果說《第一階段的故事》是通俗化的有意義的嘗試，但卻是急就章，那麼，《霜葉紅似二月花》便是茅盾探索新的民族形式所取得的重要成果，用的是精雕細刻的手法。

小說的藝術構思有著新的特點。王伯申與趙守義的矛盾衝突雖然是貫串全書的中心情節，但所花筆墨並不多，而是著重寫人物的家庭生活和親友間的往來，同時穿插了一些相對獨立的情節。這樣一種藝術構思與中國古典小說分明有著承傳關係，但又有創新，不是對某一部小說的模仿。

在人物描寫上，分明有著《儒林外史》中的人物描寫的影響。對婉小姐的描寫近似《紅樓夢》中對王熙鳳的描寫，婉小姐的能幹也近似王熙鳳（但沒有王熙鳳的壞心眼）。這些描寫所構成的音調、色彩，是讀者所熟悉並感到親切的。

在語言方面，句法及表現思想的形式，完全擺脫了歐化的影響，做到眞正民族化。

關於文藝的民族形式，茅盾曾經指出：

「民族形式」的正解，顯然是指植根於人民大眾生活，而爲中國人民大眾所熟悉所親切的藝術形式。這裡所謂熟悉，當然是指文藝作品的用語、句法、表現思想的形式，乃至其他構成形象之音調、色彩等等而言。這裡所謂親切，應當指作品中的生活習慣、鄉土色調、人物的聲音、笑貌、舉止等等而言。〔註20〕

《霜葉紅似二月花》可以說正是這一見解的藝術實踐。它繼承了中國古典小

〔註20〕《抗戰期間中國文藝運動的發展》，《中蘇文化》第 8 卷第 3、4 期合刊，1941年 4 月。

說的優秀傳統，吸收了外國文學表現手法的長處，創造性地用來表現現代生活，這就成爲一部新的民族形式的優秀之作。

　　《霜葉紅似二月花》一問世，就引起文藝界廣泛注意。一九四三年十月桂林《自學》雜誌和《廣西日報・讀者俱樂部》聯合召開座談會，巴金、田漢、艾蕪等十多位知名作家出席。會上一致肯定這部創作的巨大成就，並聯名發電報給已去重慶的茅盾表示慰問和祝賀。《新華日報》先後發表評論文章。一篇文章指出：反映「五四」時代的作品已有不少，但沒有一本像這部小說所分析的「那樣詳盡眞實，描寫得那樣親切，並且規模那樣宏大的」。〔註21〕另一篇文章指出：《霜葉紅似二月花》「不只是寫一個縣城，而是寫一個時代」；「書中人物是那麼多，而且各具性格，不相混同」；「在民族形式的創造上這本書是很成功的」。〔註22〕一九四五年王若飛在祝賀茅盾五十壽辰時指出：

　　　　　茅盾先生在中國新文藝的「大眾化」工作和「中國化」工作上，一直是站在先驅者的行列，而且是認認眞眞在實踐中探索著前進的道路的。在他的初期創作中，我們可以看到歐洲文學作風的影響。但是這影響卻隨著時代要求的前進和他的創作方法的改進，逐漸減退，另一方面大眾化和中國化的作風，卻有顯著進展。直到最近的《霜葉紅似二月花》——這長篇小說的第一部——我們可以看到茅盾先生的作風，是在利用民族形式爭取更廣大的讀者群這一點上，作了很大的努力。〔註23〕

這是很中肯的論斷。

五十五　堅持「現實主義的道路」

　　一九四一年到一九四二年間，抗日戰爭處在極端困難時期，茅盾奔波於重慶、香港、桂林之間，生活很不安定，創作力卻極爲旺盛。他在創作實踐方面堅持了現實主義的道路，在理論批評方面也是這樣。

　　一九四一年二月，茅盾在《現實主義的道路》中指出：「中國新文學二十

〔註21〕埃蘭：《讀〈霜葉紅似二月花〉》，《新華日報》1944年1月3日。

〔註22〕田春：《〈霜葉紅似二月花〉讀後》　，《新華日報》1944年9月4日。

〔註23〕《中國文化界的光榮，中國知識分子的光榮》，《新華日報》1945年6月24日。

年來所走的路，是現實主義的路」。他說，二十年來，中國社會發生了許多變動，在文壇上，「也曾見唯美主義、象徵主義……等等旗號；而且據說還有作品」，但都被時代遺忘了。「現實主義屹然始終爲主潮」。在文藝思想領域內，有過多次激烈的論爭。這些論爭，都圍繞著現實主義這個「軸」，「都是爲了現實的更正確地被把握，都是爲了爭取現實主義的勝利」。因此，他認爲抗日戰爭時期的文藝，也必須堅持「現實主義的道路」。〔註 24〕

堅持「現實主義的道路」也正是茅盾這一時期文藝思想的「軸」。

堅持「現實主義的道路」，茅盾認爲：作家必須正確認識抗日戰爭的性質。抗日戰爭的性質是什麼呢？他認爲：「我們是反法西斯反侵略的全民族的自衛戰；但中國社會是一個半殖民地半封建社會，中國政治還沒有走上民主的軌道，因此，第二，我們這戰爭同時又不能不是資產階級民主革命的戰爭。」他認爲，抗戰已經四年，以抗日戰爭爲題材的作品也出現了不少。但大都只有熱情而缺乏深刻的分析，缺乏思想的深度，不能滿足讀者的要求，許多作品使人覺得千篇一律，淡而無味。他認爲原因之一就在於許多作家只看到抗戰的現象，沒有看到本質。「日本帝國主義是在向我們侵略，我們是在抗戰，這是誰也看得見的；但是這抗戰同時又不能不是資產階級的民主革命，卻不是人人一下就能理解」。他舉例說，比如寫農民，只看到農民的落後性、保守性是不對的，但如果認爲只要一聲號令，農民便會做出驚天動地的大事，也是不正確的。他指出，農民「由自發性的鬥爭發展到自覺性的鬥爭，其間有一個長期而曲折的過程。」他指出，「農民的力量是偉大的，但是農民本身不能完成什麼歷史任務」，必須要有正確的領導。他認爲作家對此倘無正確認識，「則在把握現實上，將終嫌不足，而對他的作品的深刻性，自然會發生影響了」。〔註 25〕

堅持「現實主義道路」，茅盾認爲作家必須掌握並且遵從典型化的原則與手法。

茅盾認爲「文藝作家以表現時代爲其任務」。文藝表現時代的特徵，就是要表現「從今天到明天這一戰鬥的過程中所有最典型的狂瀾伏流方生方滅以及必興必廢」。也就是要表現「舊的是在沒落，而新的是在生長」，舊的雖然「還顯得氣焰甚旺」，然而總是走向沒落；而新的雖然還是困難重重，然而總

〔註 24〕 《現實主義的道路》，重慶《新蜀報·蜀道》，1941 年 2 月 1 日。

〔註 25〕 《談技巧、生活、思想及其他》，《奔流》新集之二《橫眉》，1941 年 12 月。

歸是在發展，在成長。社會科學家也有這一任務，但文藝作家藉以完成任務的方法，卻與社會科學家不同：社會科學家既縝密觀察，分析而綜合，指出了如此這般，便可謂能事已盡。文藝作家則於得到如此這般的「結論」之後，還得再倒回去，「從最初的出發點再開始，從紛繁的表象中，揀出其最典型者，沿其發展之跡，用藝術的手腕表現出來。」換句話說，作家的工作，「當其開始，是由具體到抽象，由表象到概念，而後復由抽象回到具體，由概念回到表象，在這回歸之後，才是創作活動的開始」。茅盾這裡說的，就是把邏輯思維和形象思維結合起來的典型化的原則與手法，茅盾認爲一個作家來說，這兩步工夫是不能分割的。如果沒有做第二步工夫，那麼就不能保證他的作品的主題的積極性，也就不會有多少社會價值和時代意義。反之。他的作品就必然是概念化、公式化。〔註26〕

堅持「現實主義的道路」，茅盾認爲作家「視野還須擴大」，「筆尖要橫掃全國」，「諸凡光明的與黑暗的，進步的與倒退的，嚴肅工作與荒淫無恥，都必須舉其最典型者賦以形象。」也就是說，作家必須正視現實生活的各個方面，從現實生活的各個方面選擇題材。而現實生活是充滿矛盾的，只有「從這矛盾的現實中指出光明與黑暗勢力的消長，從而堅定了民眾對於光明必能戰勝黑暗的信心。」但是，茅盾指出，當時「官方的『文藝政策』」，「題材被限制到只准『揚善』，而此被准『揚』的『善』，也還不是中國人皆曰『善』的『善』，例如華北淪陷區的英勇壯烈的鬥爭就被視爲例外」，其實是只准替反動統治者歌功頌德。他認爲，「只准『揚善』的『文藝政策』」結果是「使文藝工作者在民眾眼前成了大騙子」！他指出：「只有展示了光明與黑暗鬥爭而光明終於佔優勢的全過程，然後才能給予力量以人們，眞正堅強了人們之信心！」爲此他強調：「必須爭取清醒自由的空氣」。〔註27〕可見，茅盾是把「堅持現實主義的道路」和反對國民黨的反動統治，爭取民主，歌頌人民的力量結合起來的。

堅持「現實主義的道路」，茅盾認爲必須繼承並發揚魯迅的優秀傳統。他指出：「進步的世界觀，戰鬥的現實主義，以及融合中外古今而植根於廣博生活經驗的藝術形式，這三者，便是魯迅先生的寶貴遺產」。〔註28〕我們要從魯

〔註26〕　《談技巧、生活、思想及其他》，《奔流》新集之二《橫眉》，1941 年 12 月。
〔註27〕　《如何加強我們的抗建文藝》，《大眾生活》新 8 期，1941 年 7 月 5 日。
〔註28〕　《抗戰期間中國文藝運動的發展》，《中蘇文化》第 8 卷 3、4 期合刊，1941
年 4 月 24 日。

迅的遺產中吸取營養。他說魯迅一生都在追求「最理想的人性」，他竭力「抨擊一切摧殘、毒害、窒塞『最理想的人性』之發展的人爲的枷鎖，──一切不合理的傳統的典章文物。」〔註29〕他認爲面對抗戰的現實，「中國人民大眾的覺醒，怒吼，血淋淋的鬥爭生活」，便應該是作家進行創作活動的「中心軸」和「尺度」。凡是助長民眾的覺悟、培養民眾的力量，解除民眾的痛苦的一切行爲和措施，應該得到讚美；反之，愚民政策，欺騙，壓迫，掠奪民眾的一切行爲和措施，就必須加以抨擊。在藝術形式方面，應該創造「植根於現代中國人民大眾的生活，而爲中國人民大眾所熟悉所親切的藝術形式」。這種藝術形式並不排斥外來形式，「對於世界古典文學的優秀傳統是主張加以吸收而消化以滋補自己的」，也不排斥中國古代文學的傳統，而是要「批判地加以繼承而光大之的」。〔註30〕他強調說，魯迅的著作，「是我們鬥爭的南針，是幫助我們瞭解這社會，瞭解這世界，認明了敵和友的活的方法」，「並且由於生活實踐的繼續發展，我們也能把魯迅的思想和業績更發展起來，成爲民族文化的最燦爛的一部分」。〔註31〕

〔註29〕 《「最理想的人性」》，《筆談》第 4 期，1941 年 10 月 16 日。
〔註30〕 《抗戰期間中國文藝運動的發展》，《中蘇文化》第 8 卷 3、4 期合刊，1941 年 4 月 24 日。
〔註31〕 《研究・學習・並且發展他》，《大眾生活》新 23 期，1941 年 10 月 18 日。

第十二章　戰鬥在「霧重慶」

五十六　「丹青標風骨，願與子同仇」

　　一九四二年底，茅盾懷著「慷慨上征途」的心情，又回到重慶，住在離市區三十多里的唐家沱。這裡是因市區常遭到敵機轟炸而新開闢的地區，官名叫「唐家沱新村」。它面臨長江，當時重慶人戲呼爲「中國的海軍根據地」。民生公司的輪船到市區約一個多小時，一天兩班，交通還算方便。

　　這時候，國民黨反動派正在陰謀發動第三次反共高潮，茅盾到了重慶，就被反動派監視。有一次，一位朋友請他在一家飯館便餐，旁邊就有兩個形跡可疑的人窺視。離開飯館時，茅盾悄聲告訴朋友說：「要留心狗」。〔註1〕儘管茅盾意識到自己是在被監視之中，但仍積極參加各種社會活動。第三次反共高潮很快被打退，民主運動跟著蓬勃發展起來，茅盾也就積極投身民主運動。

　　一九四三年十一月，茅盾與郭沫若等聯名發表《中國文化界給蘇聯領袖和人民的信》，慶祝十月革命節。一九四四年六月，與老舍等七十八人聯名要求國民黨當局准許言論出版自由。一九四五年二月，他簽名於《文化界時局進言》，響應中國共產黨提出的組織聯合政府的主張，要求國民黨改弦易轍，組織「戰時全國一致政府」，實行民主政治。八月十四日，日本宣布無條件投降，十五日晚，茅盾出席「文協」在張家花園召開的慶祝勝利歡談會。一九四六年一月，在政治協商會議開會期間，茅盾等二十一位作家簽名發表《陪都文藝界致政治協商會議各會員書》，要求會議「以民意爲依歸」，「策劃並監

〔註1〕　蕭蔓若：《難忘與茅盾同志交往的日子》，《抗戰文藝研究》1982 年 1 期。

督改組中央以至各級政府，結束一黨專政，制訂和平建國綱領，在民主原則上重選國民大會代表，草擬憲法」。二月十日，茅盾和重慶文化界人士一百五十多人發表《為較場口血案告國人書》，要求懲辦製造較場口血案的凶手，追查幕後策劃者，實行政治協商會議的各項決議。這些行動表明，這幾年間，茅盾是堅定地站在民主運動的前列的。

茅盾在「霧重慶」戰鬥，主要還是參加文學活動。

茅盾原來是「文協」的理事，到重慶後就參與「文協」的領導工作。一九四三年和四五年，「文協」理事會兩次改選，茅盾都繼續當選。他經常參加「文協」召開的各種座談會和應邀作關於文藝問題的講演。

由於《文藝陣地》已不可能繼續出版，茅盾提議改出不定期的《文陣新輯》，出版了《去國》、《哈羅爾德的旅行及其他》、《縱橫前後方》等三輯。

一九四四年六月初，茅盾和葉以群「為溝通中外文化及聯絡各地作家，介紹各方稿件並交換文化資料消息」，組織了中外文化聯絡社。後出版了《文聯》半月刊（一九四六年一月至六月），共出版了七期。他在這個刊物上發表了《八年來文藝工作的成果及其傾向》、《新民主運動與新文化》等重要論文。

一九四四年和四五年，青年作者蕭蔓若在重慶創辦《文學新報》、方敬在貴陽編輯《大剛報》的副刊《陣地》，都分別得到茅盾的支持和指導。蕭蔓若回憶說，茅盾給他看原稿，「即使是一個非關重要的細節也不放過。」〔註 2〕方敬回憶說：「從他我學得很多東西。他多麼關心新文學，即使是一張報紙上的小小文學副刊；多麼關心文學晚輩，哪怕是像我這樣的文學小兵」。〔註 3〕重慶一些愛好文藝的青年組織了「突兀文藝社」，出版《突兀文藝》和《突兀文藝叢書》，茅盾也給予很大鼓勵和支持。「突兀文藝社」到一九四八年停止活動，但一些社員仍長期得到茅盾的指導。〔註4〕

葉以群回憶茅盾在重慶時的工作和生活情況說：「許多不相識的青年寄稿子來請他看，他總是幾天之內就細心地讀完，寫出詳細的意見寄了去。這樣的工作，幾乎經常佔去他全部時間的十分之二、三」。「由於他這樣誠懇的獎勵提攜而逐漸走上嚴肅的文藝道路的人，是不少的」。〔註5〕珍愛人才，關懷、幫功文學新生力量的成長，是茅盾一貫的作風。在日常生活中，茅盾又是十

〔註 2〕 蕭蔓若：《難忘與茅盾交往的日子》。
〔註 3〕 方敬：《緬懷茅盾同志》，《抗戰文藝研究》1982 年 1 期。
〔註 4〕 穆紅：《茅盾與突兀文藝社》，《抗戰文藝研究》1983 年 5 期。
〔註 5〕 葉以群：《雁冰先生生活點滴》，《文哨》第 1 卷第 3 期，1945 年 10 月。

分平易近人的。「他是愛談而且健談的（除了在他憎厭的人之間）。……每當他進城時，不管白天怎樣勞累，一到晚上，和幾個熟人住在一起，他總是話鋒四射，如瀉江河，每到深夜二、三點鐘還不歇。他談話的範圍是非常廣泛的，往往從『國家大事』一直談到市井男女……聽他一番話就像讀了幾篇小說」。〔註6〕這一段文字生動地描繪出茅盾在工作之餘的生活風貌。

在重慶，茅盾積極從事創作。寫了話劇劇本《清明前後》，短篇小說集《委屈》，收入《委屈》、《報施》、《船上》、《小圈圈裡的人物》、《過年》等五篇，這是茅盾的最後一個短篇小說集。他還寫了一百幾十篇雜文和文學評論，出版了選集《時間的記錄》。此外，他還寫了一個中篇小說《走上崗位》，連載於一九四三年的《文藝先鋒》。但他自己很不滿意，所以在他生前未出單行本。此外，他還翻譯了一些蘇聯文學作品。

畫家沈逸千取《白楊禮讚》的寓意作《白楊圖》，茅盾又為之作五律《題白楊圖》，其中說：「丹青標風骨，願與子同仇」。可以說這正是茅盾的自況。在國民黨反動統治的中心——「霧重慶」，茅盾與郭沫若等廣大民主人士、文藝工作者一道，進行了英勇的鬥爭，高風高節，鐵骨紅心，體現了一位革命知識分子的崇高品格。

一九四五年，茅盾五十初度，又是他從事文學工作二十五週年。六月二十四日，重慶文化界為他舉行了盛大的慶祝集會，到會的各界代表七、八百人。大會由沈鈞儒主持，他首先向茅盾表示敬意，柳亞子、鄧初民、馬寅初、馮雪峰等都講了話。馬寅初說他是因茅盾的「威武不能屈，富貴不能淫的品格」特地趕來參加的。蘇聯大使館、美國大使館亦派代表到會祝賀，盛況空前。茅盾最後講話，表示謝意，他說：「勝利在望，我要活下去，不看到民主的中國，我是不甘心的」。六月二十五日，《新華日報》在第二版以「慶祝茅盾先生五十壽辰重慶文化界大集會」的大字標題報導了大會情況，延安《解放日報》於七月九日再次加以報導。

六月二十四日，《新華日報》發表題為《中國文藝工作者的路程》的社論和王若飛的文章《中國文化界的光榮　中國知識分子的光榮》。社論認為茅盾是新文藝運動的「光輝的旗子」，「中國新文藝運動中有茅盾先生這麼一位歷久彌堅，永遠年輕，永遠前進的主將，是深深地值得驕傲的」。王若飛的文章指出：茅盾是「中國文化界的一位巨人，中國民族與中國人民中最優秀的知

〔註6〕　葉以群：《雁冰先生生活點滴》，《文哨》第 1 卷第 3 期，1945 年 10 月。

識分子，在中國文壇上努力了將近二十五年的開拓者和領導者」，認為茅盾在文藝界的工作表明，他的一切努力都是「為了我們民族的解放與人民大眾的解放」。文章還指出：「他所走的方向，為中國民族解放與中國人民大眾解放服務的方向，是中國一切知識分子應走的方向。中國人民應當把茅盾先生二十五年來的成就看成是中國文化界的光榮，中國知識分子的光榮，中國人民的光榮」。這樣崇高的評價，對茅盾來說，是當之無愧的。

當時《新華日報》的《新華副刊》連續兩天刊出「紀念特輯」。「文協」的機關刊物《抗戰文藝》也編輯了「紀念特輯」（第十卷四、五期合刊，因故未出版）。全國各報刊發表了慶祝和紀念文章近三十篇。茅盾自己也寫了《回顧》一文，回顧了他從事文學工作二十五年來的經歷和創作經驗。〔註7〕

慶祝茅盾五十壽辰大會還發起設茅盾文藝獎金，舉辦了一次「茅盾文藝獎金徵文」活動。

一九四五年九月，抗日戰爭勝利以後，黨中央調派一批幹部去東北。茅盾留在延安學習的女兒沈霞、兒子沈霜都接受了去東北的任務。此時沈霞已有兩個月的身孕，考慮到長途行軍不方便，進行人工流產。產後引起感染，由於當時延安醫療條件較差，沒有得到正確的治療而意外地去世。十月，周恩來讓已打好背包即將出發去東北的沈霜去重慶，見他父母，告知此事。孔德沚失去愛女，非常悲痛，痛哭了一場。茅盾也很沉痛。沈霜在重慶和父母團聚了約三個月，於一九年一月去北平，參加《解放》三日刊工作，當了新聞記者。

抗戰勝利後，在重慶的文藝工作者紛紛復員。茅盾夫婦一直買不到到上海的飛機票，拖到一九四六年三月十六日，才乘飛機離開重慶到廣州，再經香港去上海。

五十七　諷刺·歌頌·呼籲——《時間的記錄》及其他

《時間的記錄》出版於一九四五年七月，收入茅盾回到重慶後兩年半內所寫雜文、評論二十九篇（有幾篇係前年所寫）。一九四六年七月重印時抽去四篇，增加七篇，共三十二篇。其實，茅盾於一九四二年底再度到重慶到一九四六年三月離開時，寫了雜文、散文、評論一百三十多篇，大都是在「被准許寫的又少得可憐，無可寫而又不得不寫」的情況下寫的。但一九四五年

間和四六年初，茅盾衝破反動派的「文網」，配合民主運動所寫的那些觀點鮮明、戰鬥性很強的雜文，都沒有收入。

在重慶三年間，茅盾放眼世界，密切注視世界反法西斯戰爭的進展情況，汲取寫作題材。比如《狼》、《東條的「神符」》、《雜感二題》等，就尖銳地揭露敵人的陰謀詭計及其失敗的必然性，也提出了我們應有對策，見解精闢，具有發聾振聵的作用。

在重慶三年間，茅盾還從日常生活現象中汲取題材，提出具有普遍意義的問題，如《一九四三年試筆》、《七七感言》、《談排隊靜候之類》、《談鼠》等，從側面揭露了反動統治的腐朽。這一類在「夾縫」中寫下的雜文，曲折、含蓄，言已盡而意無窮，發人深思。

在重慶三年間，茅盾還寫了一些敘事散文。《歸途雜拾》、《生活之一頁》、《不能忘記的一面之識》等，或寫香港淪陷前夕的見聞，或寫脫險回到內地的經過。熱情歌頌了東江游擊隊的幹部和戰士搶救從香港脫險的文化人的獻身精神和偉大業績。《馬達的故事》《爲〈親人們〉》等熱情歌頌了延安的生活、歌頌了人民戰士。

在重慶三年間，茅盾還寫了不少以時事爲題材的雜文，如《爲民營出版業呼籲》、《在人民的求自由解放的浪潮中，您永遠活著！》、《爲一二‧一慘案作》、《要眞民主才能解決問題》。他在《爲一二‧一慘案作》中寫道：

「一二九」的劊子手用大刀、龍頭對付學生，現在昆明慘案的劊子手卻用機關槍和手榴彈了。

這難道就是中國統治者的「進步」麼？

「一二九」的北平學生爲了救國，在大街上慘遭屠殺，現在昆明學生爲了「反對內戰」，卻在校園內被「進攻」而「圍殲」了。

這大概也是中國統治者的「進步」罷？

……

青年學生的血，自來是不能白流的。讓我們後死者咽住熱淚，沉著地踏著死者的血跡前進罷！〔註8〕

在《要眞民主才能解決問題》中茅盾寫道：「政府天天要人民守法，而政府自己卻天天違法」。「現在既然連政府也口口聲聲說民主，我們就要求一個

眞正的民主，我們不要假民主。」〔註9〕

　　義正詞嚴，抗議反動派的血腥暴行，大聲疾呼，要求眞民主。可以說這是在和反動派作面對面的搏鬥了。

　　諷刺反動統治，歌頌人民，呼籲實行民主政治，這就是茅盾在「霧重慶」三年間所寫雜文、散文的中心內容。這些雜文反映了一位無產階級文化戰士的精神風貌。這些雜文的形式和風格也是多種多樣的：有的含蓄曲折，有的明白曉暢；有的娓娓而談，有的大聲疾呼。這正是魯迅所開創的傳統在新的歷史條件下的繼承和發展。

五十八　廣大人民群衆的呼聲──《清明前後》

　　劇本《清明前後》連載於一九四五年四月十四日到十月一日的重慶《大公晚報》，同時由中國青年藝術劇社演出，同年出版了單行本。

　　劇本以一九四五年清明前幾天重慶的「黃金案」爲背景，描寫民族工業資本家林永清的不幸遭遇。林永清，可說是何耀先（《第一階段的故事》）的發展。隨著形勢的變化，林永清終於把他的工廠從上海遷到武漢，再遷到重慶，爲抗日戰爭作出了貢獻。但由於國民黨政府的倒行逆施，搞得他焦頭爛額，走投無路。最後認識到「政治不民主，工業就沒有出路」的道理，發出了「我也要控訴」的呼聲。圍繞著林永清，劇本還描寫了「不官不商，亦官亦商」人物紙醉金迷的生活和下層小職員的悲劇。劇本通過這些人物的矛盾糾葛和不同命運的描寫，控訴了國民黨政權和官僚資本的罪惡，爲包括民族資產階級在內的廣大人民群衆發出了要求民主的呼聲。

　　劇本寫了兩幕。傳來敵人投降的消息。茅盾覺得這一來經濟界將有大變，「這題材有點過時了，而且又愈來愈覺得技術上不像個樣。可是轉念一想，公然賣國殃民的文字還在大量生產呢，我何必客氣不在這烏煙瘴氣中喊幾聲」？終於在勝利聲中把五幕寫完了。由於題材的現實性，作者鮮明的政治立場和深刻的分析，更由於幾個主要人物是有血有肉，個性鮮明的，戲的基本情節和穿插其中的場景描寫，是充滿生活氣息的。所以應該說這是一個革命現實主義的劇本，是抗戰時期茅盾創作上的另一重要成就。但由於這是作者「使槍」使了多年以後第一次「學著使一回刀」，因此藝術上不可避免地存在一些不足之處，如全劇寫得還不夠集中，對話還不夠精煉，等等，但這畢

─────────────

〔註9〕　《新華日報》1946 年 1 月 1 日。

竟是次要的，瑕不掩瑜。

　　劇本在連載過程中，就由中國青年藝術社公演。演出了十幾場，產生了很大影響，同時也就遇到很大阻力。經過鬥爭，共演出了三十一場。在演出過程中，重慶國民黨中央廣播電臺的特別節目叫囂說這個戲的內容「有毒素」，叫看過戲的人自己反省一下，不要受愚，沒有看過的人不要去看。〔註10〕接著國民黨當局又以這個劇本「內容多係指謫政府，暴露黑暗，而歸結於中國急需變革」爲理由，密令有關部門，「倘遇該劇上演及劇本流行市上時」，「即密飭部屬暗中設法制止，免流傳播毒」。〔註11〕反動派把《清明前後》視爲洪水猛獸，於此可見。

　　但是，這個戲的演出，卻得到廣大觀眾的歡迎，得到社會知名人士和評論家的好評。賣座突破了一九四五年「劇季」的最高記錄。十月八日，工業家吳梅羹、胡西園、胡光麐等六人，特地招待茅盾和演出人員。吳梅羹說：「我們工業界的人看過《清明前後》的，很多人被感動得流淚。這是因爲我們工業界的困難痛苦，自己不敢講，不能講的，都在戲裡面講了出來，全都是眞實的」。還有人希望茅盾再寫一個《中秋前後》的劇本。〔註12〕有的評論文章說，《清明前後》「是大後方不多見的好戲之一」，「茅盾先生以純眞的感情，細膩樸實的筆法，在觀眾面前展出了一幅人生的畫面，通過人物，尖刻、無情的攻擊著、控訴著不合理的社會和那些吃人的黑暗勢力，同時，也明確指出了如何才能求得生存的道路。這是代表了大後方千千萬萬人的呼聲」。〔註13〕何其芳也發表文章，分析了這個劇本的現實意義，認爲這是一部「力作」。〔註14〕他還批評了貶低這個劇本價值的論點，強調指出：劇本「在一個重要的關頭，恰當其時地喊出了廣大人民的呼聲」。〔註15〕曹禺看了演出後說：「話劇裡面要有話。《清明前後》才眞正有話」。〔註16〕顯然，曹禺所說的「話」，不是指人物對話，而是指劇本所包含的深刻的思想意義。《清明前後》在演出過程中，周恩來正好從延安到重慶，立刻就去看了。當他在一次聚會上見到茅盾時，就祝賀了這個劇本「寫作和演出的成功」。茅

〔註10〕　黎舫：《〈清明前後〉在重慶》，《週報》第10期，1945年11月。

〔註11〕　《新華日報》1946年4月9日。

〔註12〕　黎舫：《〈清明前後〉在重慶》。

〔註13〕　金同知：《〈清明前後〉觀後感》，《新華日報》1946年10月1日。

〔註14〕　《〈清明前後〉的現實意義》，《新華日報》1945年10月12日。

〔註15〕　《關於「現實主義」》，《新華日報》1946年2月3日。

〔註16〕　轉引自黎舫：《〈清明前後〉在重慶》。

盾謙虛地說：「我從來沒有寫過戲，眞是貽笑大方！」周恩來卻說：「你的筆是犀利的投槍，方向很準呀！什麼樣式都可以試一試，都可以發揮應有的力量啊」！「他們當時兩人手握著手哈哈大笑了起來」。〔註17〕

在延安，《解放日報》也報導了這個戲在重慶演出的情況。西北文藝工作團也公演了這個戲，得到普遍重視和好評。陳湧從內容方面充分肯定了這個戲，〔註18〕方杰則認爲「這個劇本對於民主運動的推進是有重大作用的」，「我們期待著今後能有更多的像這樣代表人民呼聲的作品創作出來」。〔註19〕

這個劇本在馬尼拉也引起轟動，菲律賓華僑特贈筆給茅盾以示敬意。〔註20〕

五十九　開拓翻譯工作的新領域

抗日戰爭後期，關於蘇聯衛國戰爭的文藝小冊子在重慶市上出現了。其中也有蘇聯外國文書籍出版局的英文譯本。茅盾從唐家沱因事到市內，見到這一類書籍他就買，興奮地在歸家去的船上讀著，有好幾次忘記了船已到埠，直到滿船的客人走完他才知道。同時，他還委託戈寶權代他收集這一方面的書籍和刊物。其實此時蘇聯紅軍已開始反攻了，但他所讀到的這些作品，大多還是描寫戰爭初期的艱苦鬥爭的。

當時重慶還是文網森嚴。「中國戰場的表現，極不體面。敵進我退，成爲定規。日失一城，不足爲奇。大後方物價飛漲，糧政役政，弊端百出，時局危險已極。然而這一切，報紙上是不許披露、不許討論的。文藝作品是不許反映前後方任何眞實的。但是最使人驚訝而不敢置信的，居然有些對於希特勒表同情而對於蘇聯紅軍抱嫉仇的言論，都可以通過檢查而發表於報章和刊物」。就在這樣的烏煙瘴氣中，茅盾讀著他所得到的關於蘇聯愛國戰爭的文藝作品，受到很大啓發，便著手翻譯，他的用意是：「讓讀者看看，同樣在戰爭中，人家是怎樣的」。〔註21〕

茅盾首先譯出了巴甫連珂的《復仇的火陷》。這本小說描寫在蘇德戰爭中

〔註17〕戈寶權：《憶和茅盾同志相處的日子》（三），《新文學史料》1982年1期。
〔註18〕《看〈清明前後〉以後》，《解放日報》1946年2月13日。
〔註19〕《談談〈清明前後〉》，《解放日報》，1946年2月9日。
〔註20〕成：《〈清明前後〉轟動馬尼拉，菲島華僑贈筆給茅盾》，《文匯報》1946年10月15日。
〔註21〕《蘇聯愛國戰爭短篇小說譯叢・後記》。

一支游擊隊克服困難、發展壯大的故事。接著他又應曹靖華之約翻譯格羅斯曼的《人民是不朽的》。曹靖華回憶說：「那時節，反動執政者正是用特務、鷹犬和無聲手槍來對付要求民主、自由的赤手空拳的人民的。須知，這樣吃苦的工作，那時是用生命作抵押的啊！然而，大義所在，茅盾同志毫不猶豫地肩負起來」。〔註22〕當時茅盾是據英譯本重譯的，為了譯文的正確，保留「原作的旺盛的氣勢」，每譯出兩章，就請戈寶權幫助校閱，提出許多「質疑」，請戈寶權答覆，並據此改正譯稿。「從此也就可以看出茅盾同志在翻譯時的認真而又嚴肅的態度了。」〔註23〕

從一九四三年五月到一九四五年七月，茅盾還翻譯了反映蘇聯衛國戰爭的短篇小說。一開始他就考慮到「選材務求其廣」，所以「努力搜求表現戰時蘇聯人民生活各方面的作品」。他搜集並譯出了七位作家的十二篇小說，編為《蘇聯愛國戰爭短篇小說譯叢》。

中蘇文化協會於一九四五年成立了由郭沫若、陽翰笙領導的研究委員會。決定把蘇聯作家亞·羅斯金寫的《高爾基》（傳記小說）趕譯出來，作為高爾基逝世九週年的紀念。因時間緊迫，用集體的力量，由茅盾、戈寶權、葛一虹、郁文哉四人分頭翻譯，茅盾分工譯第三至第六章，戈寶權總其成。這樣，全書在九天之內就譯成，在高爾基逝世九週年紀念之前印了出來。

翻譯蘇聯衛國戰爭的文學作品，是茅盾在文學活動方面新開闢的一個領域，並取得令人矚目的成就。他說：「在今天，除了抱有成見和偏見的冥頑者外，誰不想認識蘇聯、瞭解蘇聯呢？而讀蘇聯的文學作品便足為認識和瞭解蘇聯的一大助」。他還說，再進一層看，當自己的解放事業尚在最艱苦階段奮鬥的時候，對於「在反法西斯戰爭中拯救了人類命運，推動了歷史前進的蘇聯文學，自然不能不發生深厚的興趣。不，豈但是深厚的興趣而已，直將由此認識真理，提高勇氣」。〔註24〕這就是茅盾積極翻譯蘇聯文學作品的出發點。

六十　提倡藝術「為人民的服務」

一九四四年一月一日，重慶《新華日報》將一整版的篇幅摘登了毛澤東的《在延安文藝座談會上的講話》這一光輝著作的主要內容。從此《講話》

〔註22〕《別夢依依懷雁冰》，《光明日報》1981年4月1日。
〔註23〕戈寶權：《憶和茅盾同志相處的日子》（三），《新文學史料》1982年1期。
〔註24〕茅盾：《近年來介紹的外國文學》，《文哨》第1期，1945年5月。

就在國民黨統治區的文藝界產生了深遠影響。茅盾在一九四四年以後寫的關於文藝問題的文章，也可以明顯地看到這種影響。但他不是機械地、教條主義地搬用《講話》中的論點，而是結合實際，探討國民黨統治區文藝運動和文藝創作中的問題，提出了一些很精闢的見解。

一九四四年九月，茅盾在一篇文章中指出：在抗日戰爭時期，文藝「必須服務於最大多數人的利益，服務於民族的自由解放，適合於當前抗戰的要求」；因爲世界的潮流逼著中國不能不前進，作家、藝術家就應該「負起時代的使命──反映現實，喊出人民大眾的要求。」〔註 25〕一九四五年十一月，他又說：作家、藝術家只有到群眾中去，「安排自己的生活，站穩立場，然後能使自己的藝術眞能爲人民服務。」〔註 26〕茅盾不是簡單地搬用「爲工農兵服務」，而是提「服務於最大多數人的利益」，「喊出人民大眾的要求」。提「爲人民服務」，是完全正確的。

要使藝術「爲人民服務」，茅盾認爲作家、藝術家就必須樹立進步的世界觀。他說：豐富生活經驗是必要的，向名著學習也是必要的，但「思想基礎，進步的宇宙觀，尤爲必要」。他指出：要樹立進步的宇宙觀，「廣泛研讀哲學和社會科學」是必要的，但進步的宇宙觀不能專從書本取得，而應該「走進人民中間，走進戰鬥的生活」〔註27〕中去。至於「向生活學習」，他認爲便是要「理解生活」，即「理解人與人的關係，人與歷史的關係，生活環境對個人的影響及人怎樣改造生活這四個方面。」作家、藝術家如能正確地反映出這四個方面，就有可能寫出好的作品。他還指出，「向名著學習」，除了學習名著的技巧外，也是「向生活學習的另一種方式」，因爲閱讀文學名著，無異使生活範圍擴大了。〔註 28〕這樣，茅盾就把樹立先進的宇宙觀、向生活學習和向名著學習統一了起來。

要使藝術「爲人民服務」，茅盾認爲就必須繼承並發展「五四」新文學的現實主義傳統。他指出：「困難雖然千重萬重，然而現實主義的文藝必將朝前發展。」因爲，「中國人民大眾要求自由解放，而在戰爭的烈火中，人民大眾已經鍛煉得更加堅強，並且由於戰爭的要求，人民大眾不但渴求認識人生的意義而且發揮出創造的天才來了。這是幾年來文壇上新人出現給證明

〔註 25〕 《雜談文藝現象》，《青年文藝》第 1 卷第 2 期，1944 年 9 月。
〔註 26〕 《門外漢的感想》，《新華日報》1945 年 11 月 21 日。
〔註 27〕 《對於文壇風氣的一種看法》，《青年文藝》第 1 卷 6 期，1945 年 2 月。
〔註 28〕 《認識與學習》，《文藝先鋒》第 2 卷 4 期，1943 年 4 月。

了的。而這也是我們確信現實主義文藝必將排除一切困難而向前發展的原故。」〔註29〕在茅盾的理解中，爲人民服務、表現人民的意志、相信人民的力量，在現實主義中得到了統一。

要使藝術「爲人民服務」，茅盾認爲就必須正確理解歌頌與暴露的問題。他指出現實生活中有光明面也有黑暗面，故要忠實地反映現實就不能只寫光明不寫黑暗，問題是作者站在那一種立場上。他說，凡是「能增加反法西斯戰爭的力量及能促進政治的民主的」，就是光明面，就應該歌頌；「凡對抗戰怠工，消耗自己的力量以及違反民主的行動」，就是黑暗面，就是暴露的對象。他還駁斥了「暴露黑暗會影響人民對於勝利的信心」的說法，指出現實既有黑暗的一面，作家即使不寫，人民早已身受目睹。「掩飾是徒勞的，惟有敢於正視而給以正確探研」，才能「消除人民的憂慮、恐怖。」〔註30〕他還進一步指出：在歌頌光明與暴露黑暗問題上，反動派是別有用心的。他們說歌頌光明，其實「並不願意人家歌頌眞正的光明」，而只願意人家歌頌他之所謂光明」，他們不許暴露的，「倒是他們的眞正見不得人的隱疾」。因此他認爲在反動統治下，「暴露就成爲頭等重要的工作了」。在茅盾看來，無論是歌頌光明或暴露黑暗，只有一個原則，那就是「合於人民的要求，合於人民的利益。用兩個字來點出，便是『民主』。」〔註31〕這樣，茅盾就把歌頌與暴露問題，用「爲人民服務」的觀點統一了起來。

要使藝術「爲人民服務」，茅盾認爲必須有創作自由。他說：「創作的自由是包括在現實主義創作方法中的一個條件。沒有自由精神的作家不可能是一個健全的現實主義者；創作的自由受了桎梏和壓迫的時代，也就很難使現實主義的文學得到高度的發展。作爲一個公民，作家當然應以民族利益爲前提，當然要以服從最大多數民眾的要求爲任務；在這裡他沒有『個人自由』；但是作爲一個作家，而以擁護民族利益、反映民眾要求當作他的工作的時候，他應當有創作的自由」。〔註32〕可見茅盾是把創作自由作爲藝術「爲人民服務」的一個重要條件的。

從國民黨統治區的實際情況和文學藝術本身的特點出發，把現實主義、

〔註29〕　《從百分之四十五談起》，《中原》第 1 卷 4 期，1944 年 2 月。
〔註30〕　《如何擊退頹風》，《茅盾文集》第 10 卷 170 頁。
〔註31〕　《談歌頌光明》，《新文學》第 3 期，1946 年 1 月。
〔註32〕　《生活與「生活安定」》，《大公報・文藝》，1944 年 4 月 16 日。

政治民主和創作自由統一起來，對藝術「爲人民服務」問題，作了精闢的闡述。這正是馬克思主義文藝觀的具體運用。

第十三章　支持人民解放戰爭

六十一　爲和平民主而大聲疾呼

　　一九四六年三月十六日，茅盾夫婦從重慶乘飛機到達廣州，準備取道香港重返上海。

　　這時候，中國革命的形勢正處在一個重大的轉折關頭。蔣介石集團妄圖攫取勝利果實，積極準備發動內戰。中國共產黨領導全國人民爲爭取和平、民主而鬥爭。茅盾離開重慶前向周恩來辭行時，周恩來囑咐他路過廣州、香港時，向文藝界講講黨在新形勢下的工作方針。爲此，茅盾一路爲和平、民主而大聲疾呼。

　　三月二十四日，文藝作家協會廣東分會、文協港粵分會和劇協聯合召開歡迎會，一個只有八百個座位的會場，卻擠了一千五百人。茅盾在會上作了題爲《和平·民主·建設階段的文藝工作》的講演。他分析了當時的形勢，論述了文藝工作的任務，他指出：「文藝運動必須和民主運動相配合，因爲中國的民主運動是困難曲折的，是一個長期的鬥爭，所以我們的文藝工作也是長期的鬥爭」。他強調說：「凡是贊成民主、擁護民主、推動民主的文藝界的朋友，一定要聯合起來，加強團結」；「培養民主的作風」；「還應當走到群眾中間去，參加人民的每一項爭民主、爭自由的鬥爭」。〔註1〕茅盾講了兩個多小時。他的普通話廣州的聽眾儘管聽得很吃力，但也沒有人退席。演講結束了，許多人還不肯離開，一直跟到大街上才走散。這樣熱烈的情況，不但勝利後的廣州沒有過，以前也從來沒有過。〔註2〕

〔註1〕　《和平·民主·建設階段的文藝工作》，《文藝生活》新4號，1946年4月。
〔註2〕　記者：《茅盾先生在廣州》，《週報》第34期，1946年4月。

三月二十八日，茅盾出席廣州雜誌聯誼會和文化新聞界的招待會，發表了講演，著重講了民主問題。他指出有些人講民主，常常唱雙包案來欺騙讀者，希望大家提高識別能力。〔註3〕

三月二十九日，茅盾又應中山大學文法兩學院的邀請去講演。講題是：《民主運動與文藝運動》。他指出：「人民文藝的發展，不能離開現實的民主運動」，「配合著政治上的民主運動」，文藝家首要的工作是「使文藝眞正做到『爲人民』及『爲人民所有』。」要完成這一任務，就要求文藝家「加強其主觀的努力」，「深入民間，向人民學習，堅定地站在人民的立場，反映人民的要求，在形式和內容兩方面使作品眞能爲人民所理解和愛好。」同時，「要求人民的基本自由切實獲得保障」，文藝家就必須「投身於廣大的民主運動。」〔註4〕

此外，茅盾還應邀在長堤青年會講《人民的文藝》，在荔枝灣「民大」講《文藝作品的理解和欣賞》。

茅盾這次到廣州，作了多次講演，雖然勞累，但精神很好。有記者描寫道：「多年來奔走在大後方，吃了不少苦，而其風度依然。五十多歲的人了，並不老。而其實，一個緊密地和鬥爭連結在一起的人，和人民呼吸在一起的人，是永遠不會老的。茅盾先生便是一個好例子」。〔註5〕

四月十三日夜，茅盾夫婦乘輪船到達香港。在香港，茅盾又應邀作了多次講演。

十五日，香港文化界人士宴請茅盾。茅盾作了題爲《現階段文化運動諸問題》的講演。他說：「民主的路還是一條艱苦的路，性急不得。文化是政治的反映，文化運動也不能一條直線進行，一定有許多迂迴曲折。」他指出進步的民主的文化陣線力量無疑比反民主的力量強大，但是和全國人民力量比較起來，力量還很小，人手也不夠，而反動派在文化上反民主的做法，也是多樣的。他主張文化界應該像抗戰初期那樣團結起來，「建立一個堅強而廣泛的統一戰線。」他還強調指出要接受過去的經驗教訓，注意克服「左」傾和右傾的毛病，如宗派主義、關門主義、口號提得太高、無原則的妥協等等。當天，茅盾又出席青年會的歡迎晚會，著重講了向人民學習的問題。他說：「中國的老百姓是絕對有資格談民主的。相反，不配談民主的倒是那些不准老百姓談誰好誰壞的人。」他強調說：「文化工作者要向人民學習，懂得他們的意

〔註3〕 茨岡：《民主文化在惡劣環境中生長》，《文聯》第 7 期，1946 年 6 月。
〔註4〕 《風下》第 20 期，1946 年 4 月。
〔註5〕 記者：《茅盾先生在廣州》，《週報》第 34 期，1946 年 4 月。

見，才能代表他們的意見。」但是他指出，老百姓也有落後性，如不科學、迷信等等，「如不注意落後性，就成了人民的尾巴」。

茅盾還應邀去香港工商學院、港九學生聯合會、香港青年會與青年記者學會作講演。

茅盾在香港的多次講演，中心是和平民主問題和文化界的統一戰線問題，受到香港文化界、文藝界的普遍歡迎，認爲「他把文藝界的民主統一戰線帶到香港來了。」〔註6〕

五月二十六日，茅盾夫婦回到闊別九個年頭的上海。住在施高塔路（現山陰路）大陸新村，斜對面就是魯迅故居。

茅盾重返上海，原來計劃生活安定下來後，續寫《霜葉紅似二月花》，並改寫《走上崗位》的。〔註7〕但回到上海不久，蔣介石集團發動的全面內戰爆發了。在國民黨統治區強化了法西斯統治。中國共產黨堅決以革命戰爭去粉碎敵人的反革命戰爭，同時發動領導國民黨統治區內各階層人民的反內戰、爭民主的鬥爭。處在這樣一種環境中的茅盾，自然是不可能關起門來寫作的。有一位記者說：「我每次看見他，或者別人每次看見他，他所談的總是時事，總是美國對華政策，等等。他所寫的，也多半是抗議、哀悼之類。這種環境，這種氣氛，怎麼能叫一個生活在現實中的作家進行創作呢？」〔註8〕事實上，茅盾沒有、也不可能按他原定計劃進行寫作，而是以高昂的熱情爲反內戰、爭民主繼續大聲疾呼。

六月間，茅盾和上海文化界人士一起以「上書」「蔣介石、馬歇爾及各黨派」這種「合法」鬥爭的方式反對內戰、呼籲和平。七月，茅盾等又致電國際人權保障會，控制國民黨特務殺害民主人士李公樸、聞一多的血腥罪行。十月，茅盾和沈鈞儒等發表《我們要求政府切實保障言論自由》，抨擊了國民黨的法西斯統治。茅盾還應邀在「小教聯」晨會講演，講題爲《認識現實》。他認爲「中國的現實是封建勢力強大，阻礙中國向民主化的路上走」，「要徹底消除封建勢力，必須進行土地革命」。〔註9〕十一月初，茅盾還應邀到復旦大學去講演。他說：「現在中國正處在光明與黑暗的交叉路口，我們樂觀，因

〔註6〕　以上據馨遠：《茅盾先生在香港》，《消息半月刊》第7期，1946年4月；夏楓：《茅盾在香港》，《文章》第1卷第3期，1946年5月。
〔註7〕　《茅盾先生說》，《文匯報》1946年5月28日。
〔註8〕　《文匯報》記者：《茅盾被邀請赴蘇觀光》，《文匯報》1946年8月25日。
〔註9〕　《文匯報》1946年6月10～12日。

爲光明在望；然而我們卻得准備迎接更大的黑暗的來臨。」這句話抓住了每一個聽衆的心，使他們都感到沉甸甸的。他又說：「這是一個鬥爭的時代，又是一個產生偉大作家的時代，今後中國要靠你們，不要放棄這黃金時代，願你們努力。」這些話一字一句敲進了每個聽衆的心坎，使他們彷彿看見那即將到來的光明正在遠處招手。〔註10〕

六月十八日，是高爾基逝世十週年。茅盾應戈寶權之約，爲《時代》週刊的《高爾基研究》特刊撰寫了《高爾基與中國文壇》，介紹了高爾基的作品在我國傳播情況及影響。是日，茅盾出席了中蘇文化協會上海分會召開的紀念會。晚上，在上海「蘇聯呼聲」電臺播講《高爾基與中國文學》。接著又由戈寶權陪同和郭沫若等參加蘇聯僑民協會俱樂部召開的紀念晚會。

十月十九日，中華全國文藝協會上海分會等十二個文藝團體聯合召開紀念魯迅逝世十週年大會。周恩來在會上講了話。茅盾和郭沫若也參加了這次大會。會前他已發表了《魯迅是怎樣教導我們的》。〔註11〕茅盾指出：在「這樣昏天黑地的時代」，紀念魯迅，就要記住魯迅的教導，莫存幻想，莫輕信人家美麗的言詞，要學習魯迅辨別眞僞、剝奪假面具的本領。

茅盾在上海的六個月間，寫了雜文、文學評論五十多篇。

《美國的對華政策》、《十五天後能和平嗎》《請問這就是反美嗎？》等文章，揭露了當時美國對華政策的虛僞性和反動性，抨擊了美國的戰爭狂人。《下關暴行和人民的期望》、《對死者的慰安和紀念》、《〈週報〉何罪》、《一年間的認識》等文章，義正詞嚴地抨擊和控訴國民黨反動派發動內戰、屠殺民主人士的罪行。《美麗的夢如何美化了醜惡的現實》、《「澆之以水泥」云云》等文章揭露了社會的黑暗、反動派的欺騙宣傳、當權者和漢奸的醜態。這些雜文，大體上圍繞著反內戰、要和平；反獨裁，爭民主這樣一個中心，具有強烈的戰鬥性。形式風格也是多種多樣的。遺憾的是，這些雜文當時沒有也不可能結集出版。

茅盾這一時期的評論文章中，出現了一個新的內容：如《關於〈呂梁英雄傳〉》、《關於〈李有才板話〉》、《論趙樹理的小說》等。他以高度的熱情評價了解放區出現的文藝作品，指出在解放區，已經有了產生偉大作品的條件，只要經過相當的時間，「一定會開放出千紅萬紫，結成美滿的珍果。」

茅盾還繼續他在重慶時開始的翻譯蘇聯文學作品的工作，出版了在香港

〔註10〕方剛：《死水中的浪花》，《文匯報》1946年11月17日。
〔註11〕《文藝春秋》第3卷第4期，1946年10月15日。

時翻譯的卡達耶夫的《團的兒子》。

六十二　「乘風萬里廓心胸」——訪問蘇聯

一九四六年一月在重慶時，蘇聯對外文化協會就邀請茅盾訪問蘇聯。六月在上海收到蘇聯駐華大使的正式邀請函件。由於得到邵力子的幫助，國民黨政府外交部同意發給茅盾出國護照。

茅盾是中國第一位被邀請訪問蘇聯的作家（郭沫若一九四五年訪蘇，是以科學家身份應邀參加蘇聯科學院成立二百二十週年紀念大會的），所以引起文化界的高度重視。十一月二十四日，文協、劇協、音協、學術界聯誼會、雜誌界聯誼會等十個民間文化團體在八仙橋青年會聯合舉行隆重的歡送會。茅盾夫婦應邀到會。郭沫若、熊佛西、胡風、許廣平、侯外廬等十多人先後講話，大家認爲茅盾是「中國文化界的國寶，人民中產生的國寶，所以能夠代表人民去蘇聯訪問」。希望茅盾把正在苦難中的中國人民的友誼帶給蘇聯人民，並把蘇聯人民的友情帶回來。茅盾感謝大家的盛情，表示接受大家的要求。他說：「現在是冬天，回來時應該是春天了」；「假使寒冷仍未過去，將仍隨諸位奮鬥」。〔註12〕二十五日晚，蘇聯駐滬總領事哈林夫婦設宴爲茅盾夫婦餞行。應邀作陪的有顏惠慶、黎照寰、沈鈞儒、郭沫若、葉聖陶等十多人，還有塔斯杜遠東分社社長羅果夫等。黎照寰即席賦詩送別：「濱樓此夜酒千杯，爲愛人和萬意開。兩國英雄醒復醉，醉中同敬特殊才」。接著，郭沫若、田漢、沈鈞儒、葉聖陶、顏惠慶、潘梓年等按原韻唱和。戈寶權把這些唱和詩請時代出版社印成單行本。〔註13〕

十二月五日，茅盾夫婦登上蘇聯輪船「斯摩爾納號」啓程遠航，郭沫若、葉聖陶、葉以群、戈寶權等到船上送行。時代出版社送來了裝幀極爲精美的《歡送茅盾赴蘇唱和詩輯》。郭沫若又在贈給茅盾的一本上題詩：「乘風萬里廓心胸，祖國靈魂待鑄中。明年鴻雁來賓日，預卜九州已大同。」臨別時，茅盾深情地說：「希望大家珍重。今年上海氣候特別冷，尤其政治氣候。」〔註14〕

「斯摩爾維號」於十日下午抵達蘇聯遠東港口符拉迪沃斯托克（海參

〔註12〕　《十個文化團體盛大集會》，《文匯報》1946 年 11 月 25 日。
〔註13〕　《蘇領事館前晚盛會》，上海《時代日報》1946 年 11 月 27 日。
〔註14〕　《歡送茅盾先生出國小輯》，《文藝春秋》第 3 卷 6 期，1946 年 12 月。

威）。茅盾夫婦在蘇聯大使館的官員陪同下在海參威停留了三天，十三日下午乘上橫穿西伯利亞的國際列車前往莫斯科。

蘇聯方面對茅盾的這次訪問極為重視。在他踏上蘇聯國土前，莫斯科廣播電臺於十一月二十八日就廣播了《蘇聯人民對茅盾的印象》，介紹了茅盾創作的成就、特色及其在蘇聯人民中的影響。延安《解放日報》於一九四七年一月三日登載了這篇廣播的全文。

茅盾夫婦在蘇聯將近四個月。訪問了莫斯科、列寧格勒兩大城市和格魯吉亞、亞美尼亞、烏茲別克、阿塞拜疆等四個加盟共和國。參觀了許多文藝團體、博物館、圖書館、學校、工廠、農莊、名勝古蹟，看了許多話劇、歌劇和舞蹈演出，會見了許多蘇聯作家，受到蘇聯人民的熱情歡迎和接待。〔註15〕

一九四七年四月五日，茅盾夫婦乘火車離開莫斯科，十七日到達海參威，二十日登上他們去時乘坐的輪船「斯摩爾納號」，滿載豐富的印象、見聞和蘇聯人民的深厚友誼南歸。二十五日下午到達上海。郭沫若、葉聖陶、葉以群、陳白塵、陽翰笙、戈寶權等到碼頭迎接，于立群代表歡迎者給茅盾夫婦獻上鮮花。茅盾發表簡單談話說：「旅途中極為愉快」，「此次訪蘇得益甚多」。歡迎者覺得茅盾「比離國時略為豐滿，惟旅途勞頓之色，仍頗濃厚。」

四月二十八日，郭沫若邀請文化界的部分朋友到自己家裡舉行「為茅盾先生及夫人洗塵小集」（郭沫若在簽名紙上所寫標題），到會的有沈鈞儒、洪深、許廣平、廖夢醒、陽翰笙、田漢、戈寶權等二十多人。晚餐後，沈鈞儒請茅盾講話，茅盾談了蘇聯文學藝術情況和作家的生活情況。〔註16〕五月二日，文協和中蘇文協假青年會舉行集會，歡迎茅盾夫婦回國。黎照寰主持，葉聖陶代表文協致歡迎詞，他說：「茅盾先生去多離國時，我們歡送他說，希望回來時已是祖國的春天。現在茅盾先生回來了，可是氣候變了，春天不知那裡去了。春天雖然姍姍來遲，但終久要來的。」在會上，茅盾暢談了遊蘇觀感，孔德沚談了蘇聯的婦女生活。〔註17〕五月四日，茅盾又先後出席了文協九屆年會和第三屆文藝節紀念會，在會上介紹了蘇聯文藝情況。的確，這時候，時令雖然已是春天，但政治氣候卻仍處在嚴冬。人們的心都沉甸甸的，期待著……

〔註15〕 詳見茅盾：《蘇聯見聞錄》，開明書店，1948 年版。
〔註16〕 《記「為茅盾先生及夫人洗塵小集」》，《文匯報》1947 年 4 月 30 日。
〔註17〕 《茅盾夫婦昨出席歡迎會》，《文匯報》1947 年 5 月 3 日。

　　一九四七年春夏之間，蔣介石對解放區的全面進攻和重點進攻先後被粉碎。反動派爲了維護其搖搖欲墜的反動統治，悍然頒佈了所謂的「勘亂動員令」，進一步強化法西斯專政，有廣泛影響的《文匯報》、《民主》、《週報》等報刊先後被迫停刊，工人、學生、愛國民主人士殘遭瘋狂迫害。這時候，茅盾已不可能寫作和發表「抨擊劣政，針砭時弊」的雜文。他便集中精力整理從蘇聯帶回來的材料，撰寫訪蘇見聞，陸續交給一些報刊發表。一九四八年四月集結爲《蘇聯見聞錄》出版。這本著作以翔實的資料，幫助讀者認識蘇聯，對於鞏固中蘇兩大民族的友誼、促進兩國的文化交流，有著積極意義。

　　茅盾回到上海不久，就應金仲華之約翻譯、出版了西蒙諾夫的劇本《俄羅斯問題》。還應戈寶權之請爲他編譯的《普希金文集》題詞，並撰寫《列寧格勒的普希金博物館》，編入該文集中。

　　一九四七年這一年，茅盾的譯作都是有關蘇聯的。他用蘇聯人民建設社會主義的具體實踐來鼓舞和激勵正在爲自由、民主而鬥爭的中國人民，這實質上也就是支持人民解放戰爭。

六十三　再次撤往香港

　　由於國民黨反動派瘋狂推行法西斯特務統治，大肆逮捕愛國民主人士。茅盾夫婦和其他許多在上海的作家，再次被迫撤往香港。《人民日報》一九四八年二月十九日報導：「名作家郭沫若、茅盾不堪蔣匪壓迫，已於年前十一月中旬由滬抵港。」

　　一九四八年一月一日，茅盾在《華商報》上發表《祝福所有站在人民這一邊的！》他滿懷信心地指出：中國人民的反帝反封建的革命事業，將會很快取得勝利。同時他又敏銳地指出反動勢力必然要作最後的掙扎，所以前面還有艱苦的鬥爭。他「祝福」站在人民一邊的人士，更堅決，更團結，把反帝反封建的革命事業進行到底」，讓兒孫輩「不再流血而只是流汗」來從事新中國的偉大建設。這樣，茅盾又重新開始戰鬥了。

　　五月四日，是第四屆文藝節，又是文協以及香港分會成立十週年。香港文協分會決定擴大各項紀念活動，邀請郭沫若、茅盾等作專題講演。茅盾的講題是《當前文藝工作者的任務》。同日，茅盾和郭沫若等六十四人簽名發表《紀念「五四」致國內文化界同仁書》，號召全國文化工作者團結起來，發展「五四」精神，爲爭取中國革命的早日勝利而鬥爭。

　　爲了迎接全國革命勝利的到來，一九四八年四月底，中國共產黨中央發佈的慶祝「五一」勞動節口號中發出「召開政治協商會議」、「成立民主聯合政府」的號召，立即得到各民主黨派、無黨派民主人士和全國人民的熱烈擁護。

　　六月四日，茅盾和各界愛國人士一百二十五人，聯名響應中共中央「五一」號召，呼籲海內外同胞團結起來，促成新的政治協商會議的早日召開。

　　七月一日，茅盾和周而復、巴人等創辦了《小說》月刊。茅盾撰寫了《發刊詞》。《小說》共出版了七期，茅盾在這個刊物上發表了《驚蟄》、《一個理想碰了壁》、《春天》等三個短篇小說。這三篇小說表明：爲了適能新的形勢，作家企圖在題材、思想和形式各方面作一些新的探索，但都不怎麼成功。

　　九月九日，被迫停刊的上海《文匯報》在香港復刊，茅盾爲該報主編《文藝週刊》，到十二月底共編了十七期。他自己在這個刊物上發表了一些評論文章。

　　在香港期間，茅盾初步實現了他的計劃，把在重慶時發表的《走上崗位》改寫成長篇小說《鍛煉》，連載於《文匯報》。但由於局勢的急轉直下，茅盾應中國共產黨中央的邀請，北上參加新政治協商會議的籌備工作，因此沒有能夠按計劃寫完，也沒有出單行本。

　　在香港期間，茅盾還根據一九四一年冬他和一大批文化人從香港脫險的經歷，寫成長篇報告文學《脫險雜記》，眞實而生動地記錄了這一重大歷史事件。

　　在香港期間，茅盾在編成《蘇聯見聞錄》之後，繼續整理訪蘇時帶回的材料，寫成《雜談蘇聯》一書，比較全面地介紹了蘇聯的政治、經濟、文化教育和一般社會生活情況。

　　在香港期間，茅盾還先後應南方學院、達德學院、《文匯報》社之請，作關於文藝創作問題、新聞與文學問題的講演。

　　此外，茅盾此次在港期間，還發表了雜文、文學評論三十多篇。

　　一九四八年底，茅盾應中國共產黨中央的邀請，去參加新政治協商會議的籌備工作，和夫人秘密乘船離開香港，同行的有四、五十人。在船上過了新年，先到大連，隨即赴瀋陽。一九四九年二月初到北平。從此，茅盾的政治生涯和文學生涯，隨著中國革命的勝利而進入一個新的光輝的歷史時期。

　　茅盾在離港前夕應《華商報》之約寫了《迎接新年，迎接新中國》，一九

四九年一月一日在該報刊出。文章指出：新中國就快要誕生了「這是五千年來中華民族的第一件大喜事，也是亞洲民族有史以來的第一件大喜事。」他預言：「新民主主義的新中國將是一個獨立、自由、和平的大國，將是一個平等、繁榮、康樂的大家庭。在世界上，中國人將不再受人輕侮排擠。人人有發展的機會，人人有將其能力服務於祖國的機會。」他還指出：「中國人民有力量打倒那根深蒂固、且有無窮外援的反動集團，當然也有力量預防及撲滅在帝國主義指使下的各種危害新中國的陰謀。」

　　總之，在抗戰勝利以後，在人民解放戰爭期間，茅盾「不顧國民黨的壓迫，在堅持民主反對獨裁，堅持和平反對內戰的運動中，有力地支持了人民解放戰爭」。〔註18〕

六十四　小說創作的重要進展──《鍛煉》

　　一九四八年連載於香港《文匯報》的《鍛煉》，是根據《走上崗位》改寫的。但這不是簡單的改寫，而是藝術上的再創作。

　　茅盾當時有一個龐大的計劃：寫五部連貫的長篇小說，《鍛煉》是第一部。「原擬第二部寫保衛大武漢之戰至皖南事變止，包含保衛大武漢時期民主與反民主的鬥爭，武漢撤守，汪精衛落水，工業遷川後之短期繁榮，重慶大轟炸（五三、五四），國民黨政府『防範奸黨、異黨條例』之公佈，國民黨人之『不抗戰止於亡國，抗戰則將亡黨』之怪論等等。第三部預定內容爲太平洋戰爭之爆發，中原戰爭，湘桂戰爭，工業之短時繁榮已成過去，物價高漲，國民黨特務活動之加強，檢查書報之加強，發國難財者甚多，國際風雲對中國戰局之影響等等。第四部包含經濟恐慌之加深，國民黨與日本圖謀妥協，民主運動之高漲，進攻陝甘寧邊區之嘗試，國際反動派之日漸囂張。第五部爲『慘勝』（當時人們稱抗日戰爭的勝利爲慘勝）至聞、李被暗殺。各部的人物大致即第一部《鍛煉》的人物，稍有增添。這五部連貫的小說，企圖把從抗戰開始至『慘勝』前後的八年中的重大政治、經濟、民主與反民主、特務活動與反特鬥爭等等，作個全面的描寫。」〔註19〕如果按計劃完成，這將是一部反映抗日戰爭的偉大史詩。可是一九四八年底剛寫完第一部，即《鍛煉》，就因爲去參加政治協商會議的籌備工作，中斷了寫作計劃，以後

〔註18〕　胡耀邦：《在沈雁冰追悼大會上的悼詞》，《人民日報》1981年4月12日。
〔註19〕　《鍛煉・小序》，《茅盾全集》第7卷第342頁。

一直沒有機會續寫。《鍛煉》也沒有出單行本。直到三十年後的一九七九年，作家整理舊稿，增加了十四、十五兩章（《走上崗位》的第五、六兩章修改後移用過來），重新修改，於一九八〇年和八一年先後在香港和北京出版。

《鍛煉》的題材和故事情節，類似《第一階段的故事》，描寫抗日戰爭初期，上海一家機器製造廠內遷過程中的鬥爭。主人翁嚴仲平是與何耀先同一類型的民族資本家，但形象比何耀先刻畫得更為豐滿。從三十年代到四十年代，先後塑造了吳蓀甫、何耀先、嚴仲平、林永清等不同歷史時期的民族資本家的典型形象，是茅盾對我國現代文學所作的最傑出的貢獻。

茅盾是以善於塑造知識分子形象著稱的。《鍛煉》中塑造了兩代知識分子的形象：中年的工程師周為新、醫生蘇子明、經濟學教授陳克明；青年一代的蘇辛佳、嚴潔修，形象都很生動。在他們身上都有著強烈的時代精神，因而這些形象都有一定的典型意義。

在《子夜》中，比較起來，工人形象還不夠豐滿。《第一階段的故事》、《清明前後》的側重點都不是寫工廠內部的鬥爭，所以都沒有去描寫工人形象。在《鍛煉》中，作家圍繞嚴仲平在遷廠問題上的鬥爭，把廠內工人的活動與社會上的愛國與賣國兩種力量的鬥爭結合起來描寫，從而塑造了一些比較豐滿的工人形象，如青年技師唐濟成、技工蕭長林等。都是各有個性，栩栩如生的。

在《鍛煉》中，知識分子形象和工人形象寫得比較成功，是茅盾長篇小說創作中新的重要的進展。

《鍛煉》圍繞國華機器廠嚴仲平在遷廠問題上的鬥爭過程，描繪了眾多人物以及他們相互間的錯綜的關係，比較全面而又深刻地反映了抗戰初期的社會生活與歷史動向，正確地反映了知識分子和工人的作用，譴責了反動勢力的卑劣無恥，暴露了國民黨軍隊在前線節節潰敗的真實情況。所以這是一部成功的革命現實主義小說。

反映廣闊的社會生活，頭緒紛繁，結構宏偉，人物眾多。作為五部連貫性的長篇小說的第一部，這樣的構思、佈局，是完全必要的，體現了作家思路廣闊，胸有全局，高屋建瓴的偉大氣魄。可以想像，如果作家的計劃全部完成，那麼一些重要人物的形象一定會被描繪得更為豐滿，他們的性格特徵一定會揭示得更充分，從而給我國現代文學的藝術畫廊留下更多的典型形象。

遺憾的是：《鍛煉》已經成為茅盾的最後一部長篇小說，他那宏偉的計劃已經不可能完成了。這是我國現代文學的巨大的、不可彌補的損失。

下　編
獻身社會主義事業

第十四章　迎接新中國的誕生

六十五　籌備文代大會，擔任「文協」主席

　　一九四九年一月三十一日，北平和平解放。

　　二月二十五日，茅盾夫婦和李濟深、郭沫若等三十五位知名人士乘中共中央特派的專車「天津解放號」從瀋陽到達北平，受到盛大歡迎。到車站迎接的有董必武、聶榮臻、葉劍英等。二十六日《人民日報》以頭版頭條新聞報導這一消息。二十七日，中國人民解放軍平津前線司令部、北平市軍管會、中共北平市委、北平市人民政府聯合在懷仁堂召開歡迎會，茅盾和李濟深、郭沫若等到會，一致表示擁護中共中央的正確領導，把中國革命進行到底。

　　四月二十日，國民黨反動派拒絕在國內和平協定上簽字，決心頑抗到底。第二天，中國人民革命軍事委員會主席毛澤東、中國人民解放軍總司令朱德發佈向全國進軍的命令。人民解放軍百萬大軍以雷霆萬鈞之勢橫渡長江。兩天後即解放國民黨反動統治的中心——南京，宣告蔣家王朝的覆滅。四月二十四日，茅盾和周建人、葉聖陶、胡風等在《人民日報》發表《擁護進軍命令》的文章。文章說：「毛主席朱總司令四月二十一日的進軍命令是完全符合人民的要求和利益的。南京政府拒絕簽訂國內和平協定，表示蔣介石為首的國民黨反動集團事實上仍控制著南京政府。這個反動集團不打倒，中國就沒有和平和民主可言。今日報載，解放大軍勝利橫渡成功，江南人民從此得見天日，遙想江南父老兄弟歡欣鼓舞的情緒，實非語言可以表達。」這一段文字，不僅表達了茅盾自己當時激動的心情，的確也表達了廣大江南人民從此得見天日的歡欣鼓舞的情緒。

　　然而就在這時候，茅盾夫婦卻得到女婿蕭逸在太原前線犧牲的噩耗。蕭逸是新華社華北野戰軍前線記者。北平解放後，隨軍入城，見到岳父母，很是高興。他想留下來從事寫作。茅盾鼓勵他參加解放戰爭的全過程，然後再進行個人創作。蕭逸聽從這一教導，愉快地奔赴太原前線。在四月二十四日總攻太原之前，蕭逸用喊話筒向敵人宣傳政策時，被僞稱投降的敵人的子彈打中。他的戰友張帆把他的遺物和照片寄給茅盾。茅盾的女兒沈霞是抗戰勝利後在延安去世的，如今女婿又在全國解放在望的時候犧牲了，茅盾夫婦的悲痛是可以想見的。茅盾在給張帆的回信中說：「我們的悲痛是雙重的：爲國家想，失一有爲的青年，爲他私人想，一番壯志，許多寫作計劃，都沒有實現」。「他不死在總攻時的炮火中，而死在敵人假投降的詐謀中。正如昔年小女沈霞爲魯莽的醫生所誤，同樣的死不瞑目罷？我已多年來『學會』了把眼淚化成憤怒，但蕭逸之死，卻使我幾次落淚。」〔註1〕在應該高興的時候卻遇到這種不幸的事情，是令人更加悲痛的。但茅盾還是感謝張帆的信給他帶來的消息，蕭逸在北京的朋友也都來看望茅盾，使茅盾得到很大的安慰。

　　由於人民革命戰爭在全國範圍內的勝利，原來分別在新老解放區工作的文藝工作者紛紛匯聚到北平，要求召開文學藝術工作者的代表大會，成立新的全國性的組織，得到黨中央的支持。一九四九年三月二十二日，全國文協在北平的理事、監事和華北文藝界協會理事召開了聯席會議，商討召開全國文藝工作者代表大會的籌備工作，由茅盾和郭沫若等四十二人組成籌備委員會，決定郭沫若任籌委會主任，茅盾和周揚任副主任，立即著手籌備工作。

　　五月一日，茅盾就全國文代會籌委會的工作發表談話，指出「新的戰線在形成中」，成立全國性的文藝家的組織，條件已經成熟。〔註2〕五月四日，茅盾又爲紀念「五四」三十週年發表《還需準備長期而艱鉅的鬥爭》。他分析了「五四」以來文化思想的發展過程，指出三十年來，「正確地領導人民前進的是馬克思主義。」他指出我們並不反對資本主義各國具有建設性的學術思想、古典文藝以及批判現實主義的文藝」，但是要堅決反對那些對中國人民精神有腐蝕作用和麻醉作用的東西。他還強調指出：「革命在全國勝利是計日可待了。然而正像在全國範圍內掃清帝國主義、封建主義和買辦資產階級的餘孽尚須要我們繼續努力一樣，在全國範圍內掃除帝國主義文化、封建文化、買辦文化所需時間和努力，也許還要多些，但我們相信是能夠清除

〔註1〕　《茅盾給張帆同志的信》，張帆：《茅盾同志的一封信》，均見《憶茅公》。
〔註2〕　《新的戰線在形成中》，《華北文藝》第4期，1949年5月。

掉的。」〔註3〕同時他還發表《一些零碎的感想》，說明了全國文代會的籌備
情況，對代表的產生，新的全國文協的性質和組織形式提出了一些初步設想，
要求全國文藝工作者參加討論並提出建議。〔註4〕五月二十二日和三十日，茅
盾兩次主持了《文藝報》（試刊）主辦的座談會，就「新文協」的任務、組織、
綱領及其他問題，聽取文藝界各方面代表的意見，為即將召開的大會非常切
實地做好準備工作。六月十四日，籌委會擴大會議決定郭沫若在大會上作總
報告，茅盾和周揚分別就國統區和解放區文藝運動的情況作總結報告。

　　中華全國文學藝術工作者代表大會於七月二日至十九日召開。茅盾在大
會上作了題為《在反動派壓迫下鬥爭和發展的革命文藝》的報告，系統地總
結了國統區十年間的文藝運動。大會期間成立了中華全國文學藝術界聯合
會，郭沫若當選為主席，茅盾和周揚為副主席。同時，文學、戲劇、電影等
各部門的協會也相繼成立，茅盾當選為中華全國文學工作者協會主席，從此
挑起了領導全國文學工作的重擔。

　　在文代會進行期間，茅盾還在新華廣播電臺作了題為《為工農兵》〔註5〕
的播講，講述了文藝為工農兵服務的問題。九月二十五日，全國文聯機關報
《文藝報》正式創刊，茅盾發表了《一致的要求和希望》。他指出在革命勝利，
全國即將統一的新形勢下，文學藝術工作者要做而且應該做的事，實在很多。
他認為主要有：一是加強理論學習，二是加強創作活動，三是加強文藝的組
織工作，四是繼續對封建文藝以及買辦文藝、帝國主義文藝展開頑強的鬥爭，
而奪取其陣地。此外，他還對文藝研究工作提出了要求，他認為編寫《中國
文學史》、《中國新文藝運動史》等都應該提上工作日程。〔註6〕

　　一九四九年五月起，茅盾還和宋雲彬編輯以青年人為主要讀者對象的
《進步青年》。他把一九四八年九月在香港時寫的長篇報告文學《脫險雜記》
作了一些修改，連載於這個雜誌的第二到第七期（一九四九年六月至十一
月）。這部作品敘述太平洋戰爭爆發、香港被日本侵略者佔領以後，被困在
那裡的包括茅盾在內的一大批文化人在香港中共地下黨組織幫助下偷渡到
九龍，又由東江游擊隊的幫助，從九龍進入東江游擊區再到惠陽，為時約一
個月的經歷。雖然這已經是時隔六年多以後的「追記」，卻仍然寫得那樣具

〔註3〕　《人民日報》1949 年 5 月 4 日。
〔註4〕　《文藝報》（試刊）創刊號，1949 年 5 月 4 日。
〔註5〕　《文藝報》（試刊）第 11 期，1949 年 7 月 14 日。
〔註6〕　《文藝報》創刊號，1949 年 9 月。

體、親切和感人，這是因爲這一段生活經歷給茅盾的印象實在太深了，他說：
「到今天，還像是昨天的事……。」

茅盾到北平以後（十月一日以前）還在《人民日報》上陸續發表五篇關
於介紹蘇聯情況的文章，和他訪蘇回來後寫的介紹蘇聯的文章編集爲《雜談
蘇聯》，一九四九年四月上海致用書店出版。全書共收文章一百三十七篇，比
較全面地介紹了蘇聯的政治、經濟、文化教育、社會生活各方面的情況。是
茅盾用一九四七年訪蘇時所獲得的第一手材料寫成。在解放初期，這對於幫
助中國人民認識斯大林時代的社會主義的蘇聯是很有價值的。

六十六　參加政協會議，出任文化部長

由於解放戰爭迅速在全國範圍內取得勝利，各民主黨派的負責人、各界
民主人士於一九四九年春天先後到達北平。中國共產黨一九四八年五月一日
提議召開的新的政治協商會議，條件已經成熟。在中國共產黨的領導下，一
九四九年六月十五日至十九日，新政治協商會議籌備會在北平召開，毛澤東
在會上發表講話，回顧了人民解放戰爭所取得的偉大勝利，說明了召開新的
政治協商會議的任務，準備成立新中國的民主聯合政府。茅盾參加新政協的
籌備會並出席了這次會議。他在會上發表講話說：「這次會議充滿了民主與
團結精神」，「召開這樣民主團結的新政協，產生人民民主的聯合政府，完全
符合人民的要求和利益，可以成立新民主主義的新中國。」他指出：「在新
民主主義的政權下，文化事業一定會得到很大的發展，因爲人民政府是扶植
進步文化的，而且翻了身的工農兵，他們需要文化，他們能夠自由地創作和
享受文化，他們會是文化界最有希望的新生力量。」〔註7〕

當人民解放軍渡江作戰時，侵入我國內河長江的英國軍艦「紫石英號」
和國民黨軍艦一道向我開炮，我軍進行還擊，「紫石英號」受傷被迫停在鎮江
附近長江中，英艦長要求進行談判。「紫石英號」於七月三十日夜趁「江陵解
放號」客輪經過鎮江下駛時，強行靠近該輪與之並行，藉以掩護逃跑。我軍
警告其停駛，該艦竟開炮射擊，並撞沉木船多隻，逃出長江口。對於英帝國
主義這一暴行，茅盾發表談話，憤怒加以譴責，指出「這是十足的海盜行爲」，
「中國人民將永遠記住英帝國主義在我國領土內此種無法無天的罪行，並將

〔註7〕　《在新政協籌備會上的發言》，《人民日報》1949 年 6 月 20 日。

追究責任。」〔註8〕茅盾的這一談話，代表了中國人民的正義的呼聲。

　　由於美國一手扶植起來的蔣介石集團的崩潰和中國人民革命的勝利，美國統治集團內部因對華政策出現分歧而發生爭吵。美國國務院於一九四九年八月五日發表題爲《美國與中國的關係》白皮書，詳細敘述了抗日戰爭末期至一九四九年的五年間，美國實行扶蔣反共政策，千方百計反對中國人民，結果遭到失敗的經過。白皮書儘管採用顛倒是非、隱瞞和捏造事實的卑劣手法，但畢竟暴露了一些美國統治集團反對中國革命的事實眞相。毛澤東以新華社「評論」的形式從八月十四日至九月十六日一連發表了《別了，司徒雷登》等五篇文章，駁斥了美國白皮書的謬論，揭露了美國對華政策的帝國主義本質，批評了國內某些自由主義的知識分子對於美帝國主義的幻想，並對中國革命的發生和勝利的原因從理論上作了說明。當時文化界知名人士也相繼發表談話。茅盾於八月十七日發表談話說：「白皮書把美帝欲得中國而甘心的猙獰面目完全暴露了，這對於中國一部分對美帝尚存幻想的人們，眞是當頭一棒；白皮書還企圖恐嚇中國人民，不過中國人民是嚇不倒的」，「中國人民是有把握粉碎美帝的奴役中國的任何陰謀詭計的」。〔註9〕這是中國人民對當時美國統治集團的嚴正的回答。

　　在迎接新中國誕生的日子裡，茅盾堅決擁護中國共產黨的對外政策，嚴正揭露和抨擊帝國主義的罪惡陰謀和挑釁活動。

　　九月十七日，茅盾參加了新政協籌備會第二次會議。這次會議通過把即將召開的新政治協商會議改稱爲「中國人民政治協商會議」，通過了《中國人民政治協商會議共同綱領》（草案）等文件。九月二十一日，中國人民政治協商會議第一屆全體會議在北平召開。會議通過了《中國人民政治協商會議共同綱領》等文件和定都北平、改稱北京等決議案。會議選舉了中國人民政治協商會議第一屆全國委員會委員一百八十人。毛澤東當選爲全國委員會主席，茅盾被推選爲全國委員會常務委員之一。

　　九月二十三日，茅盾作爲中華全國文學藝術界聯合會的首席代表在會上發言。他說：「中國人民政治協商會議揭開了中國歷史全新的一頁。帝國主義、封建主義和官僚資本主義長期的統治從此結束。獨立、民主、和平、統一的新民主主義的、實行人民民主專政的新中國，像初升的太陽照耀著亞洲，照

〔註8〕　《憤怒譴責英艦「紫石英號」暴行談話》，《人民日報》1949 年 9 月 3 日。
〔註9〕　《譴責美帝白皮書》，《人民日報》1949 年 8 月 17 日。

耀著世界」;「它向帝國主義和反動派宣告，中國人民團結一致，在中國共產黨領導下，決心爲實現新民主主義而共同奮鬥。」他表示全國文藝工作者一定全心全意擁護會議所議過的文件，和全國人民一道，竭盡全力去發展新民主主義的文化事業。〔註 10〕

中國人民政治協商會議第一屆全體會議還代行全國人民代表大會的職權，選舉毛澤東爲中央人民政府主席，朱德等六人爲副主席。周恩來爲政務院總理。周恩來準備任命茅盾爲文化部長，徵求他的意見。茅盾表示，他一向都是搞創作的，中華人民共和國成立以後，生活可以安定下來了，他不想當部長，只希望繼續從事創作。但在人事安排過程中遇到了一些困難。毛澤東、周恩來再次和茅盾商量，還是要求他出任文化部長。茅盾覺得既然革命工作需要，只得勉爲其難，也就同意了。

一九四九年十月一日，中華人民共和國宣告成立。茅盾出任新中國的第一任文化部長，開始挑起文化部門的領導重擔，獻身社會主義的文化事業。

〔註10〕《在中國人民政治協商會議第一屆全體會議上的發言》，《人民日報》1949 年
　　　9 月 24 日。

第十五章　在領導崗位上

六十七　爲發展社會主義文化事業而殫精竭慮

在文代會上，茅盾已被選爲中華全國文學藝術界聯合會副主席，中國文學工作者協會主席；中華人民共和國成立，他又出任文化部長。從此，他在領導崗位上，篳路藍褸，爲開創和發展我國的社會主義文化和文學藝術事業而殫精竭慮。

同時，茅盾還擔任中國人民政治協商會議第一屆全國委員會常務委員。

一九五○年六月二十五日，美帝國主義發動了侵朝戰爭，並公開霸佔我國臺灣省。文藝界知名人士紛紛發表文章反對美國的侵略行爲。茅盾任《侵略者將自食其果》中指出：「中國人民和全世界人民已經明白表示：世界和平不容破壞，我們具有保衛和平的決心，也具有懲罰那些破壞和平者的準備。如果戰爭販子們以人民爲可欺而倒行道施，那他們將自食其果。」〔註1〕這是對侵略者的嚴正警告。十月二十五日，中國人民志願軍開赴朝鮮前線，抗擊美帝，我國各族人民發動了廣泛的抗美援朝運動。十一月十六日，茅盾和丁玲等一百四十五人聯名發表《在京文藝工作者宣言》，號召全國文藝工作者積極動員起來，爲抗美援朝、保家衛國而鬥爭。

一九五一年三月，全國二十個大城市舉行國產電影新片展覽月，展出《鋼鐵長城》等新片二十六部，茅盾爲展覽月題詞。六月間，文化部在北京召開了全國文工團工作會議，茅盾作了關於文工團的方針、任務和分工的報告。

〔註1〕《人民日報》1950 年 7 月 3 日。

通過這次會議整頓了全國文工團，推動了我國社會主義的話劇、歌劇、音樂、舞蹈的發展。七月一日，在慶祝中國共產黨成立三十週年的大會上茅盾致《獻詞》。他代表全國文聯和各個協會向黨中央、毛澤東主席表示敬意和祝賀，並且表示全國文藝工作者將更緊密地團結在黨的周圍，貫徹黨的文藝方針，用各種文藝形式，「反映我們祖國的光榮和偉大的歷史，人民群眾的偉大卓絕的鬥爭和光輝燦爛的創造，人民解放軍和人民志願軍的輝煌卓絕、英勇無比的戰績，工農群眾在生產建設方面所獲得的光輝成就。」〔註2〕

為了響應毛澤東主席和政協第一屆全國委員會第三次會議關於知識分子思想改造的號召，一九五一年十一月，全國文聯決議組成以丁玲為主任、茅盾等二十人為委員的文藝界學習委員會，領導並推動北京文藝界的整風學習，幫助文藝工作者改造思想，提高覺悟，創作出更好的作品，以滿足人民的要求。一九五二年五月二十三日，全國文聯召開座談會，紀念《在延安文藝座談會上的講話》發表十週年，茅盾發表題為「認真改造思想，堅決面向工農兵」的文章，闡述了文藝工作者改造思想、清除舊社會帶來的影響，用馬克思列寧主義、毛澤東思想武裝自己頭腦，與工農兵相結合的重要意義。〔註3〕

在國慶三週年前夕，茅盾發表《三年來的文化藝術工作》一文，總結了中華人民共和國成立三年來電影、戲劇、美術、文學、音樂各方面的成就，指出我國社會主義的文化藝術在毛澤東文藝路線指引下得到了迅速發展。〔註4〕十月間，文化部在北京舉辦第一屆全國戲曲觀摩演出大會，茅盾發表《給全國戲曲觀摩演出大會》，祝賀戲曲改革所取得的巨大勝利。〔註5〕

一九五三年間，黨中央正式公佈了過渡時期的總路線。開始實行發展國民經濟的五年計劃，我國進入了有計劃地進行社會主義改造和建設的新時期。三月二十四日，茅盾出席全國文協常務委員會第六次擴大會議，為了適應新的形勢，會議通過《關於改組全國文協和加強領導文學創作的工作方案》，決定籌辦《譯文》雜誌。會議還決定召開全國會員代表大會，由茅盾等二十一人組成籌備委員會，並由茅盾、丁玲分別擔任正副主任。同月，文化部電影局和全國文協聯合召開第一屆全國電影劇本創作會議，茅盾在會上作

〔註2〕 《人民文學》第 4 卷第 3 期，1951 年 7 月。
〔註3〕 《人民日報》1952 年 5 月 23 日。
〔註4〕 《人民日報》1952 年 9 月 23 日。
〔註5〕 《人民日報》1952 年 10 月 6 日。

了題爲《體驗生活、思想改造和創作實踐》〔註6〕的報告。報告論述了生活、思想和創作三者的辯證關係，指出學習馬列主義、毛澤東思想的重要性，說明作家必須在深入生活的過程中加深、提高對生活的認識，從而改造思想，再通過創作實踐檢驗和鞏固思想改造的成果，周而復始，從而不斷得到提高。

中國文學藝術工作者第二次代表大會於一九五三年九月二十三日在北京召開，同時各協會分別召開會議。茅盾在「文協」的會員代表大會上作《新的現實和新的任務》的報告。他指出我們國家正處在實現社會主義工業化和社會主義改造的時期，作家應該站在社會主義的高度上，用社會主義現實主義的創作方法進行創作，認眞克服創作中的公式化、概念化傾向，相應的改進批評工作。〔註7〕在這次會議上，茅盾繼續當選爲中華全國文學藝術界聯合會副主席。中華全國文學工作者協會改組爲中國作家協會，茅盾繼續當選爲主席。十月六日，大會在茅盾致閉幕詞後閉幕。

一九五四年九月，茅盾當選爲第一屆全國人民代表大會代表，出席了一屆人大第一次會議。在這次會議上，毛澤東當選爲國家主席，周恩來被任命爲國務院總理，茅盾繼續擔任文化部長。在同時召開的第二屆中國人民政治協商會議上，茅盾繼續當選爲全國委員會常務委員。

這一年八月，作協召開全國翻譯工作會議，茅盾在會議上作《爲發展文學翻譯事業和提高翻譯質量而奮鬥》的報告。這次會議有力地推動了我國文學翻譯事業的發展。

這一年九月，文藝界展開了對《紅樓夢》研究中的資產階級思想的批判。中國文聯主席團和作協主席團於十月底到十二月初連續召開了八次擴大聯席會議，就《紅樓夢》研究中的胡適派資產階級唯心論傾向進行了討論。在第八次會議上，茅盾作了題爲《良好的開端》的講話。他說我們在政治上和胡適劃清了界限以後，還必須在思想上、學術研究方法上跟胡適劃清界線，一定要用馬克思列寧主義這個思想武器來清除資產階級的思想影響。在學術問題上，他主張要做到：「明辨是非，分清敵友，與人爲善，言之有物。」他還強調要加緊扶植新生力量。關於《文藝報》編輯部忽視新生力量的錯誤問題，茅盾以作協主席身份，作了自我批評。〔註8〕緊接著中國科學院院務會議和中國作家協會主席團又舉行聯席會議，決定聯合召開批判胡適思想的討論會，

〔註6〕《文藝報》1953年7期。
〔註7〕《人民文學》1953年11月。
〔註8〕《人民日報》1954年12月9日。

並推定郭沫若、茅盾等九人組成委員會，來領導這一工作。與此同時，茅盾還出席中國人民政治協商會議全國委員會會議，在會上發言指出在學術研究領域中清除資產階級唯心主義思想影響的重大意義。〔註9〕這次思想批判運動，總的來說，顯然是「左」了。

從檢查《文藝報》編輯工作中的錯誤又發展到對胡風的批判。茅盾寫了《必須徹底地全面地展開對胡風文藝思想的批判》〔註10〕他指出對胡風文藝思想的批判，「必須徹底地全面地展開，以提高馬克思主義文藝思想水平，加強文藝界的團結，更好地為國家的總任務服務」。他的文章著重對胡風文藝思想的基本點「主觀戰鬥精神」作了分析批判。對胡風的文藝思想，歷來存在不同的看法。有人給它評價很高。認為是馬克思主義的，有人堅決加以反對，認為是反馬克思主義的。至於胡風的「主觀戰鬥精神」論，更是一個複雜的問題。所以進行公開的討論以辨明是非，是完全必要的。但當時搞成政治運動的方式，後來發展到把所謂的「胡風派」作為「反革命集團」來鬥爭，則顯然是擴大化了，反映了領導思想上的「左」的傾向。但就茅盾這篇文章來看，基本上還是實事求是的，著重從文藝思想問題來辯論的。後來發表的表態性的文章，如《提高警惕，挖盡一切潛藏的敵人》，〔註11〕由於當時的形勢，不可能不發生偏頗。

文化部、全國文聯和劇協於一九五五年四月間聯合舉辦「梅蘭芳、周信芳舞臺生活五十年紀念會」，茅盾以文化部長身份授給梅蘭芳、周信芳榮譽獎狀，表獎他們在戲曲藝術方面的成就。

一九五五年六月，中國科學院召開學部成立大會。經國務院批准，茅盾和郭沫若等為哲學社會科學部常務委員會委員。

一九五六年上半年，我國對農業、手工業和資本主義工商業的社會主義改造基本完成，我國的經濟形勢、政治形勢和階級關係都發生了巨大的變化。中共中央於一月間召開了關於知識分子問題的會議，周恩來作了《關於知識分子問題》的報告，指出我國的知識分子大部分「已經是工人階級的一部分。」這個分析給全國廣大知識分子以極大的鼓舞。二月底，茅盾在作協第二次理事會（擴大）上致開幕詞，並作了《培養新生力量，擴大文學隊伍》的報告，強調了培養了青年作者的重要意義和培養的途徑、方法。三月間，文化部舉

〔註9〕《人民日報》1954 年 12 月 24 日。
〔註10〕《人民日報》1955 年 3 月 8 日。
〔註11〕《人民日報》1955 年 6 月 15 日。

辦第一屆話劇觀摩演出，茅盾以部長身份在會上作了報告。同時作協和青年團中央聯合召開了全國青年文學創作會議，茅盾在會上作了《關於藝術技巧》的報告。四月，文化部又召開了全國文化先進工作者會議，茅盾以部長身份致開幕詞。這許多活動表明，在一九五六年間，文化部和作家協會的工作是朝氣蓬勃、充滿活力的。

毛澤東在一九五六年五月召開最高國務會議，提出了「百花齊放，百家爭鳴」的方針，得到全國文學藝術工作者的熱烈擁護。在第一屆全國人民代表大會第三次會議上茅盾作了題爲《文學藝術工作中的關鍵問題》〔註 12〕的報告。批評了文學藝術創作中存在題材狹窄和概念化、公式化的傾向，指出要改變這一狀況就必須認眞貫徹「百花齊放，百家爭鳴」的方針。

一九五六年十月十九日是魯迅逝世二十週年，在北京舉行了隆重的紀念大會，茅盾作了題爲《研究魯迅，學習魯迅》的開幕詞和《魯迅──從革命民主主義到共產主義》〔註 13〕的學術報告。這個報告論述了魯迅思想的發展過程及其在文學上的偉大成就。他還到上海參加魯迅遷葬儀式（從萬國公墓遷葬虹口公園），並在遷葬儀式上發表講話，就怎樣更好地向魯迅學習問題談了他的看法。〔註 14〕茅盾的這些講話，對於進一步搞好魯迅研究工作，有重要的指導意義。

這一年年底，作家協會主席團舉行會議，改選書記處，茅盾擔任第一書記。

一九五七年一月七日，《人民日報》發表陳其通等四人的文章《我們對目前文藝工作的幾點意見》，對「百花齊放，百家爭鳴」的方針提出了異議。二月二十七日，毛澤東主席在最高國務會議上作了《關於正確處理人民內部矛盾的問題》的報告，深刻地闡述了提出「雙百」方針的社會背景、這個方針的實質和意義。三月十八日，茅盾發表了《貫徹「百花齊放，百家爭鳴」，反對教條主義和小資產階級思想》，申述了他對「雙百」方針的理解，批評了陳其通等的錯誤觀點。可見「雙百」方針剛提出來時，文藝界是有錯誤意見的，而茅盾則堅定地站在黨的立場上，認眞貫徹這個方針。四月間，文化部在北京舉行「1949～1955 年優秀影片授獎大會」，茅盾在大會上發表講話。他又在《中國電影》上發表文章，鼓勵電影工作者創造出更多更好的社會主義的民

〔註 12〕　《人民日報》1956 年 6 月 20 日。
〔註 13〕　《人民日報》1956 年 9 月 22 日，《文藝報》1956 年第 20 期附冊。
〔註 14〕　《解放日報》1956 年 10 月 15 日。

族新電影。四月底五月初，茅盾在作協書記處召開的北京文學期刊編輯座談會上作了兩次講話，指出要辦好文學期刊，就必須貫徹「雙百」方針。

然而，從五月間開始在我國政治生活中出現了一種人們意想不到的情況。六月到九月間，中國作家協會黨組召開了二十多次擴大會議，丁玲、馮雪峰等一批作家被錯劃爲「右派份子」。茅盾也曾應邀參加黨組擴大會，在會上作了題爲《明辨大是大非，繼續改造思想》的發言，還發表了《必須加強文藝工作中的共產黨的領導》等好幾篇文章，茅盾強調文藝家必須進行思想改造，強調加強黨的領導。他說：「中國的出路只有走社會主義路線，這是中國近百年來的歷史經驗所證明了的，也是八年的社會主義建設的光輝成績所證明了的。走社會主義的路就必須有共產黨的領導，必須在各方面加強共產黨的領導」。這種堅持社會主義道路，維護共產黨的領導的觀點，無疑是完全正確的。但由於文藝界「反右」運動的擴大化，把一些作家劃成右派本身就是錯誤的。因此，茅盾當時的一些發言和文章，也就不可能不跟著發生錯誤，這是特定的歷史條件所造成的現象。

一九五八年間，由於黨的工作在指導方針上犯了「左的錯誤」，不可避免地也反映在文藝工作上，在茅盾當時的文章中也可看到這種「左」的影響。這一年的六月到七月間，茅盾視察了東北的文藝活動，回到北京後，在文化部的部務會議上作了題爲《文藝大普及中的提高問題》〔註15〕的報告。他指出了當時文藝工作中的一些問題，但也未能抓住問題的實質。一九五九年三月，茅盾在作協召開的文學創作座談會上作了題爲《創作問題漫談》〔註16〕的發言，批評了創作題材狹窄，因對革命浪漫主義的誤解而產生的空想和浮誇，以及對爲生產、爲中心工作服務的片面理解等錯誤傾向，比較確切地指出了文藝「大躍進」中存在的問題。

一九五九年四月，茅盾繼續當選爲第二屆全國人民代表大會代表。第二屆全國人民代表大會第一次會議重新選舉國家機構領導人員，茅盾繼續擔任文化部長。同時繼續擔任第三屆中國人民政治協商會議全國委員會常務委員。

在慶祝中華人民共和國成立十週年的時候，茅盾撰寫了《新中國社會主義文化藝術的輝煌成就》，對建國十年來社會主義文化事業的巨大成就，作了全面的總結。

<hr>

〔註15〕 《新文化報》1958 年 9 月 16 日。
〔註16〕 《文學知識》第 3 期，1959 年 3 月。

　　一九六○年六月，全國文教「群英會」在北京召開，茅盾以部長身份在會
上作了《不斷革命，爭取文化藝術的持續躍進》的報告。七月，第三次全國
文學藝術界代表大會在北京召開。茅盾在同時召開的作協第三次理事會（擴
大）會議上作了題爲《反映社會主義躍進的時代，推動社會主義時代的躍進》
的報告。這兩次大會由於是在一九五八年「輕率地發動了『大躍進運動』和
一九五九年「在全黨錯誤地開展了『反右傾』鬥爭」這一歷史背景下召開的，
作爲文化部長和作協主席的茅盾的這兩個報告，也就必然要打上那個歷史時
期的「左」的印記。

　　第三次全國文代會改選了全國文聯和各協會的領導成員，茅盾蟬聯全國
文聯副主席和作協主席。

　　一九六一年是魯迅誕生八十週年。北京文學藝術界和其他各界代表一千
多人在政協禮堂舉行紀念大會，茅盾在會上作了《聯繫實際，學習魯迅》的
報告。他著重論述了魯迅的創作如何服務於整個革命事業；魯迅作品的民族
形式和個人風格；魯迅的「博」與「專」等三個問題，指出這也正是今天的
文學藝術工作者極待解決的問題。他號召「更認眞更深入地學習魯迅」，「進
一步貫徹黨的「百花齊放、百家爭鳴」的方針，以促進社會主義文學藝術事
業更快的發展和更大的繁榮」。〔註17〕

　　一九六二年初黨中央召開了擴大的中央工作會議，初步總結了「大躍進」
中的經驗教訓，開展了批評和自我批評，調整了各方面的關係。緊接著文化
部和劇協在廣州召開了話劇、歌劇、兒童劇創作座談會，周恩來、陳毅都在
會上作了報告，指出「應該取消『資產階級知識分子』的帽子」。茅盾也在會
上作了報告。這次會議在知識界產生了極大的影響，大大地調動了文藝工作
者的積極性。八月，作協在大連召開了農村題材短篇小說創作座談會，茅盾、
邵荃麟都在會上作了報告，指出創作中存在的問題和吸取過去的教訓、擴大
創作題材的重要意義。

　　一九六四年三月和六月，文化部先後在北京舉行一九六三年以來優秀話
劇創作及演出授獎大會和全國京劇現代戲觀摩演出大會，茅盾在前一個大會
上作了《爲發展社會主義新戲劇而奮鬥》的報告，在後一個大會上致了開幕
詞。

　　中華人民共和國成立以來，我國社會主義的文化和文學藝術事業，是取

〔註17〕《人民日報》1961 年 9 月 26 日。

得輝煌成就的，當然也不是沒有缺點，但成就是主要的。這些成就的取得，從根本上來說，是由於黨的正確領導和社會主義制度的優越性，但也是和文化部的領導、和文聯以及包括作協在內的各個協會的工作分不開的。作爲文化部長、文聯副主席和作協主席的茅盾所起的領導作用，與解放以前他在文藝界主要通過他個人的聲望起領導作用不一樣。在文化部，部長之外還有許多副部長，還有黨組的核心領導作用。在文聯和作協也是這樣。但是儘管如此，我國社會主義文化和文學藝術事業的光輝成就，還是和茅盾個人的作用分不開的。因爲他畢竟是一位眞正懂行的部長，一位在文學上有巨大成就和影響的作家協會的主席。十多年來，他在領導崗位上，勤勤懇懇，殫精竭慮，爲發展我國的社會主義文化事業獻出了全部心血，對人民作出了重大貢獻。

作爲文化部長、文聯副主席和作協主席的茅盾，卻仍然保持他那平易親切、自然樸素的作風。在他身上，沒有絲毫領導的架子，沒有權威的造作。每當文化部的副部長們前來向他匯報並研究工作時，他就像招待熟朋友似地招待他們，邊喝茶、邊交談、不拘形跡。每當他要身邊的工作人員、警衛員或司機做什麼事時，也總要加上一個「請」字。這種習慣，體現了他對人的尊重，對別人勞動的尊重。一九六三年春，中央新聞紀錄電影製片廠根據上級指示，要給老一輩知名的文藝大師拍攝紀錄片，作爲傳世的形象史料。幾次向茅盾提出，但都被他婉言謝絕了。他總是說：「我沒有什麼可拍的，請不要再爲我費神了。」中央新聞紀錄電影製片廠的這一工作，終於令人遺憾地沒有實現。對一般群眾來信，茅盾也都要一一過目。有些信，他認爲有必要，就親自作覆。一九六四年間，有一個精神病患者，每隔一些日子，就寄一封滿紙荒唐言論的長信給茅盾，工作人員建議這樣的來信就不必作覆了。茅盾卻說：「回信還是要寫的」，「這一類病人是很敏感的，回他封信，或許是一種安慰。不回呢，他就更作邪想了。」〔註 18〕這些小事情也表現了茅盾的崇高的情操和品格。

全國解放以後，在大好形勢的鼓舞下，茅盾夫人孔德沚曾向周恩來總理表示心願；要求參加革命工作。周恩來認眞考慮以後回答她說：「好，我給您安排一個對您最重要、也是最合適的工作——照顧好茅盾同志。他是我們國家的寶貴財富，今後要他爲新中國描新圖，爲新中國作出新的貢獻。您要好好照顧他，這是黨交給您的任務，這比您做任何工作都重要！」〔註 19〕此後，

〔註 18〕 孫嘉瑞：《青蓮花謝香常在》，《光明日報》1981 年 5 月 10 日。
〔註 19〕 金韻琴：《記茅盾和孔德沚》，見《中國當代文學研究資料——茅盾專集》，福

孔德沚便仍和解放以前一樣，親自操持家務，讓茅盾無後顧之憂，把全部精力都用在工作上。

一九五一年九月，茅盾在部隊工作的兒子沈霜（韋韜）和陳小曼在南京結婚。一九五三年三月，茅盾夫婦有了孫女。一九五七年二月，他們又有了孫兒。這一年年底，韋韜夫婦調到北京工作，但住在郊區。茅盾夫婦把孫女帶在身邊，享受天倫之樂。

五十年代末發生的「左」傾錯誤，到六十年代初不僅沒有得到糾正，在思想文化方面還有發展，這主要表現在對我國社會主義文藝事業的否定和對文藝作品的過火批判上，同時也波及到對茅盾的評價問題。

一九六三年和六四年的《關於文學藝術的兩個批示》認為社會主義改造在文學藝術的許多部門中，「至今收效甚微，許多部門至今還是死人統治著」。又認為：文學藝術界的各個協會和他們所掌握的刊物的大多數，「十五年來，基本上（不是一切人）不執行黨的政策，做官當老爺，……最近幾年，竟然跌到了修正主義的邊緣」。應該說，這是不符合我國社會主義文學藝術發展的實際情況的。對文化部、文聯及其所屬各個協會的批評，是不公允的。當時文化部、文聯及其所屬各協會的黨組相繼進行整風。在各黨組整風過程中，作為文化部長、文聯副主席、作協主席的茅盾的處境，也就可想而知了。

六十年代初江青以極「左」面目出現，別有用心地插手文藝界，製造混亂。一九六四年底，她把《林家舖子》、《紅日》等一大批優秀影片打成「毒草」，指令進行批判。對於電影《林家舖子》的批判，當然是項莊舞劍，意在沛公。

在這樣的背景下，茅盾雖然繼續當選為第三屆全國人民代表大會的代表，但在一九六五年初第三屆全國人民代表大會第一次會議閉幕時，便不再擔任文化部長了。只是在中國人民政治協商會議第四屆全國委員會第一次會議上當選為副主席。

一九六五年五月二十九日從《光明日報》發表《影片〈林家舖子〉必須批判》開始，全國各地報刊紛紛發表「批判」文章。十一月，江青指使姚文元炮製的《評新編歷史劇〈海瑞罷官〉》在上海《文匯報》發表。一九六六年二月，江青與林彪相勾結，密謀炮製了所謂《部隊文藝工作座談會紀要》，提出了什麼「文藝黑線專政」論，全盤否定了「五四」以來的革命文藝和建國

建人民出版社，1984年版。

以來的社會主義文藝的光輝成就。四月十八日，《解放軍報》發表《高舉毛澤東思想偉大紅旗，積極參加社會主義文化大革命》，以社論形式公佈了《紀要》的內容。「史無前例」的「大革命」正在緊鑼密鼓，即將正式開演。處在這樣一種局面下的茅盾，雖然還擔任全國文聯副主席、中國作家協會主席的職務，但又能做一些什麼呢？

六十八　促進國際文化交流和人類進步的事業

茅盾在文化部長、作協主席的領導崗位上，除了爲發展我國社會主義的文化和文學藝術事業而殫精竭慮外，還作爲中國人民的和平使者和文化使者，積極參加有關保衛世界和平的各種國際會議和國際文化交流活動，爲世界和平和人類進步的事業貢獻了自己的力量。

一九五一年一月，茅盾膺選爲世界和平理事會理事。十月間，出席在莫斯科召開的世界和平理事會第二次會議，並在會上作《鞏固和發展各國人民之間的文化交流》的發言。一九五二年三月，茅盾又出席世界和平理事會執行局會議。五月四日，中國人民保衛世界和平委員會、全國文聯等七團體聯合舉行世界文化名人阿維森納誕生一千週年、達·芬奇誕生五百週年、雨果誕生一百五十週年、果戈理逝世一百週年紀念大會。在此之前，茅盾已爲世界和平理事會的機關刊物《和平》撰寫了《我們爲什麼喜愛雨果的作品》，還另外撰寫了《果戈理在中國》。〔註 20〕茅盾回顧了雨果作品翻譯到中國來的歷史，分析了《悲慘世界》的主要人物形象，指出：「中國人民同情於雨果作品中的這些人物，中國人民也從自己的鬥爭經驗中看出了這些人物的優點及其時代的局限性。吸收其優秀進步的成份，而批判地捨棄其不合時代需要、不合中國現實的成份，──這就是中國人民對於世界文化的態度。」他強調說：「中國人民願意和世界各國人民在文化上交換經驗，並且通過文化交流而達到進一步的互相瞭解。」茅盾論述了果戈理在中國的影響，比較了魯迅和果戈理這兩位大作家「相似而又不相同」之處，指出果戈理作品中的人民性，「無疑地也有助於中國讀者對於美好與幸福的生活的爭取與創造」。十月，茅盾出席在北京召開的亞洲太平洋區域會議，並發表了《文藝工作者發揮力量保衛和平》，〔註 21〕指出文藝工作者擔負有保衛世界和平的重大責

〔註20〕均見《文藝報》1952 年第 4 期。
〔註21〕《人民文學》1952 年 10 月。

任。十二月，茅盾又與郭沫若、蕭三等出席在維也納召開的世界和平大會。

中國人民保衛世界和平委員會、全國文聯、中國作家協會等五團體於一九五三年九月聯合舉行世界文化名人——中國詩人屈原逝世二千二百三十週年、波蘭天文學家哥白尼逝世四百一十週年、法國作家弗朗索瓦、拉伯雷逝世四百週年、古巴作家何塞・馬蒂誕生一百週年紀念大會。茅盾在會上作《紀念我國偉大的詩人屈原》的報告，論述了屈原作品的特點和他對中國文學偉大貢獻。他指出：「我國人民和世界人民盛大紀念屈原、哥白尼、拉伯雷和馬蒂，正因為這些文化巨人的貢獻都是屬於全人類的。紀念他們，將會鼓舞各國人民保衛並發揚自己的優秀的民族文化，加強各國之間的文化交流，以促進互相瞭解，同時學習他們的堅持正義、奮鬥不屈的精神，為保衛世界文化、保衛世界和平而作更大的努力」。〔註22〕十一月，茅盾又率領中國代表團出席在維也納召開的世界和平理事會，並在會上作《為進一步爭取國際局勢的緩和而努力》〔註23〕的發言。

世界和平理事會於一九五四年八月在柏林召開特別會議，茅盾出席這次會議，並就關於文化交流問題作了發言。他詳細敘述了中華人民共和國成立以來四年間和世界各國進行的文化交流的主要事實。他指出：「中國人民尊重並熱愛自己祖國的文化傳統，同時也以同樣的尊重和熱愛的心情，對待其他國家的文化傳統以及作為全體人類所共享共有的各國人民的偉大祖先所創造的精神財富」。他表示：「中國人民願與世界各國人民加強彼此之間的文化交流」；他還表示相信：「開展國際文化交流以期有助於國際緊張局勢之進一步緩和是完全可能的」。〔註24〕六月間，茅盾又出席在斯德哥爾摩召開的「緩和局勢國際會議」。七月，中國人民保衛世界和平委員會、中國作家協會等五團體在北京召開了契訶夫逝世五十週年紀念大會，茅盾在會上作了《偉大的現實主義作家契訶夫》的報告。他在評述了契訶夫的創作成就和創作思想以後，號召中國作家向契訶夫學習。〔註25〕

中國文聯、對外文協等團體於一九五五年五月五日舉行世界文化名人席勒、密茨凱維奇、孟德斯鳩、安徒生紀念大會。茅盾在大會上作題為《為了和平、民主和人類的進步事業》的報告，再次強調指出加強國際文化交流的

〔註22〕《光明日報》1953 年 9 月 28 日。
〔註23〕《保衛和平》第 1 號，1954 年 2 月。
〔註24〕《和平、友好、文化》，《文藝報》1954 年 11 號。
〔註25〕《契訶夫紀念專刊》，人民文學出版社，1954 年版。

重大意義，號召人們更好地繼承席勒等著名作家的遺產，爲保衛世界和平、民主和人類的進步事業而鬥爭。〔註26〕七月一日，世界和平理事會召開會議，茅盾當選爲常務委員。同月，茅盾又出席赫爾辛基世界和平大會。回國後作《向持久和平和友好合作的道路前進》的報告，介紹了赫爾辛基大會的情況和成就。〔註27〕

一九五六年二月，茅盾當選爲中國亞洲團結委員會副主席。五月，北京舉行世界文化名人迦梨陀娑、海涅、陀思妥也夫斯基紀念大會，茅盾在大會上作了題爲《不朽的藝術都是爲了和平和人類幸福》的報告。評述了迦梨陀娑等作家的創作在世界文化史上的意義和價值。〔註28〕十二月，茅盾率中國作家代表團出席在新德里召開的亞洲作家會議。有十七個亞洲國家的作家參加的這次會議，標誌著亞洲作家友誼和團結的新紀元。回國後，茅盾對《光明日報》記者發表談話，介紹了這次會議所取得的成就。

一九五八年十月，亞非作家會議在蘇聯塔什干召開。茅盾率中國作家代表團參加會議，並在會上作題爲《爲民族獨立和人類進步事業而鬥爭的中國文學》的報告。他回顧了中國古代和亞非各國、各民族的文化交流和友好往來的歷史事實，論述了中國多民族的文學的發展和成就。他指出：「保衛和平，維護民族獨立，反對殖民主義，已經成爲全世界人民中不可抗拒的偉大力量。亞非各國人民和作家在這個莊嚴的偉大的鬥爭中，更進一步建立了友好的文化關係」，並對亞非地區以及世界的和平作出了重要的貢獻。〔註29〕他還在慶祝亞非作家會議勝利閉幕的群眾大會上發表講話。在會議開幕前還在《人民文學》上發表祝賀亞非作家會議開幕的文章，給《譯文》的「亞非國家文學專號」寫了《序言》。根據亞非作家會議決議，中國作家協會設立亞非作家常設事務局中國聯絡委員會，由茅盾擔任主席。

一九五九年五月，蘇聯作家召開第三次代表大會，茅盾率中國作家代表團出席，並在大會上致《祝詞》。他還先期在《世界文學》發表文章：《敬祝蘇聯作家第三次代表大會勝利成功》。〔註30〕這一年四月和十一月，茅盾還出席首都文藝界紀念德國作曲家享德爾逝世二百週年、德國作家席勒誕辰二百

〔註26〕 《人民日報》1955 年 5 月 7 日。
〔註27〕 《人民日報》1955 年 7 月 28 日。
〔註28〕 《人民日報》1956 年 5 月 28 日。
〔註29〕 《文藝報》1956 年 19 期。
〔註30〕 分別見《人民日報》1959 年 5 月 20 日；《世界文學》1959 年 3 期。

週年大會。

　　一九六○年二月，全國文聯、作協等團體集會紀念世界文化名人契訶夫誕生一百週年，茅盾在大會上作《偉大的現實主義者契訶夫》的報告，並先期在《世界文學》上發表《契訶夫的時代意義》。他還致電蘇聯作家協會主席費定表示祝賀。二月和六月間，全國文聯、音協等團體先後聯合舉行世界文化名人蕭邦誕生一百五十週年、羅伯特‧舒曼誕生一百五十週年紀念會，茅盾先後主持了這兩個大會。

　　一九六一年五月和六月間，全國文聯、作協等團體先後聯合召開紀念世界文化名人——印度詩人泰戈爾誕生一百週年、高爾基逝世二十五週年大會，茅盾先後主持這兩個大會並致開幕詞。

　　亞非作家會議於一九六二年二月在開羅舉行。茅盾率中國代表團參加會議，並在會上作《為風雲變色時代的亞非文學燦爛前景而祝福》的發言。他指出：「亞非兩大洲是人類文化最古的發源地，是人類文化的搖籃」，只是由於近代殖民主義的剝削和奴役，阻礙了亞非各國民族文化的正常發展。如今，「亞非人民的風起雲湧、驚雷駭電般的爭取民族融立、自由和民主的鬥爭，為亞非各國的作家提供了深厚的創作源泉，啟發了亞非作家創作的靈感」。他表示相信：「一旦亞非人民全部擺脫了束縛他們創造力的新老殖民主義的鎖鏈以後，他們一定能夠創造出比過去更加光輝燦爛的文化，對人類作出比過去更加偉大的貢獻。」他認為「亞非作家任務就是為了這樣一天的到來而努力、而創造條件。」〔註31〕從一九五六年在新德里召開的亞洲作家會議算起，這是第四次集會，也是規模最大的一次。它標誌著亞非兩大洲民族解放和獨立運動在洶湧澎湃地發展，亞非文學正在出現光輝燦爛的前景。

　　爭取普遍裁軍與世界和平大會一九六二年七月在莫斯科召開。茅盾出席這次會議，他的發言申述了普遍裁軍的重要意義，要求那些擁有大量軍備的國家率先裁減軍備，以利於世界和平。

　　亞非作家會議執行委員會於一九六三年七月間在印尼巴厘舉行會議。會議後亞非各國作家來中國訪問，八月十日，茅盾在首都各界的歡迎大會上發表了熱情的講話。他讚揚這次會議取得了全面的勝利，發揚了「亞非文學運動反對帝國主義、反對殖民主義、支持民族獨立的路線」；他還指出：「對美帝國主義為代表的新殖民主義，是當前亞非各國人民最危險的敵人，是全世

〔註31〕《文藝報》1962 年 3 期。

界人民共同的敵人」。他表示堅信：「核武器是能夠禁止的，核戰爭是能夠防止的，」「決定人類命運的不是擁有核武器的帝國主義及其追隨者，而是堅決要求全面禁止和徹底銷毀核武的全世界人民」。他強調指出：「幾個大國決定世界命運的時代早已過去了，幾個核大國決定世界命運的企圖也只能證明是一種狂妄的夢想」。〔註32〕

　　一九六四年三月、四月和六月，首都各界人民先後舉行「支持巴勒斯坦和阿拉伯各國人民反對美帝國主義鬥爭大會」、「支持南非人民反對法西斯迫害爭取民族解放大會」、「支持日本人民要求撤除美軍基地歸還沖繩大會」、「支持朝鮮人民要求美國侵略軍撤出南朝鮮和統一祖國鬥爭大會」，茅盾在這幾次大會上都發表講話，擊持巴勒斯坦和阿拉伯各國人民、南非人民、日本人民、朝鮮人民反對帝國主義的正義鬥爭。

　　中華人民共和國成立以來，由於社會主義經濟建設和文化建設的迅速發展，國家的威望也隨著迅速提高，和世界各國人民的文化交流也日益頻繁。茅盾作為中國人民的和平使者和文化使者，在保衛世界和平的鬥爭中，在促進國際文化交流和人類進步事業的活動中，作出了不可磨滅的貢獻。

〔註32〕　《「維護亞非文學運動革命路線」的講話》，《人民日報》1963 年 8 月 11 日。

第十六章　老本行，新貢獻

六十九　編輯工作的新貢獻——主編《人民文學》、《譯文》

　　茅盾在擔任文化部長、中國文學工作者協會（後改爲作家協會）主席以後，工作極爲繁忙。但他還是在百忙中抽出時間來，從事他的老本行——編輯工作。

　　一九四九年十月，中國文學工作者協會的機關刊物《人民文學》創刊，茅盾擔任主編，秦兆陽擔任副主編。茅盾請毛澤東同志爲刊物題詞，毛澤東回信說他只寫了一句話，這就是刊登在創刊號上的「希望有更多好作品出世」。〔註1〕茅盾在《發刊詞》中說《人民文學》的任務是：

　　　　一、積極參加人民解放鬥爭和新民主主義的國家建設，通過各種文學形式，反映新中國的成長，表現和讚揚人民大眾在革命鬥爭和生產建設中的偉大業績，創造有思想內容和藝術價值，爲人民大眾所喜聞樂見的人民文學，以發揮其教育人民的偉大效能。

　　　　二、肅清爲帝國主義者、封建階級、官僚資產階級服務的反動的文學及其在新文學中的影響，改革在人民中間流行的舊文學，使之爲新民主主義國家服務。批判地接受中國的和世界的文學遺產，特別要繼承與發展中國人民的優良的文學傳統。

　　　　三、積極幫助並指導全國各地區群眾文藝活動，培養群眾中的新的文學力量。

　　　　四、開展國內各少數民族的文學活動。

　　　　五、加強革命理論的學習，組織有關文學問題的研究與討論，

〔註1〕　毛澤東回信手跡，見《人民文學》1981 年 5 月號。

建設學的的文學理論與批評。

六、加強中國與世界各國人民的文學的交流。

《人民文學》是建國初期唯一的全國性大型文學期刊。茅盾擔任主編直到一九五三年六月。在這期間，它發表了許多很有影響的作品，詩歌有何其芳的《我們最盛大的節日》、石方禹的《和平的最強音》、阮章競的《漳河水》等；小說有劉白羽的《火光在前》、楊朔的《三千里江山》、康濯的《正月新春》、瑪拉沁夫的《科爾沁草原的人們》等；散文有茅盾的《剝落「蒙面強盜」的面具》、巴金的《生活在英雄們中間》；話劇劇本有馬可等的《戰鬥裡成長》、電影文學劇本有孫謙的《葡萄熟了的時候》。它還發表了不少理論批評文章、古代文學、民間文學的研究文章；它還譯載了不少外國文學作品。因而對於發展我國的社會主義文學起了積極的促進作用。

茅盾此次主編《人民文學》，當然不可能像他過去編《小說月報》、《文藝陣地》那樣，事必親躬。但他除了掌握編輯方針、計劃欄目外，仍經常審閱稿件，並給一些青年作者的稿件提出修改意見。有一次，他看了當時還是青年作者的馬烽的一篇小說，認爲寫得不錯，提了幾點具體意見，請別的同志轉告馬烽，特別強調說：「不要勉強作者。改不改由作者決定」。馬烽聽了很感動。他沒有想到茅盾這樣一位大作家，對他這樣普通青年作家的稿件竟然那樣尊重。馬烽認爲茅盾的意見提得很中肯，很有道理，按照他的意見修改了。這篇小說就是《村仇》。〔註2〕

一九五三年七月，全國文協創辦了專門介紹外國文學的刊物《譯文》，由茅盾擔任主編。並由茅盾提名，經「文協」主席團討論通過編委會名單。在《發刊詞》裡，茅盾首先扼要地總結了魯迅當年創辦《譯文》的用意，點明了新《譯文》同它的血肉關係。《發刊詞》著重指出國內外形勢和魯迅當年已經大不相同，解放了的我國人民迫切需要從外國文學作品中瞭解各國人民的生活和鬥爭；而文學工作者本身也迫切需要從外國文學中得到借鑒。創辦新《譯文》的目的就是要滿足這兩方面的需要。《發刊詞》還說：「爲了紀念魯迅先生當年艱苦創辦的《譯文》並繼承其精神，這一新出的刊物即以《譯文》命名。新《譯文》的封面設計和版面編排格式，每期加印幾頁美術作品的插頁，都是仿傚老《譯文》的。新《譯文》以這種面目出現，在解放初期的出版界是一新耳目的，在讀者中頗受歡迎。

〔註2〕 《懷念茅盾同志》，《汾水》1981 年 5 期。

　　茅盾還經常督促編輯部工作人員要廣泛徵求讀者意見。他自己也經常聽取各方面的反應，並經常和編輯部的工作人員研究，改進刊物的工作。

　　一九五七年八月，配合亞洲作家會議，《譯文》編出了「亞洲文學專號」。茅盾爲這個「專號」撰寫的《前言》中說：「我國與亞洲各國的文化交流，有一千多年的歷史。我們有自己的古老的輝煌燦爛的文化傳統，我們珍視自己的文化傳統，同時我們亦尊重和喜歡外國的優秀文化的成果。我們的先人，向來是從善如流，善於向人家學習，善於吸收外國文學藝術的優美有益的東西，作爲豐富並發展自己的文學藝術的養料」。「這些外來的東西，經過我們先人的創造性的勞動，溶化爲自己的血肉，使我們民族文藝更加豐富多采，我們應該發展這種優良的作風。」他表示希望這個「專號」，「將引起我國人民對於亞洲各國文學的更大更熱烈的愛好」，「將有助於我國的文學工作者更好地學習亞洲各國文學的精華」。爲了迎接亞非作家會議，一九五八年九月號和十月號，《譯文》又編出了上、下兩輯「亞非國家文學專號」。茅盾在《爲了亞非人民的友誼和團結》一文中指出，「我們編輯亞非國家文學專號，有兩個目的：一是歡迎亞非國家作家會議，二是希望通過文學使我國廣大讀者進一步瞭解亞非各國人民的願望和生活。總起來說，就是促進亞非各國的文化交流，加強亞非各國人民的友誼和團結」。這兩段文字，不僅說明了編輯這兩個「專號」的目的，也說明了茅盾編輯《譯文》的指導思想。

　　一九五八年十二月，茅盾因工作太忙，辭去《譯文》主編的職務。當時曾經參加《譯文》編輯工作陳冰夷回憶說：

　　　　我想，茅盾同志的職務和社會活動那麼多，還常常寫文章，哪裡有時間兼顧一個刊物的工作，只希望他能管一管刊物的大政方針就好了。沒有想到後來的事實大大的出乎我的意料之外。他對《譯文》的工作抓得那麼認眞，那麼具體，而且抓得那麼緊。從刊物的方針任務到選題計劃，從編委會的工作到編輯部的工作，他都關心，而且經常出主意提意見，想辦法，有些重要的事他甚至親自動手。這一方面是他對任何工作都是一貫認眞負責的表現，另一方面，從我同他的接觸中瞭解到，這也是由於他熱愛外國文學和外國文學工作，也對於編刊物不僅有豐富的經驗，而且有著濃厚的興趣。〔註3〕

　　此外，爲了開展對外宣傳和加強同各國人民的友誼，茅盾還一度兼任英

〔註3〕　陳冰夷：《懷念茅盾同志》，《世界文學》1981年3月。

文版《中國文學》的主編。

編輯工作是茅盾的老本行。主編《人民文學》和《譯文》，正是一個老本行為了發展我國社會主義的新文學做出的新貢獻。

七十　文藝理論方面的新貢獻──《鼓吹集》、《鼓吹續集》

文學理論批評是茅盾的又一老本行。他擔任文化部長、文協（作協）主席以後，仍繼續從事這一工作。也作出了新的貢獻。

文學理論批評必須從實際出發，經常提出新的問題來討論並加以解決，從而推動創作的發展。但情況是不斷發展的，有的問題似乎過去已經解決其實並沒有真正解決；有的是在理論上已經解決但在作家的創作實踐上並沒有解決；有的是從創作實踐中提出原來那些問題的某些新的方面，要求從新的理論高度上加以解決。茅盾在文學理論方面的工作就是這樣的，既探索新問題，又進一步討論老問題，遵循理論與實踐相結合的原則，研究提高創作質量的途徑。

黨中央提出了「百花齊放，百家爭鳴」方針後，茅盾除了在工作中堅決加以貫徹外，並多次撰文闡發這一方針的實質和意義。

茅盾指出：為人民服務，為工農兵服務，是我們文藝的堅定不移的方向。那麼，拿什麼來為人民，為工農兵服務呢？茅盾認為：「『百花齊放』在原則上回答了這個問題」。如何最好地為人民、為工農兵服務呢？茅盾認為「『百家爭鳴』回答了這個問題」。

茅盾指出：文學藝術創作，「品種和風格，應當是愈多愈好」。他說：「在現實生活中，我們需要煉鋼廠，需要水閘，但也需要美麗的印花布，需要精緻的手工藝品。在文化娛樂方面，如果我們只供給抒情詩，圓舞曲、翎毛花卉，群眾就會有意見，但如果朝朝暮暮只給清一色的表現重大社會事件的作品，而且從形式到內容又不免千篇一律，那麼，群眾也會有意見。」「自古以來，人民所創造的文藝就不是單調、生硬，而是包羅萬象，多姿多彩的」。「百花齊放」就是要發揚這個傳統。

茅盾指出，按照「百家爭鳴」的方針，「就應當容許文藝上有不同的派別，而且通過自由討論，互相競爭，來考驗它們存在的價值。」他說，「我們提供而且宣傳社會主義現實主義的創作方法，」同時也堅決主張作家們在選擇他的創作方法這一問題上，應當有完全的自由，即應當根據自願的原則」；關於

文藝理論上和創作上一些紛爭未決的問題，關於作家作品的評論，「就完全應當採取自由討論的方式，既不應強求一致，也不必匆促地作出結論。」他認為文藝批評上的種種清規戒律，必然要妨害作家們的「自由活潑的創造力，不敢追求新的形式和風格」，他強調說：「必須確認理論批評上的『百家爭鳴』不但不會造成思想上的混亂，而恰恰相反，可以糾正『一家獨鳴』在理論上的片面性，可以克服主觀和武斷，從而最後地達到思想認識上的基本一致。」〔註4〕

　　茅盾還進一步指出：貫徹「百花齊放，百家爭鳴」，既要警惕右傾思想，更要小心提防和大力反對教條主義。因為「簡要採取禁止，『放』和『鳴』的方法，不能解決問題」。他說：「不要怕『放』出不好的東西來，而要及時進行細緻深刻的科學的批評，不要怕『鳴』出不入耳的聲音，而要進行批評之批評，展開自由討論」，「從討論中加強馬列主義的思想教育」。他認為：「無論是對作品的批評，或者是對批評的批評，無益而有害的，永遠是教條主義的批評」。他指出：「反對教條主義，同時要反對右傾思想，這是兩條戰線的鬥爭」。〔註5〕

　　實踐證明，茅盾從理論上對「雙百」方針所做的這一些解釋，是完全正確的。「雙百」方針貫徹過程中出現的反覆，雖然也有右的思想影響，主要是教條主義的干擾。

　　關於作家的生活、思想和技巧的關係問題。

　　這一個老問題。茅盾在三十年代初就從總結自己創作實踐的經驗教訓中得到比較正確的認識。解放以後，在新形勢下文藝界又多次討論了這個問題。一九五三年間，茅盾在第一屆電影劇本創作會議上說：

　　　　在體驗生活時，提高了對生活的認識，進行思想改造，同時孕育作品，然後寫出作品，在作品中再考驗和鞏固思想改造的成就，然後再下去體驗生活；如果這樣周而復始，持之有恆，嚴肅認真刻苦地作下去，而仍然在思想上得不到改造進步，在寫作上得不到提高，我以為是不可思議的。

　　一九五七年紀念《在延安文藝座談會上的講話》發表十五週年時，茅盾

─────────────────
〔註4〕　《文學藝術工作中的關鍵問題》，《人民日報》1956年6月20日。
〔註5〕　《貫徹「百花齊放，百家爭鳴」，反對教條主義和小資產階級思想》、《人民日報》1957年3月18日。

又在《在已有的基礎上繼續努力》一文中說：

　　生活、學習，——實踐（寫作），——再生活，——再學習，
——再實踐，如此反覆進行，如此螺旋式地前進，恐怕是我們寫作
者思想上和藝術上逐步提高的規律。也是我們消除自己固有的非工
人階級的思想感情而逐漸具備馬克思主義世界觀的必然過程。

　　這是茅盾從他自己、也是從廣大文藝工作者的實踐經驗中總結出來的正確論斷，並且這個論斷也是經得起實踐檢驗的。

　　生活是創作的唯一源泉，對作家來說，沒有生活就不可能進行創作。專業作家要深入生活，青年業餘作者也不能脫離現實的鬥爭生活。作家體驗生活，茅盾認為有「博」和「專」兩個方面：

　　「博」就是認識生活的廣度，「專」就是認識生活的深度。這
兩者不是對立的，而是一體的兩面。真能深入一角者，必然也瞭解
全面；全面的瞭解，有助於一角的深入。

　　這是一個很精闢的見解。

　　作家在生活中獲得大量的感性知識，茅盾認為，「那只可以說是部分的成功；最最主要的，還在於把這些感情知識提煉為理性知識」，這就要求有分析力和判斷力，「能夠在複雜而變化著的生活現象中看到本質的東西」；生活經驗的素材要經過綜合、改造、發展這樣的一系列的加工，然後成為作品的題材。把感性認識提煉為理性知識，對生活素材進行加工，這都離不開作家的思想認識、世界觀。茅盾指出：「只有那具有共產主義世界觀的作家能夠使他在現實中所揀取的東西是反映了現實的本質，指出了前進的方向的」。「掌握了馬列主義和毛澤東思想，這才能夠在人民生活的大海中探得寶藏，——能夠發現問題，分析問題，作出深刻的結論，這才能夠不但表現了生活，並且指導了生活。否則即使生活經驗豐富了，觀察還是不能深入，作品的思想性還是不高的。」

　　在這裡，茅盾深刻地闡明了作家的生活經驗與世界觀的辯證關係。

　　茅盾指出，在典型環境中表現典型人物，是文藝創作的中心問題。「可以說這是個技巧問題」，但這種技巧，還是「從屬於他的挖掘的本領」，「作家在現實生活中挖掘得愈深，他所創造人物以及人物所活動的環境也就愈富於典型性，而也就是這典型性給予作品以強烈的藝術感染力」。茅盾認為這種技巧，「是形象思維的構成部分而不是作家在構思成熟以後外加上去的手術」，

是「依賴著思想的」。因此，他指出：「技巧問題不能同作者的人生**觀**的深度
和他的生活經驗的廣度割裂開來求得解決」的，「更不能把技巧當作一個技術
問題求得解決」。但同時茅盾又強調指出，技巧雖然「依賴於思想」，卻又是
可以單獨加以研究的。他說：「古典文學的大師們以及現代的傑出作家們，事
實上已經做出了藝術地表現生活眞實的光輝範例，這些範例所包含的基本的
藝術經驗，形成了藝術技巧的一些慣用的原則，研究這些原則，是可能的，
也是必要的」。這些原則，茅盾認爲就分別體現在人物形象描寫、故事發展、
環境描寫等方面。

　　在茅盾看來，不去深入生活、不重視思想提高，片面地去追求技巧，是
不可能提高創作質量的；但技巧卻又是可以單獨研究的，向古典作家和現代
傑出的作家們學習技巧，又是十分必要的，不這樣做，也不可能提高創作質
量。茅盾的這些論述，把技巧與思想、技巧與生活辯證地統一了起來，給提
高文藝創作質量指出了具體辦法。

　　關於文學的民族形式問題。

　　文學的民族形式，是一個老問題。但長期以來，這個問題無論是理論上
還是創作實踐上都還沒有很好的得到解決。

　　過去有一個比較普遍的看法，認爲民族形式是包含民族語言和民族生活
內容兩個方面的。茅盾不同意這種看法。他在《漫談文學的民族形式》一文
中說，民族生活內容在作品中是個內容問題，「這個內容用民族語言來表現，
才使作品具備民族形式」，如果把民族生活內容看作是構成民族形式的因素之
一，「表面上雖然好像念念不忘形式與內容的統一，而實質上卻是把內容降低
到形式的範疇，有背於內容決定形式的原則」。他認爲文學的民族形式包含兩
個因素：一是語言，是主要的，起決定作用的；二是表現方式（即**體裁**），是
次要的，只起輔助作用。就詩歌來說，他認爲詩的語言「和一般的文學語言
一樣，是在民族語言的基礎上加工提煉使其更精萃，更富於形象性，更富於
節奏美。文學語言不能是原封不動的口語，但也不能脫離口語的基本要素—
—詞彙、詞法和修辭法」。「詩的語言雖然容許與口語的基本規律有較大的距
離（對散文作品中的文學語言作的比較），但是不能違反口語的基本規律」，「不
瞭解這個道理，就不能正確地掌握以古典詩歌和民歌爲基礎的發展方向」，也
就不會「很好地實現新詩的民族形式的創造」。

　　就小說來說，茅盾不同意把章回體（長篇）、筆記體（短篇）、有頭有尾、

順序開展的故事等看作是我國小說的民族形式，他說：

> 如果一定要在我國古典小說的表現方法中找民族形式，我以爲應當撇開章回體、筆記體、有頭有尾、順序開展的故事等等可以稱爲體裁的技術性東西，另外在小說的結構和人物形象的塑造這兩方面去尋找。

按照這一理解，他認爲在長期的發展過程中形成的我國長篇小說的民族形式的結構特點是：「可分可合，疏密相間，似斷實聯」，「長到百萬字卻舒卷自如、大小故事紛紜雜綜，然而安排得各得其所」。人物形象塑造的民族形式，是「粗線條的勾勒和工筆的細描相結合」。「前者常用以刻畫人物的性格」，「後者常用以描繪人物的聲音笑貌，即通過對話和小動作來渲染人物的風度」。

茅盾認爲，表現方法畢竟是藝術技巧，而藝術技巧是有普遍性的；因此，民族形式的主要因素還是文學語言。這個因素，在詩歌的民族形式上表現著特別顯著，在小說方面雖然不是那麼顯著，但也不能忽略它的重要性。他認爲魯迅的作品即使是形式上最和外國小說接近，也依然有他自己的民族形式，這就是他的文學語言。也就是這個民族形式構成了魯迅作品的個人風格。

茅盾的關於文學的民族形式的獨特見解，是值得人們認眞加以研究的。

一九六〇年七月，茅盾在中國文學藝術工作者第三次代表大會上所做的關於我國社會主義文學成就的報告中，特別談到民族形式和個人風格方面的成就。

在詩歌方面，茅盾認爲一九五八年以來，在學習民間歌謠、新民歌和吸收古典詩詞、說唱文學的優良傳統的基礎上出現了民族形式的新詩風，李季、阮章競、賀敬之、郭小川等是出色的代表。

在小說方面，茅盾認爲趙樹理、老舍的風格早已爲大家所熟悉。梁斌《紅旗譜》，「有渾厚之氣而筆勢健舉，有濃鬱的地方色彩而不求助於方言」。「筆墨是簡練的，但爲了創造氣氛，在個別場合也放手渲染；滲透在殘酷而複雜的階級鬥爭場面中的，始終是革命樂觀主義的高亢嘹亮的調子，這就使得全書有了渾厚而豪放的風格」。馬烽、李准、孫犁、王汶石、杜鵬程的獨特風格也在形成過程中。

在話劇方面，茅盾認爲郭沫若的《蔡文姬》，出色地溶化傳統、結合生活，創造了鮮明的民族風格。

　　總之，茅盾認為要創造民族形式的社會主義文學，就是要努力做到毛澤東同志早在一九三八年就已明確指出的：「新鮮活潑的，為中國老百姓所喜聞樂見的中國作風和中國氣派」。而要完成這個使命，就要「努力學習毛澤東文藝思想……批判地繼承前人的遺產，批判地吸收世界各國進步文學的精華，從創作實踐中發揚革命現實主義和革命浪漫主義相結合的廣博精深的性能」。

　　關於革命現實主義和革命浪漫主義相結合的問題：

　　一九五八年間，毛澤東同志概括文學藝術歷史的經驗，根據我國社會主義革命和社會主義建設的需要，提出無產階級的文學藝術應採用革命現實主義和革命浪漫主義相結合的創作方法。毛澤東同志的這一指示得到革命文藝工作者的熱烈擁護。文藝界展開了廣泛的討論，作家藝術家們在自己的創作實踐中認真學習運用這一方法。茅盾在一九六○年召開的中國文學藝術工作者代表大會上的報告中，從現實主義和浪漫主義的歷史發展和我國社會主義文藝的創作經驗出發，對這個創作方法作了具體的闡述。

　　茅盾分析了我國和歐洲古代的現實主義和浪漫主義的特點，指出過去的作家「不可能在一篇作品中有像現代革命作品中那樣的現實主義和浪漫主義的結合。可能的倒是同一作家有時寫一些屬於現實主義範疇的作品，而另一時期則寫一些屬於浪漫主義範疇的作品，更多的是現實主義作品中運用了一些浪漫蒂克的表現手法」。他認為只有少數偉大的作家「在他們的作品中結合了浪漫主義和現實主義兩種因素」。

　　茅盾指出：「以科學的革命理想指導現實鬥爭，又從現實鬥爭中發展革命理想，這樣的革命現實主義與革命浪漫主義的結合」，「只有在作家具有無產階級世界觀而且以歷史唯物主義和辯證唯物主義武裝了自己的頭腦以後才有真正可能」。茅盾還指出，革命現實主義和革命浪漫主義相結合的創作方法，不會從我們的主觀要求出發，而是從我國社會主義革命和社會主義建設的現實提出的要求。

　　總之，茅盾認為：「在馬克思列寧主義世界觀的思想指導之下，結合了科學分析的求實精神和不斷革命論的雄心壯志，站在共產主義的高度，既反映今天的現實，又要用無限的熱情、豪邁樂觀的調子、淋漓飽滿的筆墨，來歌頌一切產自現實基礎上的萌芽狀態的明天，即一切生氣蓬勃的新事物」，這就是革命現實主義和革命浪漫主義的結合。毛澤東同志的詩詞，就是革命現實主義和革命浪漫主義相結合的光輝典範。

在作家藝術家的創作實踐中，既是革命現實主義而又閃耀著革命浪漫主義光芒的作品，茅盾認為在早些時候就已出現，這就是新歌劇《白毛女》。茅盾又認為收集在《紅旗歌謠》中的民歌，「絕大部分可以稱之為有了革命現實主義和革命浪漫主義的結合，而且一小部分是結合很很好的。」

茅盾還認為許多傑出的作品，從它們藝術構思方面來看，屬於革命現實主義的範疇，但又都塑造風貌堂堂的具有共產主義思想品質的英雄人物，這些人物是現實的又是理想的。這樣的人物塑造的方法是體現了革命現實主義和革命浪漫主義相結合的精神的。他認為《創業史》、《百煉成鋼》、《林海雪原》、《紅旗譜》等長篇小說，劉白羽的《一個溫暖的雪夜》，杜鵬程的《延安人》、《夜走靈官峽》以及李准、峻青、王汶石等作家的一些短篇小說，就既是革命現實主義的，又具有革命浪漫主義的情調、節奏和色彩。

茅盾認為：學習革命現實主義和革命浪漫主義相結合的創作方法，從根本上來說是一個「加深馬列主義修養、培養共產主義風格的問題，也就是善於把衝天幹勁和科學分析相結合的問題」。

茅盾尖銳地批判了把「暢想未來」、「人鬼同台」以及超現實的誇大作為「兩結合」的錯誤做法：「暢想未來」就是在作品中抒寫對共產主義時代的生活的現象，「人鬼同台」就是在作品中讓神仙或古代傳說中的英雄與現實生活中的人物同時出現，超現實的誇大，如民歌中的「湊近太陽吸袋煙」等等，都是對革命現實主義和革命浪漫主義相結合的庸俗處理，應該加以反對的。

關於文學欣賞和文學批評的標準問題。

對於同樣的自然物或藝術品是不是大家都有相同的感覺（美感）？對於同樣的文藝作品是不是大家都有相同的愛好（欣賞標準）？茅盾認為人們的美感是不相同的，人們對文藝作品的欣賞標準也是各不相同的，因為「欣賞由於美感，而美感則根源於各人之情緒、氣質和趣味，而情緒、氣質和趣味則決定於生活」。「因為社會上所有的人是各個隸屬於不同的階級的，於是也各有不同的欣賞的對象與標準」。但是即使是同一個人，也會因時因地而有所不同，比如富人在逃難的時候未必有心賞玩風景。當勞動人民處於被壓迫的地位，他們對某些自然景物和人造藝術品是不感興趣的，但當他們翻身之後，他們的生活從本質上改變了，過去不欣賞或不能欣賞的都可以慢慢欣賞或能夠欣賞了。」〔註6〕

〔註6〕　《欣賞與創作》，《進步日報》1950 年 1 月 11 日。

關於作品的評價問題，茅盾認為是一個牽涉到思想方法的大問題。一九五九年間，評論界對《青春之歌》的評價，曾經發生過爭論。茅盾就此提出了自己的看法。茅盾認為要正確評價一部作品，要有歷史主義的觀點，要熟悉作品所反映的歷史情況，他說：「評論一部反映特定歷史事件的文學作品的時候，也不能光靠工人階級的立場和馬列主義的觀點，還必須熟悉作為作品基礎的歷史情況；如果不這樣做，那麼，立場即使站穩，而觀點卻不會是馬列主義的，因為在思想方法上犯了主觀性和片面性，在評價作品時就不可避免地會犯反歷史主義的錯誤。對於作品中的人物形象的分析評價，茅盾認為必須反對主觀、片面的思想方法，「要以歷史主義的觀點、全面看問題，要看作品的主要傾向和主要效果」。據此，他認為《青春之歌》中林道靜這個人物「是真實的」，「熟悉那時候的社會現實的人，特別是在那時候領導過和參加過學生運動的人，都會覺得林道靜這個人物好像是見過的。因而這個人物是有典型性的」。他還認為《青春之歌》中著力描寫林道靜的小資產階級的思想意識，「正是為了要批判這些」。如果有些地方批判得不夠，那是和作者的思想水平和藝術表現能力有關的，但「不能就此斷定作者是保護這些被批判的東西」。茅盾還指出，評價一部作品，「應當實事求是，從作者自定的任務來看作品的實際效果，而不應當提出更大的任務來否定作品的實際效果」。意思是說應當就作者根據主題的需要進行的描寫分析他寫得怎麼樣，而不應該批評他沒有描寫一些什麼。

茅盾對《青春之歌》的評價，不僅肯定了《青春之歌》這一部具體作品，並且提出了一些評價作品的原則性的意見。這些意見在文藝評論中是普遍適用的。

由於一九五八年以後極「左」思潮的泛濫，文藝界也不可避免地要受到影響，這種影響，也見之於茅盾的理論文章中，同時，由於茅盾身居文化部長、作協主席的地位，在當時的歷史條件下，也難免有違心之論。但是即使這樣，由於他有很高的馬列主義的修養，所以他關於文學理論批評方面的見解，仍然頗多獨到之處，並且理論聯繫實際，對於提高創作質量，正確開展文藝批評，是有積極意義的，是一位老行家的又一新貢獻。

茅盾這一時期的理論批評文章，主要收集在《鼓吹集》和《鼓吹續集》中。

七十一　培育青年作者的新貢獻

發現、培養青年作者，一向是茅盾文學活動的一個重要方面。在他擔任文化部長、文協（作協）主席以後，就更加重視這一方面的工作了。

在一九五三年九月召開的中國文學工作者第二次全國代表大會上，茅盾在《新的現實和新的任務》的報告中，就明確地指出必須把「以最大的努力培養青年作家，加強對於青年和初學寫作者的指導，傳播成熟的經驗。特別要注意從工農幹部的中培養出新作家」，作爲中國作家協會的主要任務之一。在一九五六年二月召開的中國作家協會理事會擴大會議上，茅盾作了《培養新生力量，擴大文學隊伍》的專題報告。在這個報告中，茅盾指出：在文學戰線上和其他戰線上一樣，大批新生力量已經湧進作家隊伍裡來了，這批新生力量對新鮮事物具有敏銳的感覺，對生活和鬥爭懷著充沛的熱情，是文學事業中的生力軍。他還強調指出，爲了適應社會主義改造高潮的到來，就必須認眞克服作家協會工作中的缺點和錯誤，充分運用已有的經驗，大量培養青年作者，幫助他們迅速成長。爲此，他還提出了加速培養青年作者的八點具體方法和步驟。

一九五六年三月，在北京召開了全國青年文學創作者會議。在會前，茅盾發表了《迎全國青年文學創作者會議》，熱烈歡迎這次會議的召開，分析了青年作者的思想狀況，教導文學青年要以正確態度對待創作。在正式會議上，茅盾作了《關於藝術技巧的報告》，論述了提高藝術技巧、改造思想、體驗生活三者之間的關係，強調了改造思想、樹立共產主義世界觀和體驗生活的重要性及其相互間的辯證關係。並著重對什麼是藝術技巧和如何提高藝術技巧問題以及文學語言問題，作了十分具體的說明，給青年作者以很大的幫助和啓發。

茅盾發現、獎掖、培育文學新人的工作，更主要、更經常的是通過文學評論的方式進行的。《鼓吹集》、《鼓吹續集》中的許多評論文章和《讀書雜記》，都體現了茅盾熱情推薦新人新作，爲社會主義文藝事業培養新生力量的精神。同時，他還對許多青年作者進行面對面的指導。

一九五〇年初谷峪的《新事新辦》等三篇小說發表後，茅盾就立即撰文給予充分的肯定，特別是《新事新辦》，茅盾更給予很高的評價。他指出：「他從農村的日常生活中選取了這一典型性的題材」，「表現了土改後農村生活的興旺和愉快」；在形式方面，「結構緊湊，形象生動，文字洗練」，「從頭至尾，

無懈可擊」，「是一篇技術水準很高的短篇小說」。〔註7〕這是人民共和國成立以後，茅盾最早給予讚揚的作品，產生了很大影響。

對《七根火柴》和《百合花》的評論，就發現和培養了兩位很有影響的作家。

茅盾在《讀最近的短篇小說》裡，肯定了王願堅的《七根火柴》，給作者以極大的鼓勵。王願堅在悼念茅盾的文章中寫道：「在這篇闡發短篇小說創作技巧的文章裡，竟然用了相當多的文字分析了我的《七根火柴》。使我驚奇的是，文章分析得那麼仔細，連我在構思時曾經打算用第一人稱的寫法，後來又把『我』改成了另一個人物這樣一個最初的意念都看出來了，指出來了。他對那樣一篇不滿二千字的小說，用竟用了四五百字去談論它，而且給了那麼熱情的稱讚和鼓勵。我被深深地激動了。藉著這親切的激勵，我這支火柴繼續燃燒起來，幾天以後，……我寫出了《普通勞動者》的初稿。」不久，王願堅有機會見到茅盾，茅盾又鼓勵他說：「你寫得好，寫得比我們好！」「多讀點兒書」。這更使王願堅激動，他體會到：「這話不是對我一個人說的，在這洋溢著暖人的深情的話裡，我又看見了那顆博大而又溫暖的心。這心，向著文學，向著青年人。」王願堅還說後來在那風刀霜劍的日子裡，正是茅盾的「這句話，連同這句話後面的那顆心，給了我溫暖、希望和力量。我帶著它，送走了我的青年時代，步入了中年；我帶著它，戰勝了灰暗的心情，使火柴的微光沒有熄滅。」〔註8〕

《百合花》是茹志鵑的第一篇小說。這篇小說發表的時候，作者正在經受磨難：小說本身幾次寄出去，幾次被退回，一九五八年三月，才在《延河》上發表。正在這個時候，作者的丈夫剛被那個「擴大化」的運動「擴大」進去，戴上「右派」的帽子。因此，她的「生活、創作，都面臨喪失信心的深淵」。然而，也正在這個時候，茅盾給予《百合花》以很高的評價。茅盾認為這篇小說，「結構上最細緻嚴密，同時也是最富於節奏感的。它的人物描寫，也有點特點；人物的形象是淡而濃，好比一個人迎面而來。愈近愈看得清，最後，不但讓我們看到了他的外形，也看到了他的內心。」「它是結構謹嚴，沒有閒筆的短篇小說，但同時它又富於抒情詩的風味」，是一篇有個人「風格」的作品。這段評論，使茹志鵑重新獲得了生活和創作的勇氣。她寫道：「已蔫

〔註7〕　《讀〈新事新辦〉等三篇小說》，《人民日報》1950年3月20日。
〔註8〕　王願堅：《他，灌溉著……》，《中國青年報》1981年4月9日。

倒頭的百合，重新滋潤生長。一個失去信心的，疲憊的靈魂，又重新獲得了勇氣和希望。重新站立起來，而且立定了一個主意，不管今後道路會有千難萬險，我要走下去，我要夾著那小小的卷幅，走進那長長的文學行列中去。」〔註9〕後來，茹志鵑又多次得到茅盾的鼓勵，繼續寫出了許多優秀的作品。

　　康濯也是一位深得茅盾哺育的作家。他說：「茅盾談作品尤其嚴肅認真，一分為二，優秀之處充分肯定，缺點也從不放過；這方面我個人就深得哺育的。特別是對我一九五三年第一次反映農業合作化的幾個短篇小說，更不厭其煩地當面講過許多意見。……這些意見並不是抽象的泛泛之談，而是針對某篇、某節、某個細節具體提出，因此聽來實在親切無比。」〔註10〕杜鵬程也有同樣的感受，他說：「就像我這樣普通的作家，也從他那些具有深厚知識和卓越見解的評論文章中，獲得了巨大的勇氣和力量。……他不喜歡平庸之作，特別不能容忍那些在花言巧語掩飾下販賣荒謬貨色的東西。「好處說好，壞處說壞。」「茅公就多次指出過我的作品的不足和失敗之處，從而使我得到終生難忘的教益。」〔註11〕

　　茅盾通過作品評論來獎掖後進，還有一個顯著的特點，就是非常重視藝術分析。從五十年代末起，由於「左」的思想的影響，一般評論家評論作品，多著重分析和評述其政治思想內容，不大注意作品的藝術優劣，甚至有意迴避藝術技巧。而茅盾的評論卻不一樣，王汶石談自己的感覺時說：茅盾的評論文章，「不隨時尚，獨樹一幟，十分執著地把評論文章的側重點放在對作品的藝術分析上，他曾在幾次綜合評述中評論到我的幾篇短篇小說，分析其藝術上的成就和不足，每一次都使我非常激動，我總是反覆學習，以便盡可能深入地領會他對我的教導」。茅盾對王汶石小說的藝術風格的分析，更「打中了」王汶石的心，他說：「一位我所尊敬的老一輩藝術大師如此瞭解我，也使我更瞭解自己，堅定了我的信念，進而影響著我的追求，我的藝術。」〔註12〕

　　茅盾還非常關心少數民族文學新人的成長。

　　蒙族作家瑪拉沁夫曾經把自己的短篇小說集《花的草原》贈給茅盾，原來想茅盾那麼忙不會讀它的。但茅盾卻在酷暑中用了十天的時間把它讀完了，並寫出了指導性評論：「洋洋數千言的手稿，一筆一畫的勁秀的小楷，寫

〔註9〕　茹志鵑：《說遲了的話》，《文匯報》1981年4月1日。
〔註10〕　康濯：《熱淚盈盈的哀悼》，《芙蓉》1981年4月5日。
〔註11〕　杜鵬程：《知識分子的偉大典型》，《延河》1981年6月。
〔註12〕　王汶石：《哀悼茅盾導師》，《延河》1981年6月。

得那樣工工整整，一絲不苟，……茅公文章的精闢論點，自然對我們有極大
的教益，就只說他那嚴謹的治學態度，也值得我永生記取。」〔註 13〕另一位
蒙族青年作家敖德斯爾的小說《歡樂的除夕》也曾得到茅盾的讚揚，敖德斯
爾說：「這對我是個多麼大的鼓舞，又是多麼大的動力啊！這在我的心裡，就
像是馱著重負行走在沙漠上的駱駝忽然見到了泉水一樣，感到又香又甜。」
他覺得這不僅是對他個人的鼓勵和愛護，而且也是對蒙古族文學的關懷。〔註
14〕茅盾一向就很關心兒童文學，當他讀到藏族益希卓瑪（王喆）的兒童文學
作品《清晨》時，特別高興，認為兒童文學作家的新人正在成長。益希卓瑪
激動地說：「感謝他的關懷達到了遙遠的青藏高原上。」〔註 15〕白族作家曉雪
也曾談到：「聚居在洱海周圍的白族人民中湧現出的文學新人，就曾一再得到
沈老的直接關懷。當五十年代末白族作家楊蘇剛剛在刊物上發表了幾篇小
說，沈老就及時地給予熱情的肯定和鼓勵。〔註 16〕這一切表明，在培養文學
新人方面，茅盾的視野又是多麼開闊，從北到西，從西到南，邊疆的許多少
數民族文學的新人新作，都經常在他的關注之中。這一切表明，他對我國各
少數民族的社會主義文學事業的發展，是多麼重視，並寄予了多麼大的期望
啊！

　　人民共和國成立以後，受到茅盾關懷、鼓勵、指導成長起來的中青年作
家（包括少數民族的文學新人），可以開出一張很長的名單。正像馬烽所指出
的那樣：「很顯然，他關心的不是某一個青年作家，而是文學創作的下一代；
他關注的不是某一篇作品，而是新中國的文學事業。」〔註 17〕的確，新中國
成立以後，茅盾「長期從事文化事業和文學藝術的組織領導工作，寫了大量
的文學評論，特別是一貫以極大的精力幫助青年文學工作者的成長，為社會
主義文化事業作出了重大貢獻」。

七十二　學術研究的新貢獻
——《夜讀偶記》、《關於歷史和歷史劇》

　　學術研究是茅盾的老本行之一。在工作極端繁忙的時候擠出時間來從事

〔註13〕瑪拉沁夫：《巨匠與我們》，《朔方》1981 年 6 月。
〔註14〕敖德斯爾：《關懷》，《民族團結》1981 年 5 月。
〔註15〕益希卓瑪：《鼓舞的力量》，《大地》1981 年 3 月。
〔註16〕曉雪：《洱海的悼念》，《民族團結》1981 年 5 月。
〔註17〕馬烽：《懷念茅盾同志》，《汾水》1981 年 5 月。

學術研究，是他一貫的作風。在出任文化部長、中國作協主席之後，工作更為繁重的情況下，他仍保持這一作風，並作出了新的貢獻：撰寫了《夜讀偶記》和《關於歷史和歷史劇》兩本學術性著作。

《夜讀偶記》

一九五六年九月，《人民文學》發表了何直的《現實主義——廣闊的道路》一文，在全國引起極大的反響，對社會主義現實主義創作方法問題展開了熱烈的討論。茅盾閱讀了參與討論的三十多篇文章。這些文章的論點，他有同意的，也有不同意的，便撰寫了這一論著，表示了自己的意見。曾連載於《文藝報》一九五八年第一、二、八、九、十五各期，副標題為《關於社會主義現實主義及其他》。一九五八年八月百花文藝出版社出版了單行本。

《夜讀偶記》論述的中心是文學上的現實主義與反現實主義的鬥爭，但它所接觸到的問題卻遠遠超出了這一範疇，具有理論上的普遍意義。

《夜讀偶記》論述了中國文學的現實主義傳統與發展。

茅盾系統地對《詩經》、先秦諸子散文、漢賦、《史記》、樂府、建安文學、駢文、唐代古文運動、新樂府運動，明代前後的七子復古運動這一文學發展過程，作了具體的分析論證，指出：「我國的現實主義文學是從遠古開始的，創造並發展了現實主義方法的，首先是被壓迫的人民大眾；而且人民大眾所創造的現實主義文學在一定時期內又影響了統治階級的一部分文人」。「受了人民的現實主義文學影響的統治階級的文人，其作品的現實主義深度，決定於他對當時的社會現實的態度。如果他是站在人民的立場看待當時的社會矛盾和鬥爭（民族的和階級的），那麼他的作品中的現實主義就會有較高的表現，而他的『義憤』越強烈，則作品中的現實主義愈深刻」。「屬於後一範圍的偉大作家們曾經大大發展了我國的現實主義，豐富了我國現實主義文學的寶庫。」茅盾還指出：「直到『五四』運動為止，我國文學史上的現實主義的大師們在實踐方面雖然留下了燦爛的作品，在理論方面卻還沒有運用科學方法把源淵流長的博大精湛的現實主義文學思想建立為完整的理論的體系」。「明確而比較完整的現實主義理論，是在『五四』時期才提出來的。」爾後我國現實主義文學的優秀傳統和馬克思主義理論相結合，就爆發出新的光芒；《在延安文藝座談會上的講話》，又「把我國的革命文藝運動推上一個新的級段——爭取社會主義現實主義的階段」。

茅盾認為中國文學的現實主義是在和反現實主義的鬥爭中發展起來的。

不過，茅盾所說反現實主義，不是指一種創作方法，而是指「各種各樣、程度不同的、反人民和反現實的各不相同的若干創作方法」，比如形式主義的漢賦和後來的駢文等等。

《夜讀偶記》深刻地論述了世界觀與創作方法的關係，社會主義現實主義與批判現實主義的區別。

茅盾認為：「創作方法，不但和世界觀有密切關係，而且是受世界觀的指導的。怎樣的世界觀，就產生了怎樣的思想方法，而怎樣的思想方法，又產生了怎樣的創作方法」。他認為現實主義自古有之，但不是一成不變的，而是不斷發展的，十九世紀的批判現實主義「可以看作現實主義創作方法的最完美的階段」，但是，批判現實主義的大師們還沒有認識到社會發展的規律，還沒有清醒地徹底成為唯物歷史觀的思想家，還沒有認識到無產階級是推翻那可詛咒的舊社會、建設光明幸福的新生活的決定性的力量。也就是說，「他們批判了他們所憎恨的萬惡的資本主義制度，可是他們提不出一個鼓舞人心的理想——依照社會發展的規律指出一條前進的道路」，這就是所謂「歷史的局限性。」但社會主義現實主義就不同了。社會主義現實主義把現實和理想結合起來，透過現實，指出理想的遠景，因為社會主義現實主義的思想基礎是辯證唯物主義和歷史唯物主義，「他們的世界觀和歷來的現實主義者完全不同。」據此，他強調說：「社會主義現實主義雖然繼承了舊現實主義的傳統，卻完全是一種新的創作方法」。

茅盾還進一步指出：創作方法受作家世界觀的指導，但作家的世界觀往往不是清一色的，有進步的方面，也有保守落後，甚至反動的方面；而且也不是一成不變的，常常因時因地因事而異；有時進步的成分很突出而掩蓋了保守、落後的成分，而另一時卻保守、落後乃至反動的成分佔主導，因而失去了進步性。這一些世界觀的複雜和變化，一定也要反映在作家的作品中；但也是錯綜而複雜的，不但會表現在作家前後期的作品中，也會表現在同一作品中。但是，茅盾指出，問題還有另一方面：像現實主義這樣一種歷史久遠的創作方法，在其發展過程中，由於經驗的積累，就形成了一套完整的藝術規律，具有相當的獨立性。這一套藝術規律，當然只是這一創作方法的一面——即關於形式的一面，但確實也包含著認識現實的方法。因此，「只從藝術規律方面接受現實主義的作家，也會在自己不自覺的情況下學會了認識現實，從而產生了現實主義的作品」，還有：「一個作家或藝術家對於現實有怎

樣認識和他們對於現實抱怎樣的態度，也不是常常一致的。」「一個作家或藝術家所採取的進步的創作方法並不一定帶來了進步的政治主場，反過來說，反動的政治立場不一定阻礙了作家或藝術家採用進步的創作方法」。

茅盾的這些論述，是從大量的文學歷史的事實中歸納出來的，因而是很有說服力的，有重大的理論意義和實踐意義的。

《夜讀偶記》論述了理想與現實、浪漫主義與現實主義問題。

文學創作中的理想和現實的理解，茅盾同意這樣一種說法：「如果作家按照自己的主觀見解——善惡標準，就是作者認爲『應當如此』，而描寫了生活（人物當然在內）這就屬於理想這一類；反之，如果作家不堅持自己的成見而是照著生活的本身去描寫的（忠實於生活），這就屬於現實的一類。」文學是通過形象來反映生活的。表現理想也好，描繪現實也好，都要通過人物形象。所以茅盾認爲，「人物的怎樣塑造，是創作方法的一個中心問題」。

浪漫主義作家在他們的作品中表示了對於未來社會的期望，並且暗示了未來社會應當是怎樣的。因此，浪漫主義的人物「是作者認爲『應當如此』的想像中的非常之人」。「都是不平凡的，在現實世界獨往獨來，堅決奮鬥的超人，都不是現實生活中隨時隨地能夠遇見的人」。浪漫主義者把人物性格寫成生來如此，而不是生活環境所形成，現實主義則不同。「現實主義作家給我們看到人物不但是和我們同時代的某種人的典型，而且還表現出這個人物的性格是怎樣地在他特有的環境中形成的，」也就是特定環境的產物。所以這樣的人物「最能反映特定時代的社會意識」。然而浪漫主義的「理想」卻缺乏現實的依據，不合於社會發展的規律；而現實主義暴露了社會的黑暗，沒有提出理想社會的遠景，所以兩者都美中不足。只有社會主義現實主義才能把理想和現實結合起來，即透過現實，指出理想的遠景，社會主義所要求塑造的英雄人物既是抱有偉大理想的舍己爲人的英雄，同時又是現實的人；他們不是個人主義的英雄而是集體主義的英雄；是從群眾中產生、而仍然是群眾中一員的英雄，而不是從半空掉下來的超人式的英雄。他們所追求的偉大理想，也不是幻想和空想，而是一種符合歷史發展規律的，能夠實現的思想。

在茅盾看來，只有社會主義現實主義的創作方法才能把理想和現實結合起來，結合的途徑就是在馬列主義思想指導下塑造典型環境下的典型人物。毫無疑問，茅盾的這些見解，是完全符合馬克思主義的美學原則的。

《夜讀偶記》還論述了古典主義和「現代派」的本質和特徵。

　　茅盾分析了古典主義興起的歷史原因和曾經起過的積極作用，並指出由
於它的思想基礎是唯理論和唯心主義的歷史觀，所以後來終於蛻化為形式主
義。茅盾認為通常被稱為「現代派」的半打左右的文藝流派：未來主義、表
現主義、印象主義、達達主義、超現實主義等等，都是徹頭徹尾的形式主義，
它們的思想基礎都是沒落期的資產階級的主觀唯心主義，「現代派」的各種流
派雖然都排斥思想內容而全力追求形式，其實，「依然表現了他們對於現實的
看法，對於生活的態度」。「強調什麼『精神自由』，否定歷史傳統，鄙視群眾，
反對集體主義」，「逃避現實，或者把現實描寫成為瘋狂混亂的漆黑一團，把
人寫成只有本能衝突的生物」，這是他們的共同點，所以，「他們是不可知論
的悲觀主義者和唯我主義者」。

　　有人鼓吹把現實主義和「現代派」綜合成為一種新的創作方法，茅盾認
為是沒有這個可能的。因為屬於兩種不同的思想體系和兩種不同的思想方
法。但是他認為現代派「在技巧上的新成就可以為現實主義作家和藝術家所
吸收，而豐富了現實主義作品的技巧」，「現代派的造型藝術構圖上的特點」
還是有點積極作用的。

　　茅盾對古典主義和現代派的分析，是符合事實的、科學的、充滿辯證法
的，特別是對「現代派」的分析，在今天仍有現實意義。

　　儘管由於當時「左」的思潮的影響，在《夜讀偶記》中也留下了某些痕
跡，但從總體來看，這部著作，材料豐富，分析周詳，對文藝思潮史上的一
些重大問題作了透闢的論述，是一部極有價值的學術著作。這部著作寫成「偶
記」即「漫談」的一式，沒有一般學術著作的那種「程式」，自由、活潑，但
其內在結構仍然是很謹嚴的。

《關於歷史和歷史劇》

　　一九五九年到一九六○年間，在舞臺上演出了很多歷史劇，學術界關於歷
史劇的討論也頗為熱鬧，但卻有一奇怪現象：有近百個劇院和劇團以「臥薪
嘗膽」為題材編寫劇本和演出，當時關於歷史劇的討論中卻很少提到這個戲。
這引起了茅盾的注意。於是他搜集到五十來種新編《臥薪嘗膽》的腳本，就
史料的甄別和歷史劇的創作問題，作了一番系統的研究，寫了《關於歷史和
歷史劇》，連載於《文學評論》一九六一年第五、第六兩期，副題為《從〈臥
薪嘗膽〉的許多不同劇本談起》。一九六二年十一月作家出版社出版了單行本。

　　關於史料，茅盾認為：任何史料在傳寫過程中，不可避免地會由於傳寫

者的主觀意圖而有所增刪、竄改，過去的歷史著作總是體現了統治階級的歷史觀的。而民間的口頭傳說倒常常保存了一些極有價值的史料。但是關於吳、越關係的歷史，茅盾認爲東漢編寫的兩部專門的著作《吳越春秋》和《越絕書》是很不可靠的，因爲前者「揉雜著很多西漢術數家的意識形態」，「大部分沒有史料價值」，而後者所獨有的材料「多屬五行術數之談」，所以對瞭解當時的吳越歷史，「毫無裨益」。他指出，「我們不能從表面看問題，簡單地認爲《國語》、《左傳》、《史記》是爲統治階級服務而抹煞其史料的客觀價值」。據此，茅盾詳細分析了先秦諸子、兩漢學者對吳越關係的看法，對吳夫差，越句踐，以及對吳越兩方的文臣武將的評價。

關於歷史劇，茅盾指出，歷史題材的劇本，在我國古典戲曲中佔有很大的比重。元、明、清三代的雜劇和傳奇中稱爲歷史劇者，超過半數，而且題材極爲廣泛。他具體剖析了十幾部古典歷史劇，指出我國編寫歷史劇有著悠久的傳統和豐富的經驗。

關於歷史劇傳統的繼承和發展，茅盾著重論述了四個問題。

一是古爲今用的問題。茅盾指出：我們的前輩作家寫歷史劇都有一個目的：古爲今用。方法是以古諷今或以古喻今。因此，就不能不對史實有所甄別、有所取捨，甚至「修改歷史」。他認爲這種方法在他們那個時代是可取的，不得不然的，在我們今天，就不應該這樣做了。他認爲在今天，「如果能夠反映歷史矛盾的本質，那末，眞實地還歷史以本來的面目，也就是最好地達成了古爲今用」。據此，他批評了《膽劍篇》等劇本違背了歷史唯物主義的偏差。

二是歷史上人民作用的問題，茅盾認爲這個問題在理論上馬克思列寧主義早已有明確的論述，但在藝術實踐上運用這個理論卻不很容易，還有一個掌握史料和對歷史事實認識的深淺程度問題。前人的作品中儘管有很多歌頌勞動人民的篇章，但他們的立場、觀點和我們今天完全不同，在這方面可供繼承的東西非常少，所以在這方面最容易產生偏差——把古人現代化，他認爲在這一方面更需要劇作家認眞探索。

三是歷史眞實和藝術虛構問題。茅盾認爲歷史劇不能完全顛倒歷史事實，任意捏造，但也不能不有虛構的部分，「沒有虛構就不成爲歷史劇」。因此，必須把歷史眞實和藝術虛構結合起來。這就是說，一方面要忠實於歷史，而不應改寫歷史；至於藝術虛構，無論是眞人假事，假人眞事；或人事兩假，都必須「符合作品所表現的歷史時代的眞實性」。

四是歷史劇的文學語言問題。茅盾認為我國古典歷史劇的文學語言是不能令人滿意的，主要情況是在用典故、成語上常犯時代錯誤，而現代的一些歷史劇也常讓古人說現代人的話，他指出歷史劇的創作在文學語言上必須避免這些錯誤，加強作品的時代氣氛。

《關於歷史和歷史劇》這部著作，對古代吳越關係和人物的考證，材料翔實，論述周詳，體現了作者一貫的謹嚴的治學態度；總結了我國古代歷史劇創作的經驗，聯繫當時歷史劇創作的情況和歷史劇討論中所提出的問題，深刻地論述了歷史劇創作的要求，體現了作者深湛的藝術修養，並且對歷史劇創作有著現實的指導意義。

七十三　文學寫作的成敗得失

應該說茅盾最主要的本行是寫作。但在他擔任文化部長和作協主席以後的十多年間，由於忙於工作，忙於社會活動和外事活動，因此沒有能夠再埋頭創作。除了以部長、主席或代表團團長身份在各種會議上所作的報告、講話外，他還是擠出時間來寫了五十多篇散文、雜文和五十多首舊體詩詞。

在五十多篇散文、雜文中，有一些是膾炙人口的名篇。

《剝落「蒙面強盜」的面具》〔註18〕以美國某些圖書館禁止出借馬克・吐溫的小說談起，痛斥美帝國主義發動侵朝戰爭、霸佔我國臺灣省的侵略罪行，揭露了以總統杜魯門為代表的美國統治集團的內外政策的反動本質，文章夾敘夾議，痛快淋漓，是一篇很有說服力的雜文。

一九五四年六月，茅盾率中國代表團到瑞典斯德哥爾摩出席「緩和局勢國際會議」，他以自己的見聞寫了一篇散文「斯德哥爾摩雜記」。〔註19〕文章從「六月的斯德哥爾摩盛開著各種各樣的花，最惹人注意的是丁香。」寫起，描寫了斯德哥爾摩的山光水色以及這個城市的居民對這個會議的不同反映；又聯繫到正在召開的為解決朝鮮和印度支那問題的日內瓦會議和我國代表團團長周恩來在這個會議上發言的巨大影響，再聯繫到我國政府公佈憲法草案和第一次人口調查結果的消息，說明「六百個百萬的人民，在共產黨的領導之下，在取得革命勝利以後，現在正以它自己的憲法鞏固這勝利並決心要建設社會主義社會，保衛世界和平」這一偉大的現實。作家觀察細緻，思路開

〔註18〕《人民文學》第3卷第2期。
〔註19〕《文藝報》1954年14號。

闊，善於用具體事例來說明具有重大意義的主題，文章中洋溢著強烈的愛國主義激情。

《天安門的禮炮》〔註20〕描寫了國慶節天安門的禮炮聲。「首都澄碧的上空，隆隆地回蕩；激動了無有邊際的空間，殷殷然響起了快樂的合唱」，表達了全國人民從心坎裡發出的歡呼：「光榮歸於領導中國人民走向勝利和幸福的共產黨。」可以說這是一篇充滿激情的政治抒情詩。

茅盾在這一時期的散文、雜文的主題主要集中在兩個方面：一是歌頌祖國、人民、中國共產黨和社會主義，一是揭露、抨擊帝國主義和殖民主義，表現了一個無產階級文化戰士的廣闊胸懷。這些散文、雜文的風格大都是直抒胸臆，明白曉暢，洋溢著愛國主義的激情。

一九五八年八、九月間，茅盾曾經視察東北三省，寫了《長春南關行》、《延邊——塞外江南》、《北地牡丹越開越艷》、《哈爾濱雜記》、《群眾文藝運動在瀋陽》等五篇報告文學，陸續發表於《人民日報》。一九五八年十月，作家出版社出版了單行本，題名爲《躍進中的東北》。由於茅盾當時所獲得的材料大都是不符合事實的，所以這是一本寫失敗了的作品。當然，這失敗，不能完全由茅盾個人負責，而是有特殊的歷史背景的。因爲這一時期正是「輕率地發動了『大躍進』運動和農村人民公社化運動，使得以高指標、瞎指揮、浮誇風和『共產風』爲主要標誌的左傾錯誤嚴重地泛濫開來」〔註21〕的時期，這一股浮誇風和「共產風」使站在領導崗位上的作家是很難加以抵制的。

在這一段時期，茅盾的五十多首舊體詩詞的內容大體上可概括爲三個方面：

一是觀看各種藝術團體演出的感想：如《曲藝會演片段》第三首：「輕敲綽板輕搖舌，既慷慨兮復詭譎。絕技快書高元鈞，沁人心脾如冰雪」。表揚了快書藝人高元鈞的高超演技。《觀朝鮮藝術團表演偶成》兩首：《扇舞》、《珍珠舞姬》稱讚了朝鮮藝術團的精彩表演。《祝日本前進座三十週年》的第二首：「和平事業共維護，文化交流通有無，曼舞浩歌張我道，曙光欲透海東隅」，肯定了日本進步劇團前進座在促進文化交流、維護世界和平事業方面的貢獻。

二是以當時國際共產主義運動中的事件爲題材的，如《無題》：「歐尾亞

〔註20〕 《人民文學》1954 年第 10 期。
〔註21〕 《中國共產黨中央委員會關於建國以來黨的若干歷史問題的決議》。

頭起暗波，人民有眼判功過。倒行逆施何能久，終見東風唱凱歌」；《壬寅仲冬感事》：「狐埋復狐掘，卑劣又狂悖。厚顏乞和平，空撈水底月」。抨擊了赫魯曉夫的卑劣而又狂悖的行爲。

三是訪問海南島的觀感。一九六一年十二月至一九六二年二月，茅盾訪問了海南島。寫了總標題爲《海南之行》的七首詩，回顧了解放前瓊崖縱隊的鬥爭歷程，描繪了海南島的美麗的風光，歌唱了海南島的興旺景象。

這些詩詞，雖然用了舊的形式，但都洋溢著濃厚的時代氣息。其中有不少篇章更有著濃鬱的詩的韻味，堪稱爲佳作。

在寫作方面，還得談一件事：五十年代初，全國規模的鎮壓反革命運動結束了。當時公安部長羅瑞卿建議茅盾寫一個鎮壓反革命題材的電影劇本。茅盾以不熟悉這方面的生活謙辭。羅瑞卿還是堅持要他寫，他只好接受這一任務，並且很高興地到上海搜集材料。回到北京不久，他就把電影劇本寫出來了，交給文化部電影局。電影局的同志看了，認爲題材很重要，寫得也好，只是對話多了一些，有點小說化。如果拍攝，要分上、中、下三集，拖了一段時間，不了了之。茅盾自己也不滿意這本劇本，乾脆把原稿撕了，一張張墊在吐痰的痰盂裡，然後倒掉，結果一個字也沒有留下來。這是十分可惜的，也是新文學和電影事業的一個重大損失。〔註22〕

〔註22〕周而復：《在病危的時候》，《收穫》1981 年 3 期。

第十七章　十年浩劫的考驗

七十四　橫遭誣蔑

　　爲了貫徹《關於文學藝術的兩個批示》的精神，一九六四年七月，全國文聯和各協會開始整風運動，九月出版的《文藝報》第八、九期合刊發表編輯部的《「寫中間人物」是資產階級的文學主張》和《關於「寫中間人物」的材料》批判了一九六二年八月中國作家協會在大連召開的農村題材短篇小說創作座談會上邵荃麟的一些觀點。一九六六年第四期《文藝報》又發表署名「李方紅」的《「寫中間人物」論反映了哪個階級的政治要求》，進一步加以「上綱」。當時雖然沒有點茅盾的名，實際上也批到茅盾頭上。其實這一批判無論是對邵荃麟來說，或是就茅盾來說，都是歪曲再加誣蔑的。

　　一九六四年底，江青就把《林家舖子》等影片打成毒草，指令進行批判。從一九六五年五月二十九日《光明日報》發表署名「聞鐘」的《影片〈林家舖子〉必須批判》開始，到同年九月，在全國各報刊發表的所謂「批判」文章，據不完全統計有一百三十多篇。說什麼影片《林家舖子》「美化資本家，醜化工人階級」，「宣揚奴才哲學，鼓吹階級合作」，所以是一株「大毒草」，云云。雖然這些文章批判的是電影，沒有點茅公的名，「但舉世皆知，他是箭垛子」。〔註1〕

　　前已述及，茅盾花了不少心血，培養了一代又一代青年作家。可是在那風雨欲來的時刻，一些別有用心的人，顛倒黑白，造謠誹謗，胡說什麼茅盾的這一嚴肅工作，是在「和黨爭奪青年作家」。眞是欲加之罪，何患無詞。

〔註1〕　柯靈：《心嚮往之》，《上海文學》1981 年 6 期。

就這樣，在十年浩劫的前夕，茅盾這位德高望重、對我國社會主義文學事業的發展作出過重大貢獻的老作家就已經受到極「左」思潮的衝擊了。

一九六六年四月十八日，《解放軍報》發表題爲《高舉毛澤東文藝思想偉大紅旗，積極參加社會主義文化大革命》的社論，公佈了《部隊文藝工作者座談會紀要》的主要內容，號召批判所謂的「文藝黑線」。六月一日和二日，《人民日報》相繼發表《橫掃一切牛鬼蛇神》、《觸及人們靈魂的大革命》兩篇社論，根據《五·一六通知》的精神，號召「向那些反黨反社會主義的資產階級代表人物，資產階級學術權威，展開堅決的毫不留情的鬥爭」。於是，「造反派」紛紛出現了，大字報鋪天蓋地而來，一大批老幹部、老共產黨員、文化界知名人士受誣蔑、挨批鬥，被打成叛徒、特務、走資派、資產階級反動權威，被關進了牛棚。一場「史無前例」的持續十年的浩劫開始了。

這一年的八、九月間，東總布胡同二十二號的牆壁上也貼滿了大字報，茅盾也被誣蔑成「頭號資產階級反動權威！」茅盾十分氣憤，去責問組織部一位副部長：「究竟把我當成了什麼人？！」這位副部長也沒有辦法答覆。由於周恩來總理的干預，這些大字報才沒有對外開放。〔註2〕一九六七年一月，《紅旗》發表了姚文元的《評反革命兩面派周揚》，除了對周揚妄加罪名，點名批判夏衍等人外，茅盾等著名老作家也被誣蔑爲「資產階級『權威』」。當時，已經和江青勾結上了的姚文元在文章中點了誰的名，給戴上了什麼帽子，那就等於作了政治「結論」。不久，中國作家協會被誣爲「一個不折不扣的裴多菲俱樂部式的團體」，並且被「徹底砸爛」了。茅盾雖然沒有被關進牛棚，卻從此靠邊了。「他也只是幸免於抄家遊街，開批鬥會，因爲他是受保護的——當然這是功德無量的事。但被保護卻決非榮譽，也不會帶給人愉快」。〔註3〕在那些混亂的歲月裡，處在被保護地位的茅盾，不爲「四人幫」的淫威所攝，不隨風轉舵，而是保持冷靜的沉默、嚴峻的沉默，這沉默，也就是對那些跳梁小丑們的最大的輕蔑。

一九六九年夏，文化部所屬各單位、文聯及各協會全部工作人員，被分別送到湖北咸寧、天津靜海等地勞動，搞所謂的「鬥、批、改」，茅盾雖然沒有被送往「幹校」勞動，但處境也更爲惡化，所有會議不能參加，文件也不發給，與外界隔絕了。他的夫人孔德沚患了糖尿病，臥病在床，得不到應有

〔註2〕 陳白塵：《中國作家的導師》、《青春》1981 年 5 期；史明：《周恩來與茅盾的戰鬥友誼片斷》，《文化娛樂》，1984 年 6 期。

〔註3〕 柯靈：《心嚮往之》。

的治療，於一九七○年一月二十九日去世。終年七十三歲。在她臨終前的日子裡，茅盾親自陪夜，眼睜睜地看著老伴昏迷不醒，卻無能為力，心情十分沉重。孔德沚去世後，只有少數幾個親友得訊弔唁，冷冷清清地火化了。茅盾把她的鑲嵌著照片的骨灰盒，放在臥室中的五斗櫃上，仍然朝夕相處。在他身處逆境，而又年邁多病的時候，失去了白首相依的老伴，這在他的感情上是一次多麼沉重的打擊啊！是年秋，他寫下了一首七律，抒發了對老伴的思念之情。

　　孔德沚逝世以後，沈霜（韋韜）夫婦帶領孩子們與父親住在一起，以便在生活上照顧父親。兒孫們雖然能給茅盾增加許多樂趣和安慰，但處境仍然很困難。原定一九七一年召開的「四屆」人大（因發生「九·一三」林彪事件沒有開成），茅盾也被從代表名單中除名了。〔註 4〕他雖閉門不出，卻還有一些莫名其妙的問題糾纏他，流言蜚語，也頻頻向他襲來，最狠毒的是說：茅盾正在寫一部反黨作品，每天寫來放入保險櫃，要待身後，方肯問世。這明明是在製造輿論，企圖把茅盾打成反革命。因為在當時的形勢下，今日謠言，就是明日誅語。朋友勸茅盾對這些謠言加以澄清。茅盾說，謠言是東南西北都有一點，不過大同小異而已。所以他一笑置之，不屑一顧。〔註 5〕

　　在那烏雲翻滾的日子，茅盾雖然橫遭誣蔑，但他品德高尚，巋然不動。

　　茅盾的弟媳、沈澤民的夫人張琴秋，在中華人民共和國成立後曾任紡織工業部副部長，十年浩劫中被迫害致死。沈澤民和張琴秋有一個女兒，曾在蘇聯大學裡學無線電雷達，全國解放後回國工作，在十年浩劫中也被迫害身亡。張琴秋母女相繼被迫害致死，茅盾很悲痛，然而在那些動亂的日子裡，他也只能把悲痛深深地埋藏心底裡。

七十五　「清風晚節老梅香」

　　一九七五年七月四日，臧克家買了宣紙紀念冊，寫了一首七律祝賀茅盾八十大壽：

著書豈只為稻粱，遵命前驅筆作槍。

攜手迅翁張左翼，並肩郭老戰文場。

光焰炯炯灼子夜，野火星星燎大荒。

〔註 4〕　韋韜同志給本書著者信，1984 年 8 月 7 日。
〔註 5〕　田苗：《您，還在朗朗笑談》，《四川文學》1981 年 6 月。

雨露明時花競發，清風晚節老梅香。

這一點也不過譽。茅盾在回信中說：「奉讀手書及賀賤辰錦冊，既感且愧，獎飾過當，更增內疚。虛度八十，回顧惜年，雖復努力，求不落後，但才識所限，徒呼負負。」〔註6〕一代宗師，是多麼謙遜。

「清風晚節老梅香。」在「四人幫」瘋狂肆虐的日子裡，茅盾不僅以沉默來表示他對「四人幫」的輕蔑，並且仍然密切注視著形勢的發展，關心友人的命運，做了一些有意義的工作。

在那黑雲翻滾的日子裡，一些正直的、不願跟隨「四人幫」走的知識分子即使幸免被關進牛棚，相互間也很少往來，即使親友間的通信一般也都小心謹慎。茅盾當時雖然處境困難，在和友人的通信中就希望他們給他寫長信，詳細談談社會動態，告訴他一些友人狀況。他和四川作家的通信中，就探問：《紅岩》的作者到底是否死了？沙汀、艾蕪二人怎樣？當他得知艾蕪才發表一篇小說就受到刁難批評，沙汀則尚未「解放」時，茅盾就委託友人去看望他們，「問候湯（艾蕪）、楊（沙汀）二兄」。真是自己站在雪地裡，卻還在給別人送炭。〔註7〕

一九七四年間，在周恩來總理的關注下，茅盾重新被選為第四屆全國人民代表大會的代表，處境稍稍有所好轉。他雖然身患多種疾病，卻盡自己的可能去幫助一些作家。這一年冬，馮雪峰的病已確診為肺癌，吃中藥得配一味麝香。但麝香很珍貴，當時很難配到，家人正為此犯愁。茅盾得悉這一情況後，第二天就把「文革」前外賓送給他的麝香委託胡愈之送到病者手裡了。馮雪峰是一個被開除黨籍的所謂「摘帽右派」，「文革」期間更被戴上種種「帽子」。他們之間已經多年不能互相往來。「送藥」這一件小事上表明：茅盾和馮雪峰在「左聯」時期起建立的友誼並沒有被極「左」的政治風浪沖毀。一九七六年一月，馮雪峰去世，在不許致悼詞的威脅下，人民文學出版社為他舉行了悼念儀式，茅盾的身體雖然也很虛弱，但卻冒著政治風險，參加了悼念活動，並親切地和參加悼念活動的文藝界的朋友一一握手，低聲相互問候，致意。茅盾抱病參加這一悼念活動，給與會的文藝界人士以極大的鼓舞，「增強了對未來的信心」。〔註8〕

〔註6〕 臧克家：《往事憶來多》，《十月》1981 年 3 期。
〔註7〕 田苗：《您，還在朗朗笑談》。
〔註8〕 駱賓基：《悼念茅盾先生》，《北京日報》1981 年 4 月 12 日。

　　姚雪垠於一九六三年寫了長篇小說《李自成》第一卷，以後又寫了第二卷初稿。在寫作過程中遇到一些問題。抗戰初期，茅盾曾肯定了他的《差半車麥稭》和《牛德全與紅蘿蔔》，於是便決定給茅盾寫信求救。姚雪垠每次去信，都收到茅盾的覆信。從一九七四年十一月十二日到一九七五年八月十四日茅盾給他回了八封信，仔細閱讀了《李自成》第一卷、第二卷初稿及《李自成》全書五卷的、約有七、八萬字的《提綱》。除了對第一卷加以熱情肯定，指出許多優點並提出了一些修改意見外，對第二卷初稿的各單元、章節的構思、標題、人物描寫、語言的使用等各方面，寫了將近一萬字的詳細而又具體的意見，供姚雪垠參考。〔註9〕茅盾「不是僅僅讀一遍，而常常是先讀一遍，記下要點或初步意見，再讀一遍，考慮成熟」，然後再寫信的。「這種認眞、嚴肅和一絲不苟的精神」，使姚雪垠十分感動，他認爲茅盾是他的老師，「也是眞正的知音」。所以在茅盾八十一歲生日的時候，他寄呈七律一首表示祝賀：

　　　　筆陣馳驅六十載，功垂青史仰高岑。

　　　　平生情誼兼師友，晚歲書函泛古今。

　　　　少作虛邀賀鑒賞，暮琴幸獲子期心。

　　　　手澆桃李千行綠，點綴春光滿上林。

　　茅盾不僅熱情的獎掖後進，對已經成名的老作家的作品，他也實事求是地提出意見，「以供參考」。

　　「詩言志」。「文革」後期，茅盾還寫了一些舊體詩詞。在這些舊體詩詞中人們可以清晰地窺見這位無產階級文化戰士的內心世界。

　　一九七三年夏，茅盾處境還是非常困難的時候，寫了一首七律：《讀〈稼軒集〉》：

　　　　浮沉湖海詞千首，老去牢騷豈偶然。

　　　　漫憶縱橫穿敵壘，劇憐容與過江船。

　　　　美芹藎謀空傳世，京口壯猷僅匝年。

　　　　擾擾魚蝦豪傑盡，放翁同甫共嬋娟。

辛棄疾是我國宋朝的著名愛國詩人，他二十多歲就投身軍旅，馳騁疆場，還寫了《美芹十論》，陳述抗金方略。然而沒有得到偏安江南的南宋統治集團的重視。在他晚年時曾被任命爲鎮江知府，備戰京口，打算用兵恢復中原，但奸臣當道，僅僅一年就被免職。他一生以功業自許，氣節自負，然而壯志難

酬，便把悲憤情緒發泄在詩篇中。浮沉湖海數十年寫成的《稼軒集》中反映了他的宏圖壯志。茅盾的這一首七律，敘述了辛棄疾的功績和遭遇，借用蘇東坡的「百年豪傑盡，擾擾見魚蝦」句，慨嘆辛棄疾的遭遇，表示對那些「魚蝦」的鄙視，指出辛棄疾的抱負雖然沒有實現，但他崇高品德的光輝是永遠不會泯滅的。其實，茅盾在這裡不僅僅是在寫古人古事。「擾擾魚蝦豪傑盡」，難道不就是「四人幫」橫行時期情狀的寫照嗎？茅盾是在說那些受迫害的無產階級戰士的偉大形象和崇高品德是永遠摧毀不了的，「魚蝦」畢竟是魚蝦而已。

一九七五年十月，茅盾曾和葉聖陶等重遊香山。葉聖陶曾填寫了《菩薩蠻》詞一首，「志香山同遊之歡」，並送給茅盾。茅盾當即「次韻奉答」：

> 遊興豈爲高齡斂，
> 童顏鶴髮添明艷。
> 扶杖訪秋山，
> 別來已十年。
>
> 解頤藏勝義，
> 宇宙亦飽繫。
> 雲散日當空，
> 山川一脈紅。

這首詩的最後兩句：「雲散日當空，山川一脈紅。」不僅僅是寫自然景色，而是表達作家政治上的期待：期待烏雲翻滾的歲月能夠早一些過去，「山川一脈紅」的時期早一些到來。茅盾遊覽香山時，在香山寺湊巧遇上他在新疆學院任教時的學生，「文革」前仍有交往的趙明，很是高興。不久，他就寫了一首題爲《贈趙明》的詩。第二年他又親筆寫成幅送給趙明。詩中回顧了在新疆時的坎坷遭際，記述了這次在香山的巧遇。給趙明熱情的鼓勵。詩中還說：「峻坂鹽車我仍奮，才短體衰亦自憐。」茅盾當時已年近八十，患有多種疾病，身體日漸衰弱，眞是像負鹽車又遇上峻坂，但他仍決心奮發向前。

中華人民共和國成立之後，茅盾一直住在文化部的宿舍裡。一九七五年間，搬到交道口南三條十三號。這是一座典型的北京四合院，有兩進，具體安排如北京茅盾故居示意圖。書房裡放著他本人著作的各種版本和各種外文譯本。書櫥上面放了一些小擺設，牆上掛著一幀茅盾坐著的彩色照片。東邊

一個較高的書櫥，放置古籍。西邊兩個較高的書櫥，主要放現代的作品，牆上掛著一幅巨大的油畫，是他擔任文化部長時波蘭朋友送的禮品。中間放著一張書桌，兩只藤椅，一把躺椅。還有一張小圓桌，放著招待客人的煙具之類。東邊一間是臥室，東側放一張老式有架的單人小鐵床。南側靠窗放著一張二屜的小書桌，上面放著資料、文具和放大鏡。北側有一排矮櫃，櫃上放著茶具和藥品。在一只老式的五斗櫥上放著孔德沚的骨灰盒和一些小擺設。還有茅盾自己設計，請木工做的大櫥。這就是茅盾日常生活的地方。從房間中的陳設可以看到茅盾當時的生活是多麼的簡樸。就是這間房子裡，茅盾還撰寫著他最後一部著作《我走過的道路》，一直到他病重時住進北京醫院。

北京茅盾故居

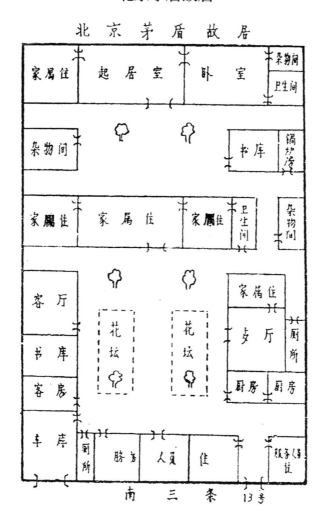

一九七六年一月，周恩來總理因病逝世，茅盾懷著萬分悲慟的心情寫了《敬愛的周總理挽詞》二首：

一

萬眾號咷哲人萎，競傳舉世頌功勳。

靈前慟極神思亂，揮淚難成哀挽文。

二

衣冠劍佩今何在？偉績豐功萬古存。

錦繡江山添異彩，骨灰撒處見忠魂。

這一年十月，黨中央順應全國人民的意志和願望，粉碎了「四人幫」，茅盾撰寫了《粉碎反革命集團「四人幫」》，「歡呼日月又重光」，歌頌黨中央「為黨除奸，為國除害，為民平憤」的偉大決策。

十年浩劫期間，茅盾經受了嚴峻的考驗，但卻不為林彪、「四人幫」的淫威所攝，鐵骨錚錚，剛正不阿，表現了無產階級文化戰士的政治風格。真正是「清風晚節老梅香」。

第十八章　「浩氣眞才耀晩年」

七十六　「烈士暮年，壯心不已」

粉碎「四人幫」，日月又重光，山河換新裝。已經耄耋之年的茅盾也重新換發了青春。一九七三年茅盾在《讀吳恩裕〈曹雪芹佚著及其傳記材料的新發現〉》一詩中稱讚吳恩裕「浩氣眞才耀晩年。」其實用這句詩來稱頌茅盾自己，倒是非常恰切的：到了晩年，他的「浩氣眞才」，更顯出了光輝。

積極參加政治活動和文學活動

一九七六年十月二十四日，首都一百萬軍民，歡欣鼓舞，豪情滿懷，在天安門廣場舉行盛大的慶祝大會，慶祝粉碎王洪文、張春橋、江青、姚文元反黨集團的偉大勝利，憤怒聲討他們的滔天罪行。茅盾以政協全國委員會副主席的身份出席了這次大會。這表明粉碎「四人幫」以後，茅盾的政協第四屆全國委員會副主席的職務得到恢復。十二月一日，茅盾出席了四屆人大常務委員會第三次會議。慶賀粉碎「四人幫」的偉大勝利。

爲了批判「四人幫」的流毒，繁榮短篇小說的創作，《人民文學》編輯部召開短篇小說創作座談會。座談會期間，八十一歲高齡的茅盾會見了與會的作家們，作了題爲《老兵的希望》的講話。他指出從延安文藝座談會到「文革」以前，文藝界的主流是好的，有成績的。「四人幫」搞「一花」獨放，是爲了篡黨奪權；他們的文學評論，搞的是反革命的公式化，概念化。他表示相信今後可以眞正做到「百花齊放，百家爭鳴」了。他希望與會的同志寫出「無愧於我們這時代的作品」；他們還希望評論家就姚雪垠的《李自成》寫出

文章來與他「爭鳴」。〔註1〕茅盾的講話給與會的作家很大的鼓舞。

十一月二十日《人民日報》編輯部邀請文藝界人士舉行座談會，批判「四人幫」炮製的「文藝黑線專政」論。茅盾出席這個座談會，發表了講話。他指出「四人幫」炮製的「文藝黑線專政」論，流毒很深，必須徹底批判，他強調指出：「繁榮創作」，必須貫徹「百花齊放，百家爭鳴」的方針。而批判「文藝黑線專政」論，進一步從理論上肅清「四人幫」在各方面的流毒，徹底粉碎他們強加於文藝工作者乃至廣大讀者的精神枷鎖，則是實現「百花齊放，百家爭鳴」的首先必要的步驟。與此同時，供應廣大讀者以優秀作品，則又是粉碎精神枷鎖，肅清「四人幫」流毒的必要而且有效的保證。」〔註2〕

十二月二十八日，《人民文學》編輯部又邀請知名人士一百多人舉行座談會，批判「文藝黑線專政」論，並討論如何繁榮社會主義文藝創作等問題。茅盾以全國文聯副主席、中國作家協會主席的身份講話，他說：「四人幫」不承認「作協」，「我們也不承認他們的反革命決定」，所以他要以中國作家協會主席的身份講話。他回顧了「文革」前文聯、作協的工作，指出了「文藝黑線專政」論的反動性，建議儘快恢復全國文聯和各個協會，他還建議《文藝報》及時恢復工作（《人民文學》已復刊）。〔註3〕

一九七八年初，茅盾當選為第五屆全國人民代表大會代表，並出席這一屆人大的第一次會議。同時出席五屆政協第一次會議。在這次會議上繼續當選為全國委員會副主席。

這一年五月底，全國文聯第三屆全國委員會第三次擴大會議在北京召開。茅盾以文聯副主席身份致開幕詞。他根據黨中央的批示宣布，「中國文學藝術界聯合會、中國作家協會和《文藝報》，即日起恢復工作。」他回顧了「文革」前十七年的成就，批判「文革」中「四人幫」的罪行；他指出：「全國文聯、作家協會及其他協會和各地分會恢復工作以後，一定要採取切實有效的措施，把各種文藝創作推動起來，把組織文藝作家深入生活的大事抓起來，把繁榮文藝創作和培養新生力量的長遠規劃制訂出來，促其逐步實現」：他希望作家、藝術家們「創作高質量多品種的文學藝術作品，鼓舞人民群眾揚眉吐氣，向著建設社會主義現代化強國的宏偉目標奮勇前進！」〔註4〕在這次會

〔註1〕　《老兵的希望》，《人民日報》1977年11期。
〔註2〕　《貫徹「雙百」方針，砸碎精神枷鎖》，《人民日報》1977年12月25日。
〔註3〕　《中國作家協會主席茅盾同志的講話》，《人民文學》，1978年1月號。
〔註4〕　《文藝報》1978年第1期。

議上，茅盾還就培養新生力量問題，作了專題報告。他強調指出：「幫助年輕的文學工作者從『四人幫』的禁錮中解放出來，引導他們走上正確的健康的創作道路，是老一輩作家責無旁貸的任務。」他針對青年作者的實際情況，提出了一些具體建議。〔註5〕

　　一九七八年五月間展開的關於眞理標準問題的討論，對於促進全國人民的思想解放，端正政治思想路線，具有深遠的歷史意義。茅盾也積極撰文參加討論。茅盾指出：作家的世界觀對創作所起的作用是決定性。但無產階級的世界觀並不是天生的，而是在社會實踐中形成的。他說：「作家的世界觀的形成以及在這種世界觀的指導下去從事創作，都一刻也離不開社會實踐。實踐是檢驗一部文藝作品是否成功，是否偉大的唯一標準，也是檢驗作家的世界觀是否正確的唯一標準。」他指出：「在實踐是檢驗眞理的唯一標準面前，不存在什麼『禁區』，不存在什麼『金科玉律』。這就爲文藝事業開闢了廣大法門，爲作家們創造新體裁新風格乃至新的文學語言，提供了無限有利的條件。」他還指出：「四人幫」雖然已被粉碎，但他們所推行的那套幫規幫法的流毒，仍有形無形地「禁錮著一些人的思想」，在他看來，衡量一部作品好壞的標準，是他們頭腦中固有的幾條條，或者書上寫的幾條條，或者某位領導講的幾條條，「而不是作品在實踐中即在人民群眾中的反映和產生的社會效果」，因此，他認爲：「當前在文藝領域肅清流毒，弄清楚並堅信實踐是檢驗眞理的唯一標準，同樣是一項根本任務。」〔註6〕

　　一九七九年二月，茅盾出席了人民文學出版社召開的中長篇小說創作座談會，並發表講話。三月，擔任全國優秀短篇小說評選委員會主任並出席授獎大會，在會上講了話，同月，會見兒童文學創作學習會全體學員，和他們作了熱情的談話，他希望在現在青年作者中能產生「未來的魯迅，未來的郭沫若」，要像魯迅、郭沫若那樣，博覽群書、學貫中西。當然還要深入生活。〔註7〕關於創作問題，他著重談寫光明面和前進中的黑暗面問題，正面人物和中間人物問題，抗日戰爭、抗美援朝和揭批「四人幫」的題材問題，提出了一些很精闢的意見。〔註8〕關於兒童文學，他認爲「首先還是解放思想，這才

〔註5〕　《關於培養新生力量》，《文藝報》1978年第2期。
〔註6〕　《作家如何理解實踐是檢驗眞理的唯一標準》，《人民日報》1978年12月5日。
〔註7〕　《在一九七八年全國優秀短篇小說評選發獎大會上的講話》。
〔註8〕　《在部分中、長篇小說座談會上的講話》，《新文學論叢》1979年第1期。

能使兒童文學園地來個百花齊放」；「關於兒童文學的理論建設也要來個百家爭鳴。過去對於『童心論』的批評也該以爭鳴方法進一步深入探索」，「不要一棍子打死」。〔註 9〕茅盾的這些意見是針對粉碎「四人幫」以後文藝界的實際情況而談的，對於發展我國的社會主義文學有現實的指導意義。

一九七九年十月底，中國文學藝術工作者代表大會在北京召開，茅盾主持開幕式並致《開幕詞》，闡述了召開這次大會的背景、任務和開好這次大會的方針。〔註 10〕文代會期間，召開了中國作家協會第三次代表大會，茅盾在大會上作了題爲《解放思想，發揚文藝民主》的講話。他總結了粉碎「四人幫」以來小說創作的成就與不足，指出作家一定要把自己的頭腦用辯證唯物主義和歷史唯物主義武裝起來。關於革命現實主義和革命浪漫主義相結合的創作方法，他認爲雖然有許多作家努力嘗試，但還沒有十分成功的作品，還有待作家們通過創作實踐作進一步的探索。同時，他又指出「不能把『兩結合』的創作方法作爲必須遵守的創作方法」，「作家有採用任何創作方法的自由」。他還詳細談了「繼承遺產、借鑒外國和深入生活的問題。」八十三歲高齡的茅盾，由於他的崇高聲望，當選爲全國文聯名譽主席，並蟬聯中國作家協會主席。作協主席已是他第四次連任了。

討論文藝問題，發揚文藝民主

從粉碎「四人幫」到他逝世前二個多月寫的《重印〈小說月報〉序》（1981年 1 月 15 日）爲止，四年多一點時間裡，茅盾寫了有關文藝問題的文章（包括有文字記錄的報告、談話）五十多篇。這些文章的內容極爲廣泛，涉及文學方面的許多問題。除前面已經提到的那些講話、文章外，還有：

關於貫徹毛澤東文藝路線的問題，如《毛主席的文藝路線萬古長青》、《毛主席的文藝路線永放光芒》、《漫談文學創作》等。後者是一篇比較全面地談文學創作問題的文章。他談到：砸爛精神枷鎖、解放思想問題，世界觀與創作的關係問題，生活的深度與廣度問題，革命現實主義和革命浪漫主義問題，技巧問題，貫徹「雙百」方針問題。〔註 11〕這篇論文體現了茅盾一貫的觀點，對於肅清「四人幫」的影響，發展社會主義的文學創作，是有重要的指導意義的。在慶祝建國三十週年的時候，他發表《溫故以知新》一文，〔註 12〕回

〔註 9〕　《中國兒童文學是大有希望的》，《人民日報》1979 年 3 月 26 日。
〔註 10〕　《文藝報》1979 年 11、12 期合刊。
〔註 11〕　《漫談文學創作》，《紅旗》1978 年 5 期。
〔註 12〕　《溫故以知新》，《文藝報》1979 年第 10 期。

顧了建國後十七年文藝工作的成就，指出黨所領導的這支文藝隊伍是好的，經得起考驗的；分析了粉碎「四人幫」後三年來文藝工作的情況，肯定了「傷痕文學」，他認爲在社會主義社會裡，「是光明與黑暗的交織。但就其總趨向而言，是前進的，是走向光明漸多而黑暗漸少的過程」，因此，「反映在文藝上，有表現前進的，自然也有表現落後的，有描寫光明的，自然也有揭露黑暗面的」，只要不是故意抹黑，表現社會的落後與黑暗面的作品，也是有意義的。他強調指出發揚文藝民主的重要意義，他說，「百花齊放與百家爭鳴，就是文藝民主的具體表現」。他還指出，事物是發展的，「三年來出現的新一代肯定將超過他們的前輩，同時也將被下一代超過」。保證這發展的可能就是要接受過去的經驗教訓，貫徹「雙百」方針。

關於魯迅研究，他發表了幾篇文章。《向魯迅學習》一文，系統地分析了魯迅翻譯、介紹外國文學的成就和經驗，指出在外國文學工作中學習魯迅所應注意的問題。〔註13〕《答〈魯迅研究年刊〉記者的訪問》指出：「不要搞形而上學，不要神化魯迅，要紮紮實實地、實事求是的研究魯迅。」〔註14〕

關於作品和作家評論，茅盾寫了《關於長篇小說〈李自成〉》，充分肯定了這部長篇的成就，指出：「中國的封建文人也曾寫過豐富多彩的封建社會的上層和下層的生活；然而，用歷史唯物主義和辯證唯物主義來解剖這個封建社會，並再現其複雜變幻的矛盾的本相，『五四』以後也沒有人嘗試過，作者是填補空白的第一個人。他的抱負，是值得讚美的。」〔註15〕茅盾爲路易・艾黎英譯的《白居易詩選》寫的序文《白居易及其同時代的詩人》對白居易的思想和作品作了深刻的分析。

《對於兒童詩的期望》、《少兒文學的春天到來了》，是討論兒童文學問題的；《爲介紹及研究外國文學進一解》是討論如何借鑒外國文學的；《談編副刊》是談副刊編輯工作的；《關於〈彩毫記〉及其他》則是一篇考證文章。

茅盾的這些討論文藝問題的文章，基本上圍繞一個中心，批判「四人幫」的幫規幫法，強調清除其流毒的重要性，指出發展我國社會主義文學所應注意的問題。這些文章本身就貫徹了「雙百」方針，是發揚文藝民主的光輝榜樣。

粉碎「四人幫」以後，茅盾應人民文學出版社之請，把他過去的著譯，

〔註13〕《世界文學》1977年第1期。
〔註14〕《魯迅研究年刊》1979年。
〔註15〕《文學評論》1978年第2期。

編成《茅盾評論文集》、《茅盾短篇小說集》、《茅盾散文速寫集》、《茅盾譯文選集》等。分別爲這些集子寫了《序》，還寫了《茅盾論創作·序》、《茅盾文藝雜論集·序》、《世界文學名著雜談·序》，這些序文是茅盾研究的重要材料。

病中留下的華章

粉碎「四人幫」以後，茅盾還寫了一些優美的散文，並且詩興大發，寫了新詩和舊體詩詞四十多首。

散文《可愛的故鄉》表現了一位八十多歲高齡的老人對故鄉的思念之情。《化悲痛爲力量》、《沉痛哀悼邵荃麟同志》、《北京話舊》都是很優美的散文，特別是紀念史沫特萊逝世三十週年寫的《斯人宛在，光鮮逾昔》，是一篇感情極爲眞摯的散文。文章中寫道：「我近來感覺到我們對她的這份感情確實是在與日俱增。這不是一句過場話。這是時間和實踐賦予她最鮮潔的新色彩，令人心馳意遠。」文章還寫道：

> 近來我病中多暇。在說起要爲我們敬愛的史沫特萊開紀念會後，我不禁回想她之爲作家、記者、革命者、中國之友、婦女運動家、國際主義志士的哀樂的一生，頗覺其犀利（時或近於刻傷）、絕俗（時或近於憤世）、創新（時或近於縱奇）、嫉惡（時或近於無恕）、利他（時或近於虐己），其中閃爍著高尚品格的光芒。可說是二十世紀同輩人物中所罕見的。我靜對夜窗，反覆細味，感觸很多，同時也在精神上獲一安慰和啓示，好比看到太空中一道慧星昂然而又悠然逝去。再來想想她所眷戀至死的中國和世界人民，就平添了幾分勇氣和信心。

這一段文字不僅表明茅盾對史沫特萊的人品有著多麼深刻的認識和理解，並且也閃爍著無產階級文化戰士——茅盾自己的崇高品格的光芒！這種充滿深情的優美的文字，也只有茅盾這樣的大手筆才寫得出來。這在茅盾的全部散文創作中也是最爲傑出的一篇。

茅盾很少寫新詩，粉碎「四人幫」以後他也控制不住自己興奮的心情寫了一首新詩《迅雷十月布昭蘇》，歌頌這一歷史性的偉大勝利。四十多首舊體詩詞，題材極爲多樣：有歌頌粉碎「四人幫」的偉大勝利，抨擊「四人幫」的卑劣行徑的，如《聞歌有作》、《過河卒》；有緬懷毛澤東同志的，如《沁園春·毛主席逝世週年獻詞》；有抨擊霸權主義的，如《桂枝香·刺霸》；有歌頌新時期的新氣象的，如《西江月·故鄉新貌》；有鼓勵人們向科學進軍的，

如《祝全國科技大會》；有題贈友人的，《贈曹禺》、《贈樓煒春》等等。特別是《奉和雪垠兄》、《題〈紅樓夢〉畫頁》四首──《補裘》、《葬花》、《讀曲》、《贈梅》、《題趙丹白楊合作〈紅樓夢〉菊花詩畫冊》等，更是充滿了詩情畫意，韻味無窮的佳作。《八十自述》以表達對母親的思念，赤子之心，躍然紙上。〔註16〕《國慶三十週年獻詞》熱情歌頌中華人民共和國成立三十年以來，特別是粉碎「四人幫」以來所取得的光輝成就。〔註17〕這些詩詞中的大部分收入《茅盾詩詞》（包括過去作品），一九七九年河北人民出版社出版。

　　一九七九年開始撰寫長篇回憶錄，《新文學史料》從第一期起連載，到他逝世前已寫到一九三四年，計有四十多萬字。

　　抗戰時期在重慶寫的《走上崗位》，一九四八年在香港改寫成《鍛煉》，一九七九年重新改定，寫了《序》。一九八一年文化藝術出版社出版了單行本。

　　這些病中留下的華章，句句都滲透著一位老作家的心血。

　　粉碎「四人幫」以後，茅盾已經是八十多歲的高齡了，並且體弱多病，但他精神振奮，勤謹劬勞，爲社會主義的文藝事業而辛勤勞作。在四年多一些時間裡寫下的文章，有六十多萬字，佔解放以後全部著作總字數的三分之一。眞可說是「烈士暮年，壯心不已。」

七十七　「撰寫回憶錄，文史繪春秋」──《我走過的道路》

　　茅盾到了八十多歲高齡的時候，還作出了一項極有意義的貢獻，這就是撰寫回憶錄。

　　一九七六年初，周恩來總理逝世了，「四人幫」篡黨奪權的罪惡活動更形瘋狂，我們偉大祖國的上空陰雲密佈。已經八十歲的茅盾雖然堅信「四人幫」的倒行逆施總有終日，但他不知道自己能否看到那一天。「四人幫」推行文化專制主義，不僅嚴重破壞了我國社會主義的文化事業，而且抹煞了我國現代文學運動的巨大成就。把一些重大事件，搞得是非顚倒。因此，他決定寫一部回憶錄，用自己的親身經歷，提供歷史的見證。從這一年的二、三月起，他憑記憶，每天口述，用錄音保存，準備身後發表。到一九七七年二月，回憶基本口述完畢。這時候「四人幫」已經被粉碎了。

　　一九七八年三月，人民文學出版社爲了籌備出版《新文學史料》，約請茅

〔註16〕《人民日報》1981 年 3 月 30 日。
〔註17〕《人民日報》1979 年 10 月 1 日。

盾寫一點「文壇回憶」之類的文章。茅盾十分熱情地支持他們，答應給他們寫回憶錄。粉碎「四人幫」以後，舊報刊可以查閱了，他決定再搜集資料，在原來口述回憶的基礎上，重新寫回憶錄。這時，他已八十二歲，並且身體衰弱，長期氣喘，左眼失明，右眼也僅有 0.3 的視力，閱讀書報要依賴放大鏡，生活起居也要有人照顧，於是領導上決定把他原來在部隊工作的兒子韋韜，原來在人民文學出版社工作的兒媳陳小曼借調過來，作他的助手：幫助查找資料，口授時作筆錄，照料生活等。有些人和事，韋韜也能幫助提供一些線索。就這樣茅盾便帶病開始了這一繁重而艱鉅的工作。他的臥室與書房相連，但一走動就氣喘，所以就乾脆在臥室裡工作。每天他七點起床，早餐後略事休息，九點開始寫作，在一般情況下，工作到十一點結束。如感到疲倦，就躺到床上休息一會兒，然後再起來寫。午睡後三點起來，在身體較好的情況下也可以工作兩個鐘點，有時也躺著看看材料。此外，他有時還要出席一些重要會議，發表一些重要講話，寫作一些其他的文章，還要編輯舊作撰寫序文，等等。就在這種情況下，一九七八年十一月的《新文學史料》創刊號上終於開始發表他的回憶錄了。第一篇《商務印書館編譯所生活之一》發表後，立即引起國內外各方面的注意。此後，《新文學史料》發稿前，都準時收到茅盾的稿件，即使他住院治療的時候，也從不延誤。他還一絲不苟地親自閱改校樣。〔註18〕

茅盾的這部回憶錄，他親筆撰寫到一九三四年，即《新文學史料》一九八二年第四期發表的《一九三四年的文化「圍剿」和反「圍剿」——回憶錄〔十七〕》，以後部分是他的親屬根據他生前的錄音、談話、筆記及其他材料整理而成。

一九八一年十月，人民文學出版社出版了這部回憶錄的上冊，題為《我走過的道路》，茅盾自己題簽了書名，並於一九八〇年九月十七日寫了《序》。但書出版時茅盾已經與世長辭了。上冊包括十二章，從家庭、童年、學生時代到一九二七年大革命（其中「家庭、學生時代」部分一九八〇年八月連載於香港《新晚報》）。中冊於一九八四年五月出版，從《創作生涯的開始》到《抗戰前夕的文學活動》，共十一章，概括了茅盾在第二次國內革命戰爭時期的經歷。抗日戰爭爆發以後那一歷史階段，《新文學史料》在繼續連載。

〔註18〕 《新文學史料》編輯組：《記茅公為本刊撰寫回憶錄的經過》，《新文學史料》1981 年 3 期。

　　茅盾的回憶錄原計劃寫到一九四八年冬他從香港到大連爲止。但是他還沒有來得及把這部回憶錄寫完，就與世長辭了，這是使人感到非常遺憾的。好在他已有錄音、談話、筆記及其他有關材料遺留下來，他的家屬正在秉承他的遺志，續寫這部著作。

　　《我走過的道路》這部鉅著，就已出版的上、中冊（共五十多萬字）來看，可以說是一部閃耀著思想光輝和藝術光輝的文學傳記，它具有這樣一些鮮明的特色。

　　其一是內容的豐富性。

　　上、中兩冊，從家鄉、親人、童年寫起，到抗戰前夕的文學活動，敘述了他前半生的四十年。作家以中國近代、現代史爲背景，敘述他的家鄉、家庭的變化和個人的經歷；又以個人的經歷爲經，穿插敘述了許多重大事件，兩者互相交錯，溶爲一體。

　　比如作者進入小學時，正是清朝停止科舉考試，開辦新式學堂後不久。這種新式學堂，既有新的一面，又有舊的殘留。作者對自己小學時期的學習生活的記述，就生動地反映了中國教育制度大變革時期的那種特有的色彩。這種色彩在一般的關於中國教育史的著作中是很難看到的。茅盾在嘉興府中學堂讀書的那一學期，正好迎來辛亥革命。書中對當時一些革命黨人的活動以及青年學生對這一革命的態度，從一個側面揭示了這一革命的歷史意義及其局限性，既深刻而又具體。茅盾進入商務印書館的時候，正是「五四」新文化運動逐步發展的時候。作者對自己進入商務最初幾年間工作變化過程的敘述，既寫出了新文化運動對他個人的影響，又寫出了他自己是怎樣通過艱苦的自學從而對新文化運動作出貢獻的；既寫出了新文化運動是怎樣影響商務印書館這個舊中國最大的出版機構的，又寫出了商務印書館的當權者是怎樣主動進行改革以適應這一形勢的。這是還沒有人寫過的中國現代文化史上非常重要的一章。作者敘述他參加共產主義小組的活動，參與建黨活動，參與黨成立初期的工作以及廣州之行，大革命時期在武漢的活動，從而提供了中國共產黨早期活動的一些重要情況。魯迅逝世以後到「八·一三」這一段時期上海文藝界的情況，如「月曜會」的活動，還沒有一部中國現代文學史作過記載。「七七」事變以後，國民黨政府對茅盾的「通緝令」尚未撤消，卻又邀請他去參加「盧山談話會」的這一情況，過去也很少人知道。事例很多，不一一列舉了。總之《我走過的道路》提供了、披露了中國現代革命史、現

代文化史、現代文學史上的許多第一手資料，內容極為豐富。這種內容的豐富性，正反映了茅盾當年社會活動、文學活動的多方面性。

其二是敘述的真實性。

「真實」是文學作品的性命，更是文學傳記的生命。《我走過的道路》中所記述的事件，無論大小，都是非常真實的，這就不必舉例了。茅盾在他辭世前六個月寫的《序》中說：在他著手寫回憶錄，「幼年稟承慈訓而養成的謹言慎行，至今未敢怠忽」。又說：

> 所記事物，務求真實。言語對答，或偶添藻飾，但切不因華失真。凡有書刊可查核者，必求得而心安。凡有友朋可咨詢者，亦必虛心求教。他人之回憶可供參考者，亦多方搜求，務求無有遺珠。已發表之稿，或有誤記者，承讀者來信指出，將據以改正。其有兩說不同者，存疑而已。

《我走過的道路》確實就是這樣寫下來的。它的真實性，首先來自作家十分謹嚴、一絲不苟的寫作態度。為了幫助記憶、把事實搞準確，他在兒子韋韜、兒媳陳小曼的幫助下，查閱了大量的報刊資料。往往查閱幾萬字資料，也不過寫幾千字。友人勸他到外地去療養，他指指桌上說：「這麼一大堆資料怎麼帶得走呢？」同時，他還作了大量的調查。比如，寫武漢那一段生活時，對當時武漢的某些街道記不清了，他就畫了地圖，標上街道名稱，請在武漢的、當年一道工作過的朋友去核對那些街名對不對。寫到給《申報·自由談》寫稿的那一段生活時，他委託羅蓀、唐弢查清楚黎烈文什麼時候接手主編《自由談》、什麼時候離開、什麼時候去主持《中流》的？回憶在新疆工作的情況，多次寫信給當時在新疆工作過的趙丹、趙明等人；還請到京開會的新疆同志來家做客，核對自己掌握的材料。有時為了核對一句引文或一個日期，他要兒媳騎自行車跑好幾家圖書館。這種謹嚴的寫作態度，保證了所記事實的準確性。但話還得說回來，茅盾當時雖然年老體衰，但記憶力仍十分驚人，眾所周知，有許多事情的前因後果，往往沒有文字記載，報刊上是查不到的，個人處理一些事情的前後經過，別人也都不大可能知道。但在《我走過的道路》中，許多事情，前因後果，來龍去脈，都寫得清清楚楚。

謹嚴的寫作態度和驚人的記憶力，從而做到「每一個細節都是真實的史料。」〔註19〕

〔註19〕 羅蓀：《在最後的日子裡》，《人民文學》1981 年 5 月。

其三是描寫的生動性。

茅盾畢竟是一位有著豐富經驗的老作家，觀察敏銳，善於使用他那支如椽大筆，在敘事寫人方面可謂斲輪老手。這裡以作家寫他自己青年時期拿著介紹信到上海商務印書館求見總經理張元濟時的那一段爲例：

> 我到河南路商務印書館發行所，找一個售貨員問總經理辦公室在哪裡。發行所顧客擁擠，那個售貨員忙於賣書，只把嘴一努道：「三樓」。上三樓要從營業部後面一個樓梯上去，我剛到樓梯邊，就有人攔住，問，「幹什麼？」我答：「請見張總經理」。那人用輕蔑的眼光把我上上下下打量一番，冷冷地說：「你在這裡等罷。」我眞有點生氣了，也冷冷地說：「不能等候。我有孫伯恆的介紹信。」一聽「孫伯恆」三字，那人立刻面帶笑容問道：「是北京分館孫經理麼？」我不回答，只從口袋裡取出印有「商務印書館北京分館」紅字的大信封對那人一晃。那人的笑容更濃重了，很客氣地說：「請，三樓另有人招呼。」

看，寫得多麼生動而又形象，多麼引人入勝。《我走過的道路》中這樣的描寫比比皆是，不多舉例了。當然，這一類描寫，正如作家在《序》中說的那樣：「言語對答，或偶添藻飾，但切不因華失實。」這就是說，在「言語對答」方面，作家運用了藝術描寫手法，這不僅不損傷眞實性，恰恰相反，而是更增強了眞實感。

內容的豐富性、敘事的眞實性和描寫的生動性相結合，《我走過的道路》就成爲一部傑出的文學傳記，同時，又爲我國現代文學史和政治、社會、文化史留下了十分珍貴的史料。

「撰寫回憶錄，文史繪春秋。」〔註20〕這是年越耄耋的茅盾的又一重大貢獻。

七十八　「一生的最大榮耀」

歷史推進到一九八一年，茅盾已經八十五歲高齡。

一月八日，峻青爲了籌辦《文學報》去向茅盾請教。因感冒發燒的茅盾聽了他講述這份報紙的設想和打算以後，連連點著頭，高興地說：「很好！很好！中國還沒有這麼一張文學性的報紙呢。這對活躍文藝理論批評，推動和

〔註20〕王亞平：《巨星隕落悼茅公》，《工人日報》1981年4月4日。

發展社會主義文學創作，很需要，非常需要。」說到這兒，他略微沉思了一下，又說：「要辦得活潑，國內外的文學動態，作家情況，讀者是歡迎的，還有，知識性、文學知識方面的文章，讀者也歡迎的，尤其是青年讀者。不要忘了青年，他們是數量最大也最關心和愛好文學的讀者，他們中有不少人，可以成為我們文學新軍的後備力量。」這時候，他顯得很興奮的樣子。同時他還談了其他許多寶貴的意見。〔註21〕他還答應峻青的請求給《文學報》書寫了報頭，寫了一篇題為《歡迎〈文學報〉的創刊》的文章，文章表示歡迎《文學報》的創刊，希望報紙辦成「百花齊放，百家爭鳴」的園地，希望編輯工作「要靠群眾」，「群眾的智慧往往可以彌補編輯者埋頭苦幹時的疏忽，也可以給嘔盡心血的作者提供參考」。他還希望「大家來支持、愛護這新開闢的文藝園地」。〔註22〕茅盾對《文學報》的支持和希望，其實也就是對我國整個社會主義文學事業的支持和期望。

一月十五日，茅盾寫了《重印〈小說月報〉序》。《小說月報》創刊於一九○九年，原係鴛鴦蝴蝶派所把持。一九二○年茅盾負責「小說新潮」欄的編務，作了部分革新，一九二一年一月起茅盾擔任主編，加以全部革新，從「鴛鴦蝴蝶」派手裡奪過來一個重要陣地，是「五四」文學革命的戰略性勝利。一九二三年起，由鄭振鐸接編，基本上仍繼續原來的編輯方針，一直到一九三二年「一‧二八」事變商務印書館被戰火所毀時停刊。長達十一年，對我國文學的發展有著巨大影響。到一九八一年正好是一個「甲子」——六十年，文獻書目出版社準備加以影印，茅盾答應出版社的要求寫了一篇《序》。〔註23〕這是茅盾留給後人的最後一篇文章。現在把主要內容摘錄如下：

> 這十一年中，全國的作家和翻譯家，以及中國文學和外國文學的研究者，都把他們的辛勤勞動的果實投給《小說月報》。可以說「五四」以來老一代著名作家，都與《小說月報》有過密切的關係，魯迅、葉聖陶、冰心、王統照、鄭振鐸、胡愈之、俞平伯、徐志摩、朱自清、許地山等，以及二十年後期的巴金、老舍、丁玲、沈從文等。值得提到的是，巴金、老舍、丁玲的處女作都是在《小說月報》上首先發表的。我的第一篇小說《幻滅》也登在《小說月報》上。

〔註21〕 峻青：《筆有千鈞任歙張》，《文學報》第 1 期，1981 年 4 月 2 日。
〔註22〕 《文學報》第 1 期，1981 年 4 月 2 日。
〔註23〕 《人民日報》1981 年 4 月 16 日。

十一年中，《小說月報》記錄了我國老一代文學家艱辛跋涉的足跡，
也成爲老一代文學家在那黑暗年代裡吮吸滋養的園地。

　　《小說月報》的編輯方針是兼收並蓄，不論觀點、風格之各異，
只是不收玩世不恭的鴛鴦蝴蝶派的作品。也可以說是百花齊放，百
家爭鳴。

這一段話，可說是當年《小說月報》成就、影響和經驗的概括，又是十分科
學的總結。談到他自己寫這「序」時，十分謙遜地說，他「只是『適逢其會』，
革新了《小說月報》，只是一個清道夫，談不上什麼貢獻。」並對一九五八年
因飛機失事去世的鄭振鐸表示深切的悼念。這是一篇非常有文獻價值的文章。

這時候，茅盾的身體已經非常虛弱。

早在一九七七年四月，他在給友人的信中就說：

　　我年來各種老年慢性病應有盡有，但最嚴重的是氣喘，服藥無
效，人老了，一切都在衰退，是治不好慢性病的根本原因。左目已
失明，這也是現在尚無辦法醫治的所謂黃斑盤狀變形，……我的右
眼雖無此病，只有 0.3 的視力，小字根本無法閱讀。例如寫這封信，
只有在光線強的情況之下爲之，但亦不能持久。〔註24〕

一九七八年七月七日，他半夜裡起床小解，腿一軟就跌倒在地上了。他
心裡十分清楚，卻無力站起來。雖然床頭安裝著電鈴，但跌倒在地上手按不
到電鈴，只好靠著自己的一點力量，掙扎著扶著床欄慢慢地從地上站起來。
第二天早上，兒媳陳小曼知道了，急得哭了，兒子韋韜要把鋪蓋搬進父親的
房間，夜裡陪著老人，可是茅盾說什麼也不同意：「我沒有這個習慣，你在我
旁邊，我反要睡不著。」他這是怕影響兒子的工作和休息啊！〔註25〕

病魔纏身，胃口不好，身體日益消瘦，一九八〇年上半年，體重才四十五
公斤。四月至六月，住院治療了兩個月，健康情況略有好轉，精神也好了一
些。但肺氣腫，老年性支氣管炎，冠狀動脈硬化、腸胃病等等，難以徹底治
愈，行動不便，再加上視力不好。在這樣的情況下，他還是不停息地揮舞他
那一支如椽大筆。他的回憶錄就是在和病魔搏鬥過程中一章又一章地寫出來
的。就在這一年的夏天，兒子、兒媳和他談起青年人的思想狀況：在十年浩
劫中長大的年青人，有一部分受極「左」路線的流毒比較深，思想方法片面，

〔註24〕羅蓀：《在最後的日子裡》，《人民文學》1981 年 4 月。
〔註25〕羅蓀：《在最後的日子裡》；顧志成：《一代文學巨匠的瑣事》，《文學報》1984
　　　　年 3 月 29 日。

更多的看到社會上的黑暗面，有些人對黨不那麼信任了，甚至有人不願意入黨了。茅盾聽了這些，極爲痛心。他對兒子、兒媳談了自己年青時代和整個一生爲共產主義而奮鬥的思想。他覺是，在今天的這種形勢下，他應該站在黨的行列裡，要再次考慮自己的黨籍問題。

一九八一年二月二日，茅盾和家人討論回憶錄中關於寫作《虹》的那一部分的修改問題，突然昏迷。急送醫院急救，病情有了好轉。在病房裡他還接待來訪者，和家人商談回憶錄的事。但仍氣喘得很厲害，低燒不退，三月十四日上午，精神略好，他對兒子韋韜說：「我的身體恐怕不行了，我有兩件事一直放在心裡，現在要說一說，你們拿筆來，我要親自寫出。」

他心中的兩件事：一是給黨中央寫信，表達心跡。他說：「我要請求黨在我死後追認我爲光榮的中國共產黨黨員。黨批准不批准我的請求，我死後就不知道了。但我一定要向黨表明自己的心情。」二是給作協寫信談捐獻稿費的事。兒子見他那麼虛弱，提出請他口述，自己筆錄。他看自己實在撐持不住，同意了。韋韜筆錄以後，他用顫掉的手在給中央的信上簽上「沈雁冰」，給作協的信上簽上「茅盾」。給黨中央的信是：

> 耀邦同志暨中共中央：
>
> 　　親愛的同志們，我自知病將不起，在這最後的時刻，我的心向著你們。爲了共產主義的理想我追求和奮鬥了一生，我請求中央在我死後，以黨員的標準嚴格審查我一生的所作所爲，功過是非。如蒙追認爲光榮的中國共產黨黨員，這將是我一生的最大榮耀。
>
> 　　　　　　　　　　　　　沈雁冰　一九八一年三月十四日〔註26〕

給中國作家協會的信是：

> 中國作家協會書記處：
>
> 　　親愛的同志們，爲了繁榮長篇小說的創作，我將我的稿費二十五萬元捐獻給作協，作爲設立一個長篇小說文藝獎金的基金，以獎勵每年最優秀的長篇小說。我自知病將不起，我衷心地祝願我國社會主義文學事業繁榮昌盛。
>
> 　　　致
>
> 最崇高的敬禮！
>
> 　　　　　　　　　　　　　茅盾　一九八一年三月十四日〔註27〕

〔註26〕《文匯報》1981 年 3 月 29 日。
〔註27〕《文匯報》1981 年 3 月 29 日。

這是兩篇多麼不尋常的遺囑啊！一篇是「政治遺囑」，一篇是「文學遺囑」都
是價值無可估量的歷史文獻：這裡面包藏著一顆對黨、對社會主義事業的赤
誠的心！

寫完遺囑的當天夜裡，又昏迷了。經搶救以後有所好轉。二十一日又再
次昏迷，第二天醒過來。當天，胡耀邦同志去看望他，帶去了黨的關切和慰
問，祝願他早日恢復健康。彭眞、周揚和文藝界許多知名人士都先後前去看
望。二十三日羅蓀去看望他時，精神還比較好，他要羅蓀多坐一些時候，多
聊聊。他談了一九三八年在廣州、香港編《文藝陣地》的情況，談了一九四○
年從新疆軍閥盛世才的魔掌下逃出來的情況。談得那麼生動、親切和細緻，
不像一個垂危的病人。〔註28〕

三月二十六日晚上十點過後，茅盾重又昏迷，心衰、腎衰，血壓急驟下
降。第二天清晨——三月二十七日五時五十五分，一顆偉大的心臟停止了跳
動。亞洲東方的上空在魯迅、郭沫若兩顆巨星先後隕落了以後，又隕落了一
顆巨星。給中國文藝界帶來了巨大的損失和無限的哀思。新華社當天即向全
國、全世界發佈這一不幸的消息。

二十七日凌晨周揚得知茅盾的噩耗迅即趕到醫院，韋韜將父親的遺書交
給他，請他轉呈黨中央和中國作家協會。

茅盾逝世後的第四天——三月三十一日，中共中央決定接受他的請求，
恢復他的黨籍。決定全文如下：

> 我國偉大的革命作家沈雁冰（茅盾）同志，青年時代就接受馬
> 克思主義，一九二一年就在上海先後參加共產主義小組和中國共產
> 黨，是黨的最早的一批黨員之一。一九二八年以後，他同黨雖失去
> 了組織上的關係，仍然一直在黨的領導下從事革命的文化工作，為
> 中國人民的解放和社會主義建設事業奮鬥一生，在中國現代文學運
> 動中作出了卓越貢獻。他臨終以前懇切地向黨提出，要求在他逝世
> 後追認他為光榮的中國共產黨黨員。中央根據沈雁冰同志的請求和
> 他一生的表現。決定恢復他的中國共產黨黨籍，黨齡從一九二一年
> 算起。〔註29〕

茅盾生前的願望實現了。他獲得了他「一生的最大榮耀」。

〔註28〕羅蓀：《在最後的日子裡》。
〔註29〕《人民日報》1981 年 4 月 1 日。

　　四月十日，黨和國家領導人和首都各界約二千人向茅盾遺體告別。茅盾安臥在松柏與鮮花叢中，身上覆蓋著鮮紅的中國共產黨黨旗。

　　四月十一日下午三時，首都隆重舉行茅盾追悼會。在人民大會堂西大廳莊嚴肅穆的會場裡，懸掛著茅盾的遺像，安放著他的骨灰盒，骨灰盒上覆蓋著中國共產黨黨旗。遺像下面，安放著茅盾家屬送的花圈，遺像兩側，陳列著黨中央、全國人大常委會、國務院、政協全國委員會、以及黨和國家領導人送的花圈。文化部、全國文聯、作家協會和文藝界知名人士送的花圈陳列在大廳兩側。鄧小平、李先念、彭眞、鄧穎超、胡耀邦、趙紫陽等黨和國家領導人參加了追悼會。

　　追悼會由鄧小平主持。胡耀邦致悼詞。

　　《悼詞》說：「沈雁冰同志是在國內外享有崇高聲望的革命作家，文化活動家和社會活動家。他同魯迅、郭沫若一起，爲我國革命文藝和文化運動奠定了基礎。」

　　《悼詞》高度評價了茅盾一生的文學活動和創作成就。指出他「爲我國文學寶庫創造了珍貴財富，在文學史上留下了不可磨滅的功績。」

　　《悼詞》回顧了茅盾追求共產主義理想和獻身中國革命的歷程，並說：「中共中央根據沈雁冰同志的請求和他一生的表現，決定恢復他的中國共產黨黨籍，黨齡從一九二一年算起。」

　　《悼詞》還說：「沈雁冰同志的逝世，使我國失去了一位偉大的革命文學家和無產階級文化戰士，這是全國人民的一個不可彌補的損失。」〔註30〕

　　追悼會後，黨和國家領導人向茅盾的家屬、茅盾的兒子韋韜、兒媳陳小曼等致以慰問，勉勵他們向先輩學習，爲人民作出更大貢獻。

　　文藝界同志在慰問茅盾家屬時，還向韋韜、陳小曼表示深切感謝。感謝他們在茅盾生命最後的幾年裡，不但在生活方面親切照顧，精心料理，並且在整理文學資料、進行文化活動等方面協助做了大量的工作。

　　追悼會結束後，茅盾的骨灰盒安放在八寶山革命公墓。

　　在追悼會舉行的同時，有數以千計的人民群眾自發地集結在天安門廣場兩側，面對人民大會堂肅立，以表示對茅盾的追念，直到追悼會結束。〔註31〕

　　一九八三年一月，中共中央書記處根據中國作家協會的報告作出決定：

〔註30〕　《人民日報》1981 年 4 月 12 日。
〔註31〕　《文苑同聲寄哀思》，《文學報》1981 年 4 月 16 日。

一、編輯出版《茅盾全集》，成立編輯委員會；二、北京交道口南三條茅盾原
來住所建立「茅盾故居」；三、成立中國茅盾研究學會。現在，中國茅盾研究
學會已於一九八三年三月在北京成立，《茅盾全集》計劃編四十卷，已開始陸
續出版，北京「茅盾故居」和桐鄉烏鎮「茅盾故居」都已對外開放。

　　茅盾——偉大的革命作家、卓越的無產階級文化戰士永垂不朽。

結　語
卓越的無產階級文化戰士永垂不朽

一　知識分子的偉大典型

二十世紀初期，在亞洲東方黑沉沉的天際，出現了一個巨大的星系：李大釗、陳獨秀、毛澤東、周恩來、瞿秋白、劉少奇、魯迅、郭沫若、茅盾……形成群星燦爛，交相輝映的景象。在這個大星系中，魯迅、郭沫若、茅盾，又像天空中的「三星」那樣，自成一個系列。

二十世紀初期的中國，是「巨人」輩出的時代。

「五四」時期，中國的社會結構發生了巨大的變化：無產階級的力量開始壯大，民族資產階級的力量也在發展，同時還出現了一大批新型的具有民主主義思想的平民知識分子。在十月社會主義革命的影響下，正是這一批平民知識分子中的先進份子，或先或後的接受馬克思主義的影響，認眞探索解決中國社會問題的道路，陳獨秀首先舉起了「民主與科學」和「文學革命」的旗幟，李大釗高歌「布爾什維主義的勝利」，毛澤東鼓吹「民眾的大聯合」，周恩來喚起人們的「覺悟」，魯迅爲前驅者「吶喊」，茅盾舉起「革新‧創造‧奮鬥」的旗幟和陳獨秀的「民主與科學」的旗幟相呼應，用「爲人生」的現實主義文學理論發展了陳獨秀的「文學革命」理論，郭沫若則唱著「鳳歌」和「凰歌」，讚美「鳳凰涅槃」。……這批「巨人」就在激蕩的時代風雲、洶湧的歷史波濤中誕生了。他們帶著各自不同的個性，在不同的社會領域中發揮他們的才華。他們有著各自不同的經歷，但都走著歷史的必由之路，朝著

著共同的方向——共產主義而奮進。

茅盾的一生，是革命的一生，是勤勤懇懇爲人民服務的一生，是一個正直的共產黨員的一生。

茅盾，是中國知識分子的偉大典型。

二　光輝的業績，不朽的豐碑

偉大的革命文學家、卓越的無產階級文化戰士茅盾，從二十一歲（一九一六年）進入商務印書館編譯所到八十五歲（一九八一年）逝世，在我國革命文化和文學戰線上奮鬥了六十五年，進行了多方面的活動，創造了光輝的業績，樹立了不朽的豐碑。

新文學運動的組織者和領導者

一九二〇年底，茅盾和鄭振鐸、葉紹鈞等組織文學研究會，接手主編並全面革新《小說月報》，從而把「五四」文學革命運動中湧現出來的一批青年作者組織了起來，並且爲新文學奪取了一個重要的陣地，從而取得了文學革命的戰略性勝利。茅盾就是這一勝利的組織者和領導者。他主編《小說月報》兩年（一九二一～一九二二），以後由鄭振鐸接編，他仍給予大力支持。《小說月報》堅持了現實主義的方向，使文學研究會的那一批作家逐步成長起來，茅盾除編輯工作外，主要從事理論批評，對新文學的現實主義，在理論上作了有意義的探索。文學研究會和《小說月報》從而形成爲我國現代文學史上的重要流派——現實主義流派。而茅盾，就是這個流派的開創者和代表人物。

三十年代初，茅盾參加「左聯」以後，和魯迅並肩戰鬥，並兩次擔任「左聯」行政書記。和魯迅、馮雪峰共同創辦了《前哨·文學導報》，對於衝破反動派的文化「圍剿」，起了重要作用。到「左聯」後期，又和魯迅一道，衝破「左聯」自設的藩籬，支持非「左聯」作家編副刊、辦雜誌。特別是創辦了《文學》雜誌，更團結了一大批作家，推進了革命的文學運動。在「左聯」時期，茅盾發現並培養了一批青年作家。抗日戰爭時期，他先後在香港編《文藝陣地》、《立報·言林》和《筆談》又把一大批作家團結在自己的周圍，爲抗日戰爭貢獻自己的力量。同時又發現並培植了一批新作家。

中華人民共和國成立以後，茅盾擔任了文化部長和文聯副主席、作協主席。他獎掖後進，又發現和培植了一批青年作家（這已是第四代了），這是起

了組織者和領導者作用的有力證明。

學者和文學評論家

由於在中學和大學預科時對中國古代文學和外國文學的基礎打得堅實，又由於商務編譯所的圖書館涵芬樓的豐富藏書可供利用這一良好的客觀條件，再加上他主觀上刻苦勤奮、做學問追本溯源的精神，短短幾年的編輯生涯，青年茅盾就把自己造就成一個學識淵博的學者。在二十年代，就對歐洲各國文學史——從希臘文學到歐洲大戰時的文學作了系統研究，寫出了許多專著，對北歐神話、希臘神話更有深湛的研究。他「曾經讀經讀史，讀諸子百家」，對中國古代的文、史、哲各方面，也有深刻的研究，特別是對中國古代神話的研究，更是一項開創性的工作。

作為一個文學評論家的茅盾，終他的一生（除「文革」中的一段時間外）都沒有停止過寫作這方面的文章。他的評論文章的一個重要特點就是緊密結合實際，沒有教條主義。他的評論文章有三個主要內容。一是對一個時期內的創作情況作綜合評論。總結成就和缺點，指出帶傾向性的問題，指導創作。二是對已知名作家作全面評論，幫助讀者更好地理解並欣賞他們的作品；三是分析、評論一些作品，特別是青年作者的作品，從而發現新秀，幫助他們更健康、更迅速地成長。

當然，作為文學評論家的茅盾，儘管有高度的馬克思列寧主義的理論修養，但他畢竟是人而不是神，因此在特定的歷史條件下，也難免要受到某種思潮的影響發表一些偏頗的見解。

作家，文學巨匠

茅盾，作為一位作家，一位文學巨匠，他在創作方面有著輝煌的成就。

在文學創作方面，茅盾寫過各種體裁的作品。成就最為突出的是短篇小說，中、長篇小說和散文、雜文。

魯迅的《吶喊》、《彷徨》給「五四」新文學奠它了現實主義的基礎，又是我國新文學發展史上的第一座高峰。茅盾的短篇小說集《春蠶》及其他一些短篇，繼承並發展了魯迅所開創的現實主義傳統，是我國新文學發展史上短篇小說的又一座高峰。茅盾的中、長篇小說《蝕》、《虹》、《子夜》、《腐蝕》、《霜葉紅似二月花》、《鍛煉》等，都是很傑出的作品。還有一個劇本《清明前後》，也有獨特的意義。

茅盾的散文、雜文，不僅數量多，而且品種、形式和風格也是多種多樣的。那些以抒情爲基調的小品，向讀者打開了心靈的窗櫺，把自己的苦悶、憂慮、追求光明的願望以及看到光明到來時的歡樂心情，毫不掩飾地披露在讀者面前，使讀者眞切地看到一個偉大作家的心靈的歷程，是有著濃鬱的詩意、詩情和詩的韻味的藝術佳品。那些敘事散文，描繪了中國不同歷史時期社會生活的一些側面，形象地反映了中國現代社會的變化過程，和他的小說相配合，成爲中國革命的一面鏡子。那些雜文，有明白流暢的說理，有尖銳潑辣的抨擊，有含蓄委婉的諷刺，可以明顯地的看出他繼承並發展了魯迅雜文的傳統。

茅盾的創作，大都取材於現實生活，即使寫的是歷史題材，也有藉古喻今的用意，所以他的各種體裁的作品，都有鮮明的時代色彩。就其內容來說，「他的整個作品爲我們提供了一部從『五四』前夕直到解放戰爭前夕的中國社會革命的通史，簡直是一部『編年史』。」〔註 1〕在藝術形式上，有著鮮明的個人特色和個人風格。

翻譯家和比較文學家

翻譯、介紹外國文學，在茅盾一生的文學活動中，佔有極重要的位置。

茅盾早期對外國文學翻譯和介紹，視野極爲開闊，注意各種思潮、流派和風格的作家作品，但他注意的中心是弱小民族、弱小國家的文學以及歐洲各國現實主義文學。他之所以重視這一工作，一方面是爲了給新文學提供借鑒，促進創作，一方面是打算通過外國進步文學來宣傳民主主義和人道主義思想，希望中國讀者從這些作品所描寫的生活聯想到自己的處境，從而起來作變革現實社會的鬥爭。三十年代，他協助魯迅創辦《譯文》，介紹蘇聯文學和世界各國的進步文學，在白色恐怖統治下給讀者輸送精神食糧。在抗日戰爭時期，他又集中精力，翻譯蘇聯衛國戰爭的作品，用蘇聯人民和紅軍反對德國法西斯的革命英雄主義精神，鼓舞和教育正在抗日戰爭中作艱苦鬥爭的中國人民。

對於外國文學，茅盾不僅作一般的翻譯和介紹，他還進行深入的研究。

中國人民的和平使者和文化使者

一九四六年到一九四七年間，茅盾就應蘇聯對外文化協會的邀請作爲中

〔註 1〕 王瑤：《茅盾對中國現代文學的歷史貢獻》，《茅盾研究論文選集》，湖南人民出版社，1983 年版。

國人民的文化使者訪問蘇聯，爲發展中、蘇兩國人民的友誼做了許多工作。

中華人民共和國成立以後到一九六三年的十四年間，茅盾十多次率領中國代表團出國參加關於保衛世界和平的各種國際會議；多次率中國代表團參加亞非作家會議。在這些會議上他都作專題發言。他又多次參加在國內召開的紀念世界文化名人的會議，有時主持這些會議，並在會上作學術報告。在這些會議上茅盾代表中國文藝家和中國人民，譴責帝國主義和殖民主義，爲保衛世界和平而鬥爭；向世界各國人民介紹、宣傳中國人民在歷史所創造的輝煌的文化遺產以及在社會主義革命和建設時期文化事業方面的巨大成就；同時也向中國人民介紹世界各國進步的科學家、文藝家的成就，促進了新中國與世界各國的文化交流，增強了各國人民之間的互相瞭解，推動了人類的進步事業。

茅盾，作爲中國人民的和平使者和文化使者，建立了不可磨滅的功勳。

三　人類共有的精神財富

茅盾的名字，是屬於具有世界意義的作家、思想家之列的。

茅盾遺留下來的豐富遺產，不僅是屬於中國人民的，而且和莎士比亞、巴爾扎克、托爾斯泰、屈原、李白、杜甫、曹雪芹、魯迅等偉大作家的著作一樣，是世界文庫中的瑰寶，是人類所共有的精神財富。

早在三十、四十年代，茅盾的著作就有英、俄、日、德等幾種文字的譯本。

《虹》出版不久，就爲美國一書局列入「東亞文學」叢書。茅盾的作品最早被譯外文的是短篇小說《喜劇》。它發表不久就由愛・肯尼迪譯成英文刊登在上海出版的《中國論壇》上（一九三二年六月），兩年以後，又在《今日中國》上重新登載。一九三四年，美國人《大美晚報》的記者伊羅生編輯並翻譯中國現代短篇小說集《草鞋腳》一書，其中有《喜劇》、《春蠶》和《秋收》（但因故到一九七四年才在美國出版，所收作品與原來選目有出入）；一九三五年美國進步作家、記者埃德加・斯諾編成中國現代短篇小說選《活的中國》，選入茅盾的短篇小說《自殺》、《泥濘》，一九三六年在倫敦出版。他在《序言》中說，茅盾「是中國最知名的長篇小說家」，他的《春蠶》是一篇「傑作」。斯諾還把魯迅和茅盾的作品看作是：「中國文學中抗爭和同情的現代精神日益增長的重要表徵，在中國文學發展史上，它第一次確認『普通人』

的重要性。」〔註2〕《秋收》、《船上》、《小巫》、《趙先生想不通》、《林家舖子》等也先後被譯成英文。一九三六年史沫特萊找人把《子夜》譯成英文，原來打算在美國出版的，不久，抗日戰爭爆發，沒有實現。

茅盾作品，譯成俄文也比較早，一九三四年《國際文學》第三、四期譯載了《春蠶》，《青年近衛軍》譯載了《子夜》的一部分，題爲《罷工之前》，一九三六年在《中國》上又譯載了一部分，題爲《暴動》。一九三五年國家文學出版社出版了《動搖》的俄文譯本。高爾基讀了這些作品以後，甚爲讚許。一九三七年，國家出版社出版了《子夜》的全譯本。一九四四年俄文《中國小說》也譯載了《林家舖子》。一九四六年年底，茅盾應邀訪蘇。在茅盾到蘇聯以前，莫斯科廣播電臺就擴播了《蘇聯人民對茅盾的印象》一文，介紹了茅盾的生平和創作成就，指出蘇聯人民早就通過作品認識了茅盾，並著重介紹《子夜》：「這部小說獲得了蘇聯批評家極好的評語。蘇聯雜誌上關於這部小說的評語說：『這部小說表現了作者是深思熟慮的觀察家，《子夜》用新的藝術手腕表現出一九三○年時期中國政治、經濟、社會各方面生活中一切值得注意的問題。它揭開了國際帝國主義屠刀下，封建資本主義的全部現象。這部小說寫出這一時代的一切特徵，並指出那一階段的政治方向』。」〔註3〕

在日本，一九三六年出版了《動搖》、《追求》的小田岳夫的日文譯本。一九三七年發表了山上正義譯的《水藻行》，一九三八年出版了小田岳夫譯的《秋收》、《大澤鄉》，一九四○年出版了武田泰淳譯的長篇《虹》，曹欽源譯的《春蠶》、《小巫》，一九四一年又出版了《微波》，一九四六年出版了柳澤三郎譯的短篇小說《煙雲》。

茅盾作品最早譯成德文的是《子夜》。弗·庫恩譯，一九三八年德累斯頓市出版。

到了五十年代，即中華人民共和國成立以後，外國翻譯家和評論家對茅盾的著作就更爲重視了。

蘇聯出版了三卷本的《茅盾作品集》，內收《動搖》、《虹》、《子夜》以及一些短篇小說和論文。據一九五九年統計，蘇聯以十種文字翻譯、出版茅盾的作品，共印二十次，總計印數十多萬冊。〔註4〕

〔註2〕 斯諾：《我在舊中國十三年》。
〔註3〕 《解放日報》1947 年 1 月 3 日。
〔註4〕 《蘇聯大量出版中國書籍》，《光明日報》1959 年 11 月 10 日。

　　捷克、匈牙利、波蘭、保加利亞、阿爾巴尼亞、朝鮮、蒙古、越南、印尼等國家都以自己的文字翻譯、出版了《子夜》。

　　捷克還譯出了《腐蝕》和《林家舖子》及其他短篇小說集，內收《林家舖子》、《春蠶》等十六篇。

　　德國和法國還翻譯、出版了長篇小說《虹》。

　　羅馬尼亞、匈牙利、保加利亞、阿爾巴尼亞、丹麥、芬蘭、荷蘭、瑞典、挪威、冰島、朝鮮、越南、泰國、印尼、巴基斯坦、新西蘭等國家，分別譯出了《林家舖子》、《春蠶》、《秋收》、《殘冬》、《小巫》、《牯嶺之秋》等作品。

　　我國外文出版社也用英文、法文和印地文翻譯出版了《子夜》，用英文、法文、西班牙文翻譯出版了《春蠶集》。

　　茅盾作品的各種譯本出版時，譯者和評論家都給予很高的評價。捷克著名漢學家普實克在《茅盾短篇小說選》的《後記》中說，「他堅定地面對現實，正視一切苦難，對他們進行理性的剖析，將現實的歷程和自己心靈的歷程一併客觀地如實呈現在作品裡。」又說「茅盾已向社會主義現實主義方向邁進，他既抓住了具體的革命形勢，同時又表現出為社會主義未來而鬥爭的力量，作者把自己的理想注入到具體作品的內容中去了。」〔註5〕捷克另一著名漢學家馬・加利克寫了不少有關茅盾研究的論文和專著，如《評茅盾的兩個作品集》、《從莊子到列寧：茅盾的思想發展》、《中國現代文學批評研究》（《茅盾在1919～1920》、《茅盾論作家、形象和文學的作用》）、《茅盾對現實主義和馬克思主義理論的探索》等論文。他的專著《茅盾與中國現代文學批評》，力圖沿著歷史的足跡，說明他如何從自然主義者到現實主義者，最後成為革命的無產階級文學家的。在結論部分，他極力推崇茅盾的現實主義傳統及他淵博的知識和精湛的藝術技巧。〔註6〕馬・加利克認為老通寶這個形象完全可以和魯迅筆下的阿Q媲美，「是中國新文學裡所塑造的一些最優秀的人物形象之一。」

　　外國評論家從各個不同的角度對《子夜》作了評論：有的著重指出《子夜》所反映的博大恢宏的社會內容表現了現實主義的深刻性；有的著重評論《子夜》在茅盾創作歷程中的意義及其在中國文學史上的地位；有的探討《子

<hr />

〔註5〕轉引自李岫：《近五十年來外國茅盾研究概況》，《文學研究動態》1983年11月。

〔註6〕轉引自李岫：《跨越時代和民族的界限》，《文化交流》1982年2月。

夜》對中國古典文學傳統的繼承和西歐文學的影響。法國作家蘇姍娜・貝爾
納說：「在《子夜》中，茅盾文筆之純熟達到令人目眩神移的程度，作家之高
妙也正在於此；他既有登高縱目，駕馭全局之氣勢，表現出一個階層的沒落，
又善於觀察事物於毫末之端，將轉瞬即逝的分秒捕捉到手」。〔註 7〕他又說：
茅盾是一位「偉大的作家」，他「創建了自己宏篇鉅著的大廈，例如《子夜》。」
〔註 8〕蘇聯科學院語言文學博士索羅金說：茅盾的作品，從《蝕》到《鍛煉》，
是「現實主義文學的典範，中國文學中大概沒有人描繪出中國歷史上這麼大
變動的幾十年間國家生活的如此遼闊多彩的畫面，沒有人描繪出幾乎代表著
社會生活各個方面的如此五光十色的人物畫廊。」所以他認為「茅盾的優秀
作品是世界進步文化寶庫的有機組成部分。」〔註 9〕

　　在日本，茅盾作品的翻譯和研究更受到重視。《子夜》、《腐蝕》、《霜葉紅
似二月花》和許多短篇小說都已在戰後陸續翻譯出版。至於研究，據石川梅
次郎監修的《中國文學研究文獻要覽》所載，從一九四五年到一九七七年，
有關茅盾研究的圖書和文章有七十多種。有研究茅盾生平的，如竹內好的《茅
盾》，高橋碧的《茅盾回憶錄》，王室政美的《茅盾旅居日本時代》等；有的
研究茅盾的創作在中國現代文學史上的地位的，如佐藤一郎的《中國近代小
說的出發點——探析茅盾的〈蝕〉》、內田道夫的《中國最近時候小說的動向
——談茅盾的近作》、那須清的《巴金和茅盾的文章》，等等；有的研究茅盾
的文藝思想和創作理論的，如高田昭二的《茅盾與以左拉為中心的自然主
義》、谷友幸的《東方的現實主義》，速水憲也寫過同樣題目的論文。此外還
有坂田吉郎的《茅盾自覺創作的形成過程》、吉田富夫的《茅盾的文學序說》。
至於對具體作品的評論就更多了。松井博光的《黎明時期的文學——中國現
實主義作家：茅盾》，是日本系統研究茅盾的第一本專著。

　　近年來，茅盾的創作和文藝思想，在美國也已引起評論家的廣泛注意。
一九八六年，印第安納大學出版社就出版了陳幼石教授的《茅盾早期小說中
的現實主義和寓言》。這部專著對茅盾早期小說提出了一些獨特的見解。

　　茅盾和魯迅一樣，以自己具有高度的真實性、深刻的思想意義和卓越的

〔註 7〕 蘇珊娜・貝爾納：《走訪茅盾》，《新文學史料》1979 年第 3 輯。

〔註 8〕 蘇珊娜・貝爾納：《回憶茅盾》，《人民日報》1981 年 4 月 25 日。

〔註 9〕 索羅金：《紀念茅盾》，蘇聯《文學報》1981 年 4 月 8 日。轉引自莊鍾慶《茅
　　　　 盾作品在國外》，《新文學史料》1982 年 3 期。

藝術個性與獨創性的作品使中國現代文學置身於世界上那些偉大的不朽的文學作品之林。所以一些世界性的百科全書都有「茅盾」的條目，對他的作品給予高度的評價。第十五版《英國大百科全書》稱茅盾是「人民中國最偉大的現實主義小說家」。英國《東方文學大辭典》說「茅盾的作品標誌著中國文學中現實主義傾向的頂峰」。蘇聯《大百科全書》有茅盾的專門條目，《蘇聯簡明文學百科辭典》稱「茅盾是描寫社會心理的大師，是中國革命作家的傑出代表」。日本的《世界文學辭典》把茅盾及其作品《蝕》、《霜葉紅似二月花》列為專門條目。〔註10〕

　　最後，再一次引用王若飛四十多年前的一句話作為本書的結束。茅盾的光輝成就「是中國文化界的光榮，中國知識分子的光榮，中國人民的光榮」。

〔註10〕據李岫：《近五十年來國外茅盾研究概況》；莊鍾慶：《茅盾作品在國外》，《新文學史料》1982 年 3 期。

後　記

　　一九五九年五月和八月，拙作《茅盾的文學道路》和葉子銘的《論茅盾四十年的文學道路》相繼出版，當時都曾受到好評。但說實話，拙作是很粗糙而膚淺的。因此繼續積累資料，準備有機會加以修訂。但歲月磋跎，二十年一晃就過去了。

　　粉碎「四人幫」以後，葉子銘的那一本於一九七八年再版。拙作，出版社也準備重印，作了一些修改和補充，於一九七九年再版出書。因為時間比較緊，仍然是不能使人滿意的。二十年以前的東西，出版社還認為有再版的必要，這並不使人高興，因為這說明：二十年過去了，像茅盾這樣一位文學巨匠的研究工作，並沒有取得新的進展。學術研究進展之所以這樣緩慢的原因，是眾所周知的，這裡就不用多說了。

　　近幾年來，茅盾研究工作出現了新的氣象。孫中田的《論茅盾的生活和創作》、莊鍾慶的《茅盾的創作歷程》先後問世，葉子銘、丁爾綱也都有關茅盾研究的新著出版，這都是值得歡迎的。中國茅盾研究學會已於一九八三年成立，八三年和八四年分別在北京和杭州召開了兩次全國性的學術討論會，茅盾研究工作正在出現新的勢頭。但到筆者寫這篇《後記》時，還沒有一本比較詳盡的《茅盾傳》或《茅盾評傳》出版，是使人感到遺憾的。

　　寫一本《茅盾評傳》，筆者有志於此久矣，但直到一九八二年才作具體考慮。

　　文學創作沒有、也不應該有「樣板」，而應該百花齊放。人物傳記的寫作沒有、也不應該有「模式」，應該百家爭鳴，體例和形式也應該百花齊放。所以這本評傳，既沒有按某種「模式」來寫，也沒有找一本「範本」來學習，

只是考慮到應該寫出一個真實的茅盾，一個歷史上曾經存在過的茅盾。至於評價，就總的方面來說，早就有過了。一次是一九四五年茅盾五十歲誕辰時，重慶《新華日報》發表社論《中國文藝工作者的路程》和王若飛的文章《中國文化界的光榮，中國知識分子的光榮》，這是黨對茅盾的第一次評價。第二次評價就是茅盾逝世以後胡耀邦的《在沈雁冰同志追悼大會上的悼詞》。作為評傳，自然還應對茅盾各個歷史階段、各個方面的活動和成就作出具體的、符合實際情況的評價。把具體記述和具體評價結合起來，目的是更好地寫出一個真實的茅盾，一個歷史上曾經存在過的茅盾。——這是寫作這本評傳的指導思想。

從上述指導思想出發，具體考慮到以下幾個問題：

一個偉大人物的出現，是一個民族文化發展的結晶，又有特定的歷史背景。「五四」時期，人才輩出，群星璀璨，從根本上說是由於生產力的發展，使社會階級結構發生了變化，出現了新的社會力量。直接原因有二：一是從戊戌維新開始的教育制度的改革，培養了一批新型的知識分子，二是改變了閉關鎖國的政策，向西方學習，西方現代自然科學知識、社會科學知識、各種主義、思潮、流派大量介紹了進來，開始了西方文化與中國傳統文化融合的過程。我國民主革命的領袖人物和骨幹力量、「五四」新文化運動的領袖人物和骨幹力量就是在這一背景下湧現出來的。本書的寫作，力求從這一歷史高度來考察茅盾的活動。

一個偉大人物的活動從來就不是個人孤立的活動，而是有形的或無形的集體活動的一個組成部分。茅盾之所以能夠對我國現代革命事業、文藝事業作出重大的貢獻，除了他個人的才華之外，另一個重要原因就是他始終是在集體之中活動的。本書評述茅盾的活動成就時，力求聯繫黨、文藝社團和他周圍人物的活動。當然，他個人的才華、主觀能動性，毫無疑義是起了重大作用的。

寫傳記或評傳，首先應該讓事實說話。對所「傳」的人物的生平、經歷、事跡、成就，越具體越好。還應該有一些必要的細節描述，所「傳」的人物才能成為「活人」。但同樣重要的是：不應是人物生平事跡的羅列，而應該去揭示他的靈魂，揭示他的精神面貌。用一句現成的套話，那就是要揭示出貫串人物一生的那根「紅線」。那麼，貫串茅盾一生的「紅線」是什麼呢？我們認為那就是毫無保留地為中國人民的革命事業、為共產主義的偉大理想而獻

身的精神。茅盾無論是在民主革命時期還是在社會主義革命和建設時期，是在領導崗位上還是作爲一個普通的文藝家，身處順利的環境還是身處逆境，毫無保留地爲中國人民的革命事業、爲共產主義偉大理想而獻身的精神始終是一貫的。本書在寫作過程中，力求把對茅盾的生平、經歷、事跡的評述和揭示他的獻身精神結合起來。

　　茅盾的一生，經歷了我國舊民主主義革命、新民主主義革命、社會主義革命和建設三個歷史時期。本書分上、中、下三編，上編寫他的家庭、童年和學生時期，大體上就是在舊民主主義革命時期。中編寫他一九一六年進入商務編譯所到一九四八年底去解放區，大體上就是在新民主主義革命時期。下編寫他一九四九年初到北平參加政治協商會議到與世長辭，相當於社會主義革命和建設時期。每編分若干章，大體上按生平經歷來劃分。章下再分節。考慮到茅盾生平經歷的某些階段變化很大，如一九二五年到一九二七年間、一九三七年到一九四〇年間，某些階段變化較少，如「文革」前十七年；再考慮到茅盾在某一階段的活動、成就和影響又都是多方面的，所以章、節的劃分不用一刀切的辦法，而是既按時間的線索又從橫的方面來分項評述，並把兩方面結合起來。這樣從體例上看似乎不夠統一，但這樣做，一方面便於敘述他的經歷，脈絡清楚；一方面評述他的主要成就，重點突出。

　　上述指導思想和幾個方面的考慮，實際上做得怎麼樣，有待專家、同行和讀者的評論了。

　　本書在寫作過程中，茅盾的《回憶錄》正在陸續發表，單行本《我走過的道路》上、中兩冊也已先後出版。這個《回憶錄》披露了許多過去人們不知道的、或雖然知道但不十分清楚的情況。這給本書的寫作提供了很大方便。

　　本書寫作過程中，遇到茅盾生平經歷中的一些問題，多次向韋韜同志請教，均蒙韋韜同志熱情解答，並惠贈茅公與家屬在一起的照片；葉子銘、查國華、莊鍾慶、孫中田、丁爾綱等同志協助提供了不少資料，一併在此致謝。

　　茅公生前惠贈的照片及惠書手跡，作爲插頁印出，以表紀念。

　　本書中錯誤和評述不當之處，在所難免，歡迎批評、指教。

邵伯周
一九八五年十月十一日改定
上海師範大學文學研究所